Eyrolles Learning

Achats

Éditions Eyrolles
61, bd Saint-Germain
75240 Paris Cedex 05
www.editions-eyrolles.com

Conception maquette et mise en pages :
Sébastien Cerdelli / Atelier Mook

© Photographies : p. 7 Olivier Wajnsztok © Harcourt ;
p. 35 Jean Potage © Jean Potage ;
p. 53 Jean-Luc Baras © Thierry Seguin – www.thierryseguin.com ;
p. 81 Roque Carmona © collection personnelle ;
p. 103 Karine Alquier-Caro © B. Bouillot ;
p. 131 Thierry Minel © collection personnelle ;
p. 147 Emmanuelle Wallon © collection personnelle ;
p. 169 Guillaume Gorjus © Guillaume Gorjus, et Juan Juillien © Juan Juillien.

ISBN : 978-2-416-00192-5

Olivier Wajnsztok

Eyrolles Learning

Achats

Manager ses achats et ses fournisseurs

Optimiser la qualité, les coûts et les délais

Négocier, sécuriser et innover

Éditions EYROLLES

Sommaire

Achats

Remerciements

Je remercie la crise de la Covid-19 d'avoir redonné durablement à la gestion des risques ses lettres de noblesse, d'avoir forcé les organisations à gagner en agilité lors des hauts et des bas, et d'avoir remis le management des fournisseurs et des achats au cœur de la stratégie des meilleures entreprises.

Je remercie mes enfants Valentine (12 ans) et Victor (7 ans) d'avoir négocié face à moi lors de l'écriture de ce livre. Et notamment, en marchandant pour eux « du temps d'écran » sur leurs devices contre du « temps de calme » pour que j'écrive ce livre.

Je remercie les personnes bienveillantes que sont les copains, amis, employés AgileBuyer et clients AgileBuyer qui ont su m'apporter dans les temps chahutés de 2020 et de 2021 le support, l'intelligence, l'élégance et la chaleur adaptés.

Je remercie ceux qui ont eu l'amabilité de contribuer de près ou de loin à cet ouvrage : le brillant Jean-Luc Prache et la très efficace Sarah Sigly ; Blandine Djouela ; les participants aux « 3 conseils de », c'est-à-dire (par ordre d'apparition) Jean Potage, Jean-Luc Baras, Roque Carmona, Karine Alquier-Caro, Thierry Minel, Emmanuel Wallon, Guillaume Gorjus et Juan Juillian.

#1

Comprendre les achats

« J'aimerais savoir pourquoi le rôle de la fonction achats est si important et en connaître les fondamentaux. De plus, quelle est la spécificité des achats publics ? »

01

La fonction achats

Impacter chiffre d'affaires et marge

L'achat est l'acte d'acquérir un bien ou un service, en échange d'une contrepartie financière, dans le but de répondre à un besoin identifié. Ce « besoin identifié » est généralement un produit ou un service permettant la production d'un autre bien ou service, mais pas uniquement. Cela intègre de manière générale tous les achats et dépenses d'une entreprise, hors ressources humaines, taxes et impôts.

Répondre au besoin

Le rôle de la fonction achats est, dans un premier temps, de répondre aux besoins émis par les autres fonctions de l'entreprise. Par exemple, cette dernière fabrique et vend des meubles de couleur. Elle a donc besoin de peinture. La fonction achats va donc mettre en place et appliquer une stratégie et un processus achats permettant de répondre à l'ensemble des besoins exprimés, et apporter une valeur ajoutée à l'entreprise à travers un certain nombre d'axes.

Ce qui est attendu des achats est souvent résumé dans le fameux triptyque « QCD » (Qualité, Coûts et Délais). Le rôle des achats est en constante évolution, mais ces trois points restent des éléments majeurs de la valeur ajoutée des achats. Il est à noter que, depuis peu, la notion de QCD se prolonge parfois d'une ou deux lettres supplémentaires, donnant naissance à des « modes » plus ou moins passagères (« M » pour Management ou Morality, « F » pour Flexibility, etc.). L'approche QCD, c'est le principe du mieux-disant contre le moins-disant : trouver le meilleur produit ou service, répondant exactement au besoin exprimé.

Sécuriser l'approvisionnement

Une fois que le bon produit est identifié, le rôle de la fonction achats est maintenant de sécuriser l'approvisionnement de ce produit devenu

QCD : QUI DOIT L'EMPORTER ?

Dans le cas du fabricant de meubles abordé précédemment, est-il vraiment opportun d'acheter la peinture la moins chère si elle ne peut être livrée que dans trois mois, alors que d'autres sont disponibles immédiatement ? Ou d'acheter la moins chère alors que son temps de séchage est trois fois supérieur aux autres, rallongeant ainsi le temps global de production des meubles ? Ou d'acheter la moins chère alors que le fournisseur exige un paiement en •••

indispensable au fonctionnement de l'entreprise. La sécurisation et la gestion des risques qui y sont associés passent généralement par la mise en place — et le suivi — de contrats avec les fournisseurs sélectionnés, ainsi parfois que des audits sur leurs sites, qui permettront d'empêcher ou de limiter un certain nombre de situations néfastes pour l'entreprise. Les pires étant probablement les non-conformités de qualité et la rupture d'approvisionnement car ces situations peuvent engendrer des impacts violents pour l'entreprise (chiffre d'affaires, rentabilité ou encore image de marque).

Participer aux démarches d'innovation et RSE

La fonction achats tient également un rôle dans l'innovation de son entreprise. Cela peut se faire à travers la recherche permanente de nouveaux fournisseurs potentiels et des nouvelles technologies sur le marché auprès des fournisseurs ou en participants à des salons professionnels. Le but étant que les informations liées à cette veille stratégique ou technologique soient partagées au sein de l'entreprise et de ses différentes fonctions.

La fonction achats joue aussi un rôle au niveau de la Responsabilité Sociétale des Entreprises (RSE). Cela peut se traduire dans la vigilance apportée à la sélection des fournisseurs afin de garantir le respect des normes environnementales, ou du droit du travail par exemple. Cela passe aussi tout simplement par le fait de veiller à ce que les délais de paiement de ses fournisseurs soient respectés.

Les achats ont donc un rôle et des responsabilités couvrant de nombreux axes :

- identifier et obtenir le bon produit ou service en répondant au besoin de l'entreprise, et pas nécessairement le moins coûteux ;
- sécuriser son approvisionnement et limiter les risques associés ;
- favoriser les démarches d'innovation et RSE.

Tous ces rôles ont un impact sur le chiffre d'affaires de l'entreprise, sa marge, sa gestion du « cash » et sa gestion des risques.

Au-delà de son rôle spécifique, la fonction achats doit avoir la même finalité que toute autre fonction au sein de l'entreprise : aider l'entreprise à atteindre les objectifs que la direction générale s'est fixés.

C'est pourquoi cette fonction devient chaque année de plus en plus stratégique pour les entreprises, et donc de plus en plus « à la mode ». Les entreprises ne s'y trompent pas, et il est donc logique de voir de plus en plus de directeurs achats au sein du comité de direction de leur entreprise.

> ***« Approvisionner n'est pas acheter. Ce qui est attendu des achats est souvent résumé dans le fameux triptyque QCD (Qualité, Coûts et Délais). Le rôle des achats est en constante évolution, mais ces trois points restent des éléments majeurs de la valeur ajoutée des achats. »***

••• grande partie à la commande ? La réponse à ces questions peut tout aussi bien être « Oui » que « Non ». Tout dépend du contexte de l'entreprise, à un instant donné. L'objectif des achats est donc d'identifier et de rendre disponible la peinture qui, en fonction du contexte et des objectifs actuels de l'entreprise, répondra le mieux au besoin exprimé. Parfois, un facteur est à privilégier « coûte que coûte », et parfois la bonne réponse est tout simplement l'équilibre entre ces trois notions principales.

02

Le rôle des acheteurs

Apporter des solutions à ses clients

Le rôle des acheteurs, de manière générale, est avant tout de répondre aux besoins émis par leurs clients internes. Tout commence par la réception et la compréhension du besoin. Une fois cette compréhension acquise, l'acheteur a pour responsabilité de définir non seulement une stratégie achats appropriée, mais également un planning d'exécution de cette stratégie. Idéalement en accord avec les clients internes, mais toujours en étant leader du sujet.

Faire respecter le processus achats

Le fait de piloter activement ces actions est nécessaire car cela permet à l'acheteur de remplir un autre rôle primordial : être le garant du respect du processus achats. D'une entreprise à une autre, le processus achats peut être plus ou moins connu en interne. Et même s'il est connu, il peut néanmoins être plus ou moins respecté, et ce pour un grand nombre de raisons.

Le rôle de l'acheteur est donc de s'assurer qu'un certain nombre de paramètres ou d'actions sont bien respectés lors du processus : les spécifications techniques sont-elles suffisamment détaillées ou précises ? Plusieurs fournisseurs ont-ils été consultés ? Un contrat, et non une simple commande, sera-t-il bien mis en place si cela est nécessaire ?

Toutes ces règles de fonctionnement doivent permettre à l'entreprise d'acheter efficacement les bons produits ou services recherchés, en prenant en compte les spécificités et les contraintes inhérentes à son activité.

Un bon processus achats est un processus adapté à son entreprise et à son contexte actuel. Le rôle de l'acheteur est donc également de participer à son évolution en remontant ses observations et propositions auprès de son management pour conserver ce processus dans une démarche d'amélioration continue.

L'ACHETEUR, CETTE PERSONNE QUI DOIT PARLER TOUTES LES LANGUES

Si l'acheteur est fortement orienté vers l'externe avec la gestion et la communication avec ses fournisseurs, il est aussi à la croisée des chemins d'un grand nombre d'autres fonctions au sein de l'entreprise. Ses interactions sont multiples, et il doit donc être capable de « parler la langue » de tous ses interlocuteurs. Il doit pouvoir échanger efficacement avec les juristes pour rédiger •••

Piloter la relation commerciale

L'acheteur est également le point d'entrée principal des fournisseurs, voire le point d'entrée unique. Cela fait de lui le gestionnaire de la relation externe. En tant que pilote de la relation commerciale et contractuelle, il est en première ligne auprès des fournisseurs en ce qui concerne les sujets relatifs aux achats, mais pas uniquement.

Les fournisseurs peuvent avoir des demandes ou des besoins qui n'ont pas de lien direct avec les achats, et ils se tournent naturellement vers le contact privilégié qu'est l'acheteur plutôt que d'essayer de trouver difficilement le bon interlocuteur concernant une problématique de format de facture par exemple. L'acheteur est donc la première « voix » de son entreprise lorsqu'il s'agit d'échanger avec un fournisseur.

Cette position lui permet d'ailleurs plus facilement de conserver son rôle de leader dans les sujets qu'il traite. Elle lui permet aussi d'apporter plus directement la valeur ajoutée externe en interne en faisant bénéficier son entreprise des informations partagées avec ses fournisseurs (innovation, veille technologique ou réglementaire, informations sur le marché, etc.)

Le conseil juridique

En fonction de la taille ou de la nature de l'entreprise dans laquelle il évolue, l'acheteur peut également avoir un rôle de conseil juridique, en indiquant à ses clients internes ce qu'ils peuvent faire, ou ne pas faire, d'un point de vue légal dans l'application des contrats passés avec les fournisseurs. Toutes les sociétés ne sont pas dimensionnées pour pouvoir faire passer chaque contrat rédigé devant un juriste qualifié pour détecter les risques ou incohérences.

Le rôle d'un acheteur revêt donc plusieurs aspects :

- il définit la stratégie achats et la pilote ;
- il s'assure que le processus achats est respecté et participe à son amélioration continue ;
- il est le gestionnaire de la relation externe ;
- il conseille et limite le risque juridique.

Le rôle d'un acheteur peut bien évidemment varier fortement d'une société à une autre, d'un contexte à un autre. Un acheteur « projet » ou un acheteur « série » n'auront pas nécessairement les mêmes tâches quotidiennes. De même que les familles d'achat traitées peuvent donner lieu à des approches très différentes.

Mais l'objectif d'un acheteur restera très souvent le même, quel que soit son périmètre ou son entreprise : apporter des solutions et répondre autant que possible aux besoins de ses clients internes, tout en parvenant à faire respecter le processus achats défini par la direction.

« Valeur ajoutée incontestable, l'acheteur remplit un rôle primordial : il est le garant du respect du processus achats. »

••• et mettre en place des contrats, ou être en mesure de parler avec la comptabilité fournisseur pour traiter les sujets liés aux factures de ses fournisseurs, ou bien encore de comprendre les contraintes de ses collaborateurs de la finance pour pouvoir aborder au mieux les enjeux de délais de paiement et de toutes les problématiques de gestion du cash au sein de l'entreprise. À cela s'ajoute évidemment le langage de ses clients internes qui peut être très différent en fonction des familles d'achat traitées : échanger avec la direction marketing ou la direction industrielle demande parfois des approches bien différentes.

03

Les enjeux économiques des achats

Réduire les coûts et les risques

Comme évoqué précédemment, un grand nombre des actions pilotées ou effectuées par la fonction achats a un impact sur le chiffre d'affaires, la marge de l'entreprise ou ses dépenses. Que cela soit à travers la réduction des coûts d'achat, la sécurisation des approvisionnements ou encore la réduction du risque juridique.

L'impact financier de la part achats

Toutes les actions pilotées par la fonction achats auront bien sûr un impact économique sur l'entreprise.
Mais la réduction des coûts d'achat a un impact direct sur la structure financière d'une société.
Et cela est encore plus vrai pour les entreprises du secteur industriel que pour les entreprises du secteur tertiaire. En effet, un acteur industriel, dont l'activité consiste le plus généralement à acquérir des produits pour les transformer en un autre produit final, a une part d'achats très importante au regard de ses dépenses globales (cette part achats avoisine souvent 60 % des dépenses totales de l'entreprise, voire plus).
Avec une part achats aussi importante, nous comprenons alors que toute évolution de cette part aura un impact économique majeur pour l'entreprise. Et qu'il est donc souvent bien plus simple d'obtenir un levier efficace en agissant sur la rentabilité plutôt que sur le chiffre d'affaires.

Pour une augmentation de 60 % du résultat

Prenons l'exemple d'une société qui a la structure financière simplifiée suivante :
- chiffre d'affaires : 200 millions d'euros ;
- part achats : 120 millions d'euros ;

RÉDUCTION DES COÛTS ET PERFORMANCE ACHATS, LES LIGNES BOUGENT

La réduction des coûts achats a donc un intérêt stratégique pour l'entreprise, mais il serait faux de penser qu'elle représente le seul objectif d'une direction achats. Ce n'est pas toujours la priorité ou le critère absolument recherché en termes de performance achats ou de création de valeur pour la société.
C'est notamment le cas dans les entreprises qui ont déjà atteint un niveau de maturité élevé au sein de leur organisation achats. Une fois que presque tous les postes de dépense ont été optimisés, •••

	Avant réduction	Après réduction
Chiffre d'affaires	200 millions d'euros	200 millions d'euros
Part achats	120 millions d'euros	114 millions d'euros (– 6 M€)
Main-d'œuvre et frais fixes	70 millions d'euros	70 millions d'euros
Résultat	10 millions d'euros	16 millions d'euros (+ 6 M€)

L'impact des achats sur le résultat de l'entreprise

- main-d'œuvre et frais fixes : 70 millions d'euros ;
- résultat : 10 millions d'euros.

Si cette entreprise enregistre une réduction de 5 % sur ses achats, sa structure évolue et devient la suivante : voir tableau ci-dessus.

Une réduction de la part achats a donc un impact direct et fort sur le résultat de l'entreprise : dans le cas présent, un gain de 5 % sur les achats génère une augmentation de 60 % du résultat.

D'autres leviers à activer

La marge, quant à elle, n'est pas extensible. Dans un contexte où la compétitivité n'a jamais été aussi primordiale, augmenter les prix pratiqués par l'entreprise dans de telles proportions serait la condamner.

Le dernier levier que l'entreprise peut actionner est d'augmenter directement son volume de ventes, au même prix, et donc augmenter son chiffre d'affaires. Mais pour atteindre la même augmentation du résultat (+ 6 millions d'euros), les efforts à déployer seront très lourds.

Pour atteindre un résultat de 16 millions d'euros en augmentant le chiffre d'affaires, ce dernier devrait augmenter de 60 % et donc passer de 200 millions à 320 millions d'euros, soit une augmentation de 120 millions d'euros. Une telle action demanderait énormément de temps et une quantité d'efforts et d'énergie difficilement calculable, à travers l'augmentation des capacités de production (nouvelles lignes de production, voire nouvelles usines), ou encore avec de nouvelles embauches (tant sur les équipes de production que sur les équipes de force de vente).

Pour le même résultat, une réduction de 5 % des coûts d'achat semble maintenant largement préférable dans un premier temps.

« Un impact économique étonnant : il est souvent bien plus simple d'obtenir un levier efficace en agissant sur la rentabilité plutôt que sur le chiffre d'affaires. »

••• la marge de manœuvre devient nécessairement plus étroite. Et même pour les organisations achats plus « jeunes », la réduction des coûts n'est plus toujours la priorité absolue. Cela se traduit notamment par la recherche d'une relation plus constructive avec les fournisseurs, et par le fait d'apporter plus d'importance à la recherche et la captation de l'innovation. Cette tendance s'observe par exemple beaucoup plus nettement dans les secteurs de l'IT ou de la Banque – Assurance, comme le révèle l'étude AgileBuyer – CNA de janvier 2021.

La contribution des acheteurs est maintenant aussi attendue sur des sujets variés et qui concernent toute l'entreprise : réussir le lancement d'un nouveau produit, une relocalisation, ou tout simplement remettre en cause et optimiser un cahier des charges technique.

04

La demande d'informations (RFI)

Sélectionner les fournisseurs

La RFI, qui signifie « demande d'informations » (Request For Information), est utilisée pour aider acheteurs et prescripteurs dans leur sélection au moyen de critères objectifs. Elle peut également être utilisée dans le cadre de la recherche d'un nouveau fournisseur (sourcing).

RFI et RFQ

La mise en concurrence est un des leviers majeurs pour les acheteurs.

Son succès repose sur le choix méticuleux des fournisseurs mis en compétition, et les processus de sélection amont sont déterminants.

La RFI doit être différenciée de la RFQ (Request For Quotation) qui signifie « Demande de chiffrage », et qui se concentre principalement sur le prix. La RFI ne constitue donc en rien un engagement précontractuel et ne donne pas forcément lieu à une consultation ultérieure.

La RFI peut prendre la forme d'un dossier ou questionnaire à retourner par les fournisseurs, ou encore d'un formulaire en ligne à compléter.

Évaluer le fournisseur

Un des premiers objectifs d'une RFI est d'évaluer le fournisseur. Cette étape permet de s'assurer de la capacité du fournisseur à répondre au besoin du client interne. Cette capacité peut être évaluée à travers trois aspects :

- l'analyse financière, qui aide à déterminer la viabilité de l'activité du fournisseur ;
- l'évaluation de la taille de l'entreprise, du chiffre d'affaires, du nombre de ressources et de clients, ou encore de sa réactivité et de sa capacité de production, pour confirmer sa capacité à prendre en charge le projet ;

QUELLES QUESTIONS POSER DANS UNE RFI ?

Cette question a été posée à plusieurs reprises par des acheteurs. La seule bonne réponse est une autre question : « Pourquoi faites-vous cette RFI ? » En effet, un des objectifs premiers de la RFI est d'identifier la faisabilité technique et financière. Mais pas uniquement ! Chaque projet a ses particularités et la RFI peut servir à aller chercher des informations très variées, répondant aux spécificités propres du projet : la priorité de l'entreprise est d'accroître son accès à l'innovation ? La RFI demandera alors quels budgets et effectifs du fournisseur sont consacrés •••

- enfin, les certifications et agréments du fournisseur permettent de s'assurer des conditions de réalisation du produit ou service.

La RFI permet également d'évaluer la motivation du fournisseur à travailler avec une entreprise. Un fournisseur qui ne répond même pas, ou uniquement partiellement, à la sollicitation de l'acheteur, c'est prendre le risque d'avoir une offre manquante lorsque l'appel d'offres (ou RFQ) sera lancé. À l'inverse, un fournisseur répondant rapidement et apportant un niveau très détaillé dans ses réponses indique une volonté forte de créer une relation commerciale.

Évaluer le produit ou service

Une fois la visibilité sur le fournisseur obtenue, la RFI permet d'évaluer le produit ou le service qu'il propose. L'évaluation du produit ou du service permet de confirmer la capacité du fournisseur à répondre au besoin. En l'occurrence, c'est le prescripteur qui, par l'expression fonctionnelle ou technique de son besoin, indique ses attentes et les compare avec les éléments transmis par les fournisseurs.

La RFI permet ainsi de mesurer la faisabilité d'un projet sur un plan technique et financier.

Évaluer les opportunités

Puis, pour évaluer les opportunités potentielles de négociation, l'acheteur peut profiter de la RFI pour procéder à l'analyse de deux points : quel poids a ce produit ou service dans l'offre globale du fournisseur ? Et que représente le budget de l'acheteur par rapport au chiffre d'affaires de ce produit ou service ? Ces deux aspects fourniront une première vision de l'intérêt que l'acheteur peut susciter pour ce nouveau fournisseur, et donc des efforts qu'il serait en mesure de fournir sur ses prix, ou pas.

Afin de faciliter de futures négociations, la RFI permet également d'évaluer le degré de coopération juridique que l'on peut attendre du fournisseur.

À l'occasion de la RFI, les conditions générales d'achat (CGA) peuvent être transmises aux fournisseurs pour validation ou commentaires, tout en respectant la réglementation en vigueur. L'attitude des fournisseurs (acceptation, refus ou commentaires très nombreux) peut permettre de faciliter le choix pour les étapes ultérieures. Il faut garder en tête la préséance des CGV (conditions générales de vente) sur les CGA.

À l'issue de la RFI, l'acheteur est donc en mesure de sélectionner les fournisseurs les plus à même d'accompagner le client interne pour la réussite de son projet et d'anticiper l'ensemble des points clés de la négociation à venir.

Le but est d'avoir, avant même le lancement de l'appel d'offres définitif, des participants motivés qui seront à même de répondre aux besoins du client interne et de l'acheteur, et uniquement ceux-là.

« La bonne question pour bien savoir évaluer les fournisseurs, les produits et services, ainsi que les opportunités. »

••• à la R&D. Le critère « Made in France » est un axe privilégié par le marketing de l'entreprise ? La RFI demandera combien d'usines possède le fournisseur en France, et le pourcentage de production associé. L'entreprise n'a que peu de visibilité sur son volume de commandes potentiel et a besoin d'un fournisseur très flexible ? La RFI demandera le détail du parc machines, la taille des séries ou encore quels sont les investissements en cours chez le fournisseur.

Il n'y a donc pas de limites à se fixer sur les informations demandées, tant qu'elles apportent une valeur ajoutée dans l'identification des fournisseurs recherchés.

05

La demande de chiffrage (RFQ)

Structurer pour gagner en efficacité

La RFQ (Request For Quotation) signifie « demande de chiffrage » et est plus communément connue sous l'appellation générale « consultation ». Elle a pour objectif de mettre en concurrence plusieurs fournisseurs identifiés en amont et d'obtenir de leur part une offre technique et financière pour un besoin défini.

Organiser la RFQ

La première phase est l'organisation de la RFQ, qui peut demander jusqu'à la moitié du temps et des efforts alloués au projet. Cette phase doit permettre de répondre à trois questions importantes : pour quelle raison cette RFQ est réalisée ? Combien de fournisseurs doivent être consultés ? Lesquels (d'où l'importance parfois d'une RFI réussie) ?

Si l'entreprise a pour objectif d'accroître son accès à l'innovation, l'objectif sera peut-être alors de mettre en place un double sourcing (plusieurs fournisseurs pour le même produit ou service) pour pouvoir bénéficier de la vision de plusieurs fournisseurs, et peut-être même de se concentrer uniquement sur des fournisseurs n'étant pas encore au panel de cette entreprise. L'analyse du contexte de la RFQ permet donc de répondre à ces questions et d'adapter en conséquence les fournisseurs consultés.

Le nombre de participants, quant à lui, se situe généralement entre trois et six fournisseurs. Trois est un minimum idéal (si possible) car en dessous de ce nombre, les offres reçues ne seront pas nécessairement représentatives du marché dans son ensemble, et les leviers lors de la phase de négociation seront limités.

Cette phase permet également de définir tous les documents qui devront être envoyés aux fournisseurs pour que la RFQ soit la plus efficace possible

QUELS DOCUMENTS TRANSMETTRE DANS UNE RFQ ?

C'est la question que posait systématiquement un directeur achats de l'industrie lors des entretiens d'embauche au poste d'acheteur. Car si les éléments communiqués ont pour objectif de faciliter la lecture des offres, ils traduisent aussi les informations nécessaires à l'acheteur pour se livrer à une analyse objective de ces dernières.

La description du besoin est contenue dans le cahier des charges. Il est parfois nécessaire de communiquer un accord de confidentialité, avant même l'envoi des autres éléments, pour garantir la confidentialité des données transmises.

•••

(cahier des charges, grille de réponse, CGA, projet de contrat, etc.). Cela permet d'obtenir en retour des offres uniformes et rapidement comparables.

Communiquer la RFQ

La deuxième étape est l'envoi de la RFQ et la phase d'étude et de réponse des fournisseurs.
L'envoi, généralement par courrier électronique, doit être le même pour tous les participants et indiquer clairement les « règles du jeu » : date limite de réponse, interlocuteur commercial, interlocuteur technique, etc. À noter qu'il est parfois bien utile d'appeler directement chaque fournisseur après l'envoi de la RFQ : cela permet de s'assurer de sa bonne réception, mais aussi de générer une certaine motivation à y répondre pour le fournisseur.

Sélectionner le fournisseur

Une fois les offres reçues, la troisième phase peut commencer : la sélection du fournisseur.
Si la phase d'organisation a pu être faite au mieux, la sélection fournisseur en est grandement facilitée. Les offres reçues sont au même format, avec le même niveau de précision et selon les mêmes conditions. Elles sont donc toutes aisément analysables dans une grille de comparaison, sur l'aspect technique comme sur l'aspect financier.
Si un grand nombre de fournisseurs ont été consultés, l'acheteur peut ajouter une phase de « présélection », et ne conserver que les deux ou trois meilleures offres qui se détachent du lot dans une short-list. C'est alors uniquement avec ces fournisseurs que l'acheteur focalisera son travail de négociation. La négociation, quant à elle, permettra d'identifier la meilleure offre technique et financière finale. L'acheteur, en collaboration avec le client interne, peut alors désigner le fournisseur retenu.

Clôturer la RFQ

La dernière phase est la clôture de la RFQ. Elle concerne les fournisseurs n'ayant pas remporté la commande, pour lesquels il est intéressant de fournir un retour d'expérience pour leur indiquer ce qui peut être amélioré dans leur offre. Ce faisant, l'acheteur favorise ses chances d'obtenir à nouveau des offres de la part de ces fournisseurs pour les prochaines mises en concurrence.
Cette phase concerne aussi le fournisseur sélectionné : la clôture est pour lui une transition qui marque le début de la prochaine phase : celle de la relation contractuelle.

« La RFQ (Request For Quotation) est un moteur économique. Elle consiste à mettre plusieurs fournisseurs en concurrence afin d'obtenir de leur part une offre technique et financière pour un besoin défini. »

••• Les conditions générales d'achat (CGA) viennent pour leur part indiquer les conditions commerciales que l'entreprise a l'habitude de pratiquer. Pour les sujets complexes, un contrat s'avère nécessaire. Il est alors important de communiquer un « projet de contrat » car son contenu peut amener des ajustements tarifaires de la part des fournisseurs, en réponse à certaines contraintes (garanties exigées, délais de livraison imposés, incoterm utilisé, etc.).
Imposer un tableau de prix, à remplir par le fournisseur, permet également d'accélérer encore plus la phase de comparaison des offres. Pour aller plus loin, il est même possible de communiquer les critères détaillés de notation qui seront utilisés pour départager les offres reçues, mais cette transparence est généralement réservée aux achats publics ou parapublics.

06

La grille de dépouillement

Imposer une approche commune

La grille de dépouillement (ou tableau de comparaison) est l'outil qui permet d'analyser et de donner une vision objective de la valeur globale des offres fournisseurs reçues lors d'une mise en concurrence. Pour qu'elle soit utile et que ses conclusions soient partagées par toutes les parties prenantes, elle doit être complétée de manière conjointe avec le client interne, notamment sur les aspects techniques des offres.

Limiter les différences d'appréciation

La finalité de la grille de dépouillement n'est pas nécessairement de sélectionner un fournisseur, même si cela peut être le cas, mais elle permet surtout d'identifier les deux ou trois fournisseurs avec lesquels l'acheteur va concentrer son temps et ses efforts de négociation.
Les critères utilisés (et leurs pondérations) doivent être ceux définis lors de la rédaction du cahier des charges, et sont donc définis en amont avec les clients internes. Cela permet une analyse rapide et identique pour chaque offre, et également une approche commune de toutes les parties prenantes. Ces critères limitent donc fortement les différences d'appréciation ou tout conflit d'intérêts lors de l'attribution d'un marché.

Les critères techniques

Comme déjà évoqué, la valeur d'une offre dépend des objectifs du projet et du contexte global de l'entreprise. Les critères de la grille peuvent donc varier à chaque appel d'offres. Mais de manière générale seront d'abord observés ceux permettant de confirmer que les éléments techniques et de qualité du fournisseur répondent bien au besoin (Réponse à la fonction technique n° 1, Réponse à la fonction technique n° 2, etc.). Ce sont les critères purement « techniques ».

Les critères financiers

Une fois que la réponse au besoin offerte par le produit ou service est passée au crible, le critère « financier » est souvent l'axe d'analyse suivant.

DES CRITÈRES DIFFÉRENTS POUR UN RÉSULTAT SATISFAISANT TOUTES LES PARTIES

Alors quels critères privilégier concrètement ? Une fois ces critères validés conjointement par la fonction achats et le prescripteur, encore faut-il être aussi d'accord sur la pondération — le poids — accordée à chaque critère lors de l'évaluation des offres. Et c'est là que les choses peuvent se compliquer. Il faut alors trouver un moyen de contenter toutes les parties prenantes, idéalement sans avoir à impliquer les directions concernées. C'est ce qui est arrivé lors d'un appel d'offres concernant l'acquisition d'une machine industrielle venant remplacer une autre machine plus •••

Critères	Pondéra-tion	Société A			Société B			ETC.
		Note	Note pondérée	Observation	Note	Note pondérée	Observation	...
Critères techniques								...
Compréhension du besoin								...
Réponse à fonction technique								...
Certifications								...
Critères financiers								...
Prix d'achat								...
Coût de								...
Consommation eau								...
Critères fournisseurs								...
Santé financière								
Taux de								
Innovation								
Organisation et méthodologie								
Qualité des références présentées								
TOTAL								

Source : AgileBuyer

Notation fournisseurs

Le coût d'acquisition (prix) peut parfois être le seul critère observé, mais bien souvent d'autres éléments vont venir compléter cette donnée. Cela est notamment le cas dans le secteur industriel, où l'achat d'un produit ou d'un équipement ne peut se résumer à son simple prix : dans le cas d'une machine de production, le coût d'acquisition sera bien sûr pris en compte, mais également tous les coûts annexes composant le TCO (*total cost of ownership*), le « coût total de possession » de l'équipement en question (coûts de maintenance, de consommation d'électricité, d'eau, valeur résiduelle de l'équipement en fin de vie, etc.)

Les critères fournisseurs

Viennent ensuite les critères « fournisseurs ». Si ces éléments ont déjà été obtenus lors d'un RFI en amont de l'appel d'offres, ils sont tout de même à inscrire dans la grille de dépouillement et à analyser. L'acheteur veillera notamment aux éléments suivants : la santé financière du fournisseur, son taux de dépendance actuel et futur si attribution du marché, sa taille et capacité de production, sa réactivité, etc.

Une fois ces critères incontournables pris en compte, de nombreux autres critères peuvent bien sûr être ajoutés en fonction des objectifs du projet ou du contexte de l'entreprise.

L'idée doit toujours rester la même : être capable d'identifier les meilleures offres de manière objective et définie en amont. Une offre ne se résume certainement pas à son prix. La grille de dépouillement doit pouvoir mettre en avant non pas les offres les moins-disantes, mais les mieux-disantes, celles servant au mieux les intérêts du projet ou de l'entreprise.

La grille de dépouillement permet donc :

- d'obtenir une vision rapide et objective de la valeur de chaque offre ;
- d'imposer une approche commune à toutes les parties prenantes ;
- d'orienter son analyse sur les offres les mieux-disantes, et non les moins-disantes ;
- de sélectionner un fournisseur ou d'identifier la short-list pour les négociations à venir.

••• ancienne. Le prescripteur ne jurait que par la date de mise en service de l'équipement. L'acheteur a donc proposé d'axer les négociations avec les fournisseurs principalement sur ce point, à condition que le prescripteur fournisse l'analyse détaillée du gain de productivité réalisé avec la nouvelle machine. Il s'est avéré que la nouvelle machine permettait de consommer moins de matière première et de terminer son cycle de production plus rapidement que l'ancienne. Raccourcir le délai de quatre semaines a permis de réaliser des gains importants autrement qu'à travers le simple prix d'acquisition, et tout le monde s'est trouvé pleinement satisfait de cette opération !

07 Les profils types de l'acheteur

Identifier pour mieux cibler

Les objectifs de la fonction achats peuvent couvrir des axes de travail variés, et il est donc logique de retrouver des profils d'acheteurs tout aussi variés au sein d'une entreprise. Ces différents profils dépendront principalement de l'activité de l'entreprise dans laquelle ils évoluent, mais aussi parfois de son organisation.
Il en va de même pour les qualifications des acheteurs : les entreprises industrielles auront généralement tendance à cibler des profils ingénieurs, alors que les entreprises ayant une activité tertiaire cibleront des profils plus commerciaux. Mais cela n'est qu'une tendance générale, et les spécificités de chaque entreprise donnent souvent lieu à un grand mélange des genres.

L'acheteur projet

L'acheteur projets pilote et coordonne les achats pour un projet donné, dans sa totalité. Les familles d'achat peuvent donc être très variées, en passant par des composants ou des produits transformés, ou bien encore des prestations de services. Il anime un réseau d'acheteurs plus spécialisés et sert de liaison entre le directeur de projet et les équipes métier, mais son activité reste en accord avec la politique achats et la stratégie globale de l'entreprise.

L'acheteur hors production ou « indirect »

L'acheteur hors production (appelé aussi acheteur « indirect ») est en charge des achats permettant d'assurer le bon fonctionnement de l'entreprise et n'entrant pas dans le processus de production. Son portefeuille est généralement composé des consommables, des prestations intellectuelles et des prestations de services (flotte de véhicules, locations d'équipement ou de voitures, achat de transports, téléphonie, maintenance et entretien des locaux, etc.)
Il arrive parfois que son portefeuille contienne également le Capex (Capital Expenditure), ou achats d'investissements. Mais le Capex est de plus en plus souvent confié à un acheteur dédié, du fait de sa particularité. En effet, le Capex représente

UNE ESPÈCE À PART : LE CONTRACT MANAGER

Certains acheteurs se sont spécialisés dans le pilotage des contrats passés avec les fournisseurs : ce sont les Contract Managers. Certains contrats s'étalent dans le temps, sur plusieurs phases bien distinctes, et sur plusieurs années. Le rôle des Contract Managers est de piloter et de faire vivre ces contrats en s'assurant que leur application est bien respectée à travers le temps (faire appliquer les révisions de prix par exemple), mais aussi de les faire évoluer si •••

tous les achats d'investissements matériels de la société (comme les bureaux, les usines ou les travaux afférents par exemple).

L'acheteur direct

Par opposition, l'acheteur direct est, lui, en charge des achats directement nécessaires au processus de production de l'entreprise. Cela englobe tous les composants et les matières premières nécessaires à l'entreprise pour produire le produit final qu'elle commercialise. Les portefeuilles sont ici très variés et répartis entre les acheteurs directs selon leurs profils et formations respectifs : l'acheteur en charge des matières chimiques de production n'aura probablement pas la même formation de base que l'acheteur en charge du packaging.

Vie projet et vie série

Au sein des acheteurs directs, il faut également différencier les acheteurs « projet » et les acheteurs « série » ou « famille », qui correspondent à des phases différentes du cycle de vie du produit commercialisé par l'entreprise.
L'acheteur « direct projet » intervient en amont du processus achats série. En s'appuyant sur ses capacités de coordination et de pilotage et en lien avec les différents métiers de l'entreprise, il devra piloter la phase achats projet. Un de ses objectifs principaux est de détecter les innovations, les présenter au projet, et de mettre en place une relation de partenariat avec ses fournisseurs qui vont l'accompagner tout au long de la phase projet.
Une fois le projet figé, et le produit final lancé en production, la phase « série » débute, et l'acheteur « série » entre en scène. Son rôle est de piloter la relation avec le fournisseur durant toute la vie du produit final.

L'approvisionneur

Les approvisionneurs ont un rôle bien spécifique : ils sont en charge des actes d'approvisionnement, et notamment de la rédaction, de l'émission et de l'envoi des commandes vers les fournisseurs. Cela inclut aussi le suivi des commandes, des accusés de réception et de contrôle des respects de livraison, entre autres.
Le rôle de la fonction achats est en constante évolution, ses acteurs principaux en font donc de même. Les rôles et les profils des acheteurs se multiplient et se diversifient en même temps qu'évolue le rôle attendu de la fonction achats. Le profil de l'acheteur, âpre négociateur ne parlant que de réduction des prix, n'est plus d'actualité. Son rôle et sa valeur ajoutée se sont diversifiés et continuent de le faire à l'heure actuelle.

> ***« Le profil de l'acheteur, âpre négociateur ne parlant que de réduction des prix, n'est plus d'actualité. On voit désormais apparaître des profils empathiques, plus carrés et plus innovants. »***

••• le contexte le demande, à travers la négociation d'avenants au contrat ou *via* des protocoles d'accord avec les fournisseurs concernés. Ces acheteurs ont naturellement une appétence plus développée pour les questions juridiques, et ils abordent leur relation avec les fournisseurs essentiellement sous ce prisme. Il n'est d'ailleurs pas rare que les Contract Managers ne réalisent pas la négociation du contrat en tant que tel, mais qu'ils entrent en jeu à l'occasion du « kick off » meeting, au moment de la mise en place opérationnelle du contrat qui vient d'être signé.

8

Le marketing achats

Comprendre les marchés

Véritable état d'esprit né dans les années 1970, le marketing achats a été créé pour aider les acheteurs à faire face aux marchés. L'idée était d'opposer à l'approche « agir en barbare » l'approche « réfléchir en stratège ». Aujourd'hui, cette composante est devenue essentielle dans la mise en œuvre de vraies stratégies achats.

Segmenter son portefeuille

Le marketing achats, c'est une approche marketing adaptée à la fonction achats. Le marketing achats permet de segmenter le portefeuille achats dans le but de connaître le marché amont des fournisseurs.

Cette analyse stratégique est menée à travers trois dimensions :

- la hiérarchisation des achats ;
- l'analyse de tous les risques internes ;
- l'analyse des caractéristiques des marchés fournisseurs.

Cette segmentation, et l'analyse stratégique qui en découle, doit permettre la mise en œuvre d'un plan d'action achats dont l'objectif est d'établir une stratégie achats de court, moyen et long terme.

Les outils

De nombreux outils ont été conçus pour aider à la réalisation de la segmentation du portefeuille achats selon les différents enjeux économiques ou selon la nature des besoins.

Par exemple, la matrice sur la segmentation tridimensionnelle du portefeuille achats permettra d'étudier les risques/opportunités internes, les risques opportunités externes en fonction des enjeux économiques. Quant à la matrice « SWOT » (Forces/Faiblesses/Opportunités/Risques) d'une famille d'achat : elle permet de dégager les

LES RÉSULTATS DU MARKETING ACHATS

La seconde phase importante du processus marketing achats définit donc des stratégies achats pour chaque segment. Un plan d'action sera conçu en conséquence pour affronter chaque marché fournisseurs et trouver les bons leviers achats correspondants, modifier les pratiques achats, voire modifier l'organisation achat elle-même. Deux types de leviers peuvent être actionnés. Le réflexe premier est de penser aux leviers externes, vers les fournisseurs. Bien qu'ils soient évidemment indispensables, les actions ne doivent pas se limiter aux habituels •••

forces et faiblesses internes de l'entreprise et les opportunités et menaces du marché.
Une distinction peut être faite avec plusieurs angles d'approche : une segmentation fonctionnelle, technologique ou une segmentation par nature (achats de production, prestations intellectuelles, sous-traitance, etc.). Pour que cette approche livre tout son potentiel et sa valeur ajoutée, il faut choisir la ou les segmentations complémentaires entre elles, permettant d'obtenir une vision synthétique et adaptée au contexte de l'entreprise pour laquelle est réalisée cette analyse.

Personnaliser ses segments d'achat

En complément, une sous-segmentation du portefeuille achats permettra d'exprimer le besoin, la nature et le périmètre de l'achat, décrit dans le cahier des charges, la politique de l'entreprise en matière de développement durable, la politique contractuelle en termes de confidentialité, de propriété industrielle, etc.
C'est une étape de personnalisation des segments d'achats, qui sont nécessairement différents d'une entreprise à une autre, en raison des spécificités inhérentes à chaque marché ou domaine d'activité.

Et en déduire les stratégies à appliquer

Les résultats de l'analyse du marché interne et externe de l'entreprise définiront donc les stratégies à adopter.
La matrice « stratégique générique » détectera les problèmes liés aux risques du marché selon la catégorie d'achats techniques, stratégiques, simples ou lourds : dans le cas d'un achat simple, il sera par exemple plus judicieux d'appliquer un processus simplifié, et de se concentrer sur des achats plus lourds à forte valeur ajoutée.
Tous ces outils aident les acheteurs à mieux appréhender le marché fournisseur. Ils donnent une vision synthétisée et dynamique à la fonction achats d'une entreprise.
Une fonction achats mature implique la mise en œuvre d'un processus marketing achats bien rodé. Il ne viendrait pas à l'idée d'un vendeur d'attaquer un marché sans qu'il ait été balisé par le marketing.

« Les acheteurs ont des techniques de vendeurs aussi. Un plan d'action sera conçu pour affronter chaque marché fournisseurs et trouver les bons leviers achats correspondants. »

••• leviers de mise en concurrence, négociation, partenariats, etc. Il faut donc apporter la même attention aux leviers internes, liés aux besoins et au fonctionnement de l'entreprise (par exemple, avec une mutualisation des besoins des clients internes, la gestion de volumes gonflés permettra d'avoir un levier de négociation plus important). Ces actions peuvent aussi être liées aux acheteurs eux-mêmes : il est parfois nécessaire d'adapter la compétence des acheteurs pour permettre à l'organisation achat de faire face aux contraintes identifiées (*via* des formations ou des recrutements). Le marketing achats doit permettre de livrer une vision synthétique et exhaustive de l'activité achats d'une entreprise, et donc de considérer tous les leviers existants.

09

La méthode ABC

Classer pour prioriser

La loi de Pareto permet de constater qu'environ 80 % des effets sont le produit de 20 % des causes. La méthode ABC appliquée aux achats pousse plus loin ce postulat et permet d'établir une classification plus détaillée de ses fournisseurs, qui seront répartis en fin d'analyse en trois catégories (A, B et C). Son application ne se limite pas d'ailleurs aux seuls fournisseurs. La méthode ABC peut s'appliquer également aux références d'articles ou de services achetés, ou de familles d'achat entières.

Mettre en application

L'acheteur peut analyser l'ensemble des dépenses liées aux fournisseurs ou aux produits/services achetés afin d'apporter une analyse cohérente dont l'objectif est de pouvoir prioriser les actions et amorcer une stratégie achats. Pour mettre en application cette méthode, il faut dans un premier temps dresser la liste des fournisseurs et identifier le montant de dépense annuelle pour chacun d'entre eux, puis hiérarchiser les montants par ordre décroissant. Cela permet dans un premier temps de voir rapidement le poids de chaque fournisseur dans les dépenses de l'entreprise, de manière individuelle. Une fois les montants identifiés et classés, il suffit de calculer les montants cumulés des fournisseurs pour obtenir la classification finale souhaitée en trois catégories distinctes :

- catégorie A : 20 % des fournisseurs représentent 80 % du volume achats ;
- catégorie B : 30 % des fournisseurs représentent 15 % du volume achats ;
- catégorie C : 50 % des fournisseurs représentent 5 % du volume achats.

Cette classification semble simple au premier abord, mais elle nécessite avant tout une bonne base de données (généralement l'ERP utilisé par l'entreprise), qui soit complète et maintenue à jour. Sans ce prérequis, cette classification peut s'avérer très chronophage, et bien souvent faussée.

POURQUOI REGARDER DE PRÈS LES ACHATS DE LA CATÉGORIE C ?

C'est la question posée par un acheteur à son nouveau manager fraîchement arrivé qui faisait l'état des lieux des dépenses. Pour l'acheteur en question, « les achats de catégorie C, ce sont les achats qui ne valent pas le coup d'y passer du temps. On a toujours fait comme ça ». Le but du manager était ici de simplifier autant que possible ces achats qui demeurent tout de même indispensables au bon fonctionnement de l'entreprise. Maintenir le niveau de qualité attendu, tout en y investissant le moins de temps et d'énergie possible. •••

Fournisseurs	Rang	Montant	Rang en %	Montant cumulé	% cumulé	Classe
B	1	60 000 €	66,2 %	60 000 €	66,2 %	A
F	2	16 000 €	17,6 %	76 000 €	83,8 %	A
C	3	8 500 €	9,4 %	84 500 €	93,2 %	B
E	4	4 500 €	5,0 %	89 000 €	98,2 %	B
A	5	1 060 €	1,2 %	90 060 €	99,3 %	C
D	6	600 €	0,7 %	90 660 €	100 %	C
TOTAL		100 660 €				

La méthode ABC appliquée aux achats

Dans cet exemple, les fournisseurs B et F représentent environ 80 % du volume achats, les fournisseurs C et E représentent environ 15 % et enfin les fournisseurs A et D représentent un volume minime de 2 %.

Analyser

Une fois que l'acheteur identifie ces trois catégories, il doit apporter une analyse pour chacune d'entre elles et mettre en place les actions adéquates en face.

La catégorie A représente les achats ayant le plus fort impact économique sur l'entreprise. Cette catégorie reflète l'application même du Pareto, et il sera donc important d'y apporter un suivi et un traitement particulier. Les fournisseurs de cette catégorie sont la plupart du temps des fournisseurs importants et stratégiques pour l'entreprise. L'acheteur devra y consacrer plus de temps pour optimiser au mieux ces dépenses.

La catégorie B est composée des achats intermédiaires et récurrents qui peuvent dégager un gain significatif et tout de même impacter la rentabilité de l'entreprise. Certes moins importants que ceux de la catégorie A, ils demeurent pour autant un axe de travail à ne pas négliger : les fournisseurs y sont moins stratégiques et les sujets probablement moins complexes, les négociations y seront généralement plus simples et donc plus rapides. Le rapport temps investi/gains financiers obtenus doit être pris en compte.

Enfin, la catégorie C regroupe les nombreux achats avec un impact financier faible. Néanmoins, ils génèrent des frais administratifs élevés avec un nombre important de fournisseurs et de commandes, pour un volume de dépense très faible. L'objectif pour l'acheteur est d'optimiser ces achats en réduisant les coûts administratifs et de simplifier autant que possible la gestion de ces achats sans valeur ajoutée.

« Savoir cibler ses actions. »

••• La première action fut de lister les fournisseurs et d'identifier les entreprises qui peuvent être remplacées ou supprimées du panel. En réduisant la liste de fournisseurs, les contraintes en termes de temps et d'organisation ont été réduites, et certaines négociations optimisées *via* la massification. Un fournisseur unique capable de procurer la plus grande gamme possible de produits et de livrer l'intégralité des sites de l'entreprise a été identifié et a remplacé un grand nombre d'anciens fournisseurs obsolètes. Dans un deuxième temps, un outil d'eprocurement (solution d'achat électronique) a été mis en place. Ces outils existent maintenant pour tous types d'entreprises et pour tous les budgets. L'investissement en temps est important lors de l'implémentation, mais les gains sur le long terme ont largement compensé cet effort.

10

La loi de Pareto

Se concentrer sur les 20 % qui comptent

La loi de Pareto (aussi appelée la loi du « 80/20 », en référence à la répartition des pourcentages qui s'y vérifie à chaque fois) est une loi démontrant que 80 % des effets sont le produit de 20 % des causes. Cette loi, d'origine économique, a été conçue par l'économiste et sociologue Vilfredo Pareto au XIXe siècle, après avoir constaté que 80 % des richesses de son pays étaient détenues par 20 % de ses compatriotes.

Un domaine d'application très vaste

Après avoir été conçue autour d'une observation d'ordre sociologique et démographique, cette loi a pu s'appliquer à d'innombrables domaines, que cela concerne des sujets liés à une entreprise, ou bien dans la vie de tous les jours : 20 % de nos produits génèrent 80 % de nos bénéfices, 20 % des articles en stock représentent 80 % du coût de stockage, 80 % du trafic routier se fait sur 20 % des routes, etc.
Et bien entendu, le principe de Pareto s'applique également au domaine des achats.

Y compris dans les achats

Le premier réflexe sera alors de se concentrer sur l'axe habituel : 20 % de mes fournisseurs représentent 80 % de mes dépenses. Ce qui est probablement vrai.
Mais la loi de Pareto ne doit pas seulement vérifier ou analyser le seul volume achats. Ce principe peut s'appliquer à de nombreux autres aspects du travail d'une fonction achats : l'analyse peut s'effectuer avec 20 % des références de produits ou de services achetés qui représentent 80 % du volume achats. Ou bien encore mettre en avant le fait que 20 % des fournisseurs (ou références) représentent 80 % des défaillances qualité. Ou encore des retards de livraison, etc. La loi de Pareto peut donc s'avérer un outil utile sur un grand nombre d'axes de travail pour les acheteurs.
Quel que soit l'axe de travail étudié, l'intérêt et l'objectif de la loi de Pareto restent les mêmes : travailler de la façon la plus efficace et optimisée possible, en investissant son temps et son énergie sur les fournisseurs ou références ayant le plus d'impact sur notre activité.
En d'autres termes, axer ses efforts sur les 20 % qui comptent.

PRIORISER ET OPTIMISER SES ACTIONS

La loi de Pareto permet donc dans l'exemple décrit ci-dessus d'identifier les sept références qui, à elles seules, représentent 80 % du volume achats annuel.
Pour atteindre les 100 %, ce tableau continuerait probablement encore sur une vingtaine ou une trentaine de lignes de références supplémentaires, avec des volumes et des prix d'achat très faibles. •••

Première étape

La première étape pour réaliser une loi de Pareto est de rassembler les données nécessaires et les trier pour identifier les 20 % qui nous intéressent, en fonction de l'axe que nous souhaitons analyser.
Cette étape est grandement facilitée si l'entreprise dispose d'une base de données fiable et à jour (généralement l'ERP de l'entreprise).
Ici, nous prendrons l'exemple du poids de chaque référence de produit/service par rapport au volume achats annuel global de l'entreprise, qui sera de 100 000 000 d'euros.

Deuxième étape

Il suffit alors de trier les valeurs du volume total par ordre décroissant, et d'ajouter une colonne supplémentaire avec le pourcentage que représente chaque ligne dans le volume achats global de l'entreprise, puis une deuxième colonne supplémentaire affichant le pourcentage cumulé de chaque ligne, permettant alors d'identifier les références qui représentent 80 % du volume annuel global de l'entreprise.

« Ne pas se disperser. »

Réf.	Quantité sur un an	Prix à l'unité	Volume total (€)
1	12 000	1 350,00 €	16 200 000,00 €
2	1 000	1 345,00 €	1 345 000,00 €
3	5 000	1 398,65 €	6 993 250,00 €
4	5 200	4 512,60 €	23 465 520,00 €
5	200	7 412,30 €	1 482 460,00 €
6	500	3 200,00 €	1 600 000,00 €
7	6 000	1 362,00 €	8 172 000,00 €
8	754	5 812,80 €	4 382 851,20 €
9	1 865	10 500,00 €	19 582 500,00 €
10	82	12 421,67 €	1 018 576,94 €
Etc.	...	...	...

Pareto des références en chiffre d'affaires - Étape 1

Réf.	Quantité sur un an	Prix à l'unité	Volume total (€)	Volume total (%)	Cumulé (%)
4	5 200	4 512,60 €	23 465 520,00 €	23,47 %	23,47 %
9	1 865	10 500,00 €	19 582 500,00 €	19,58 %	43,05 %
1	12 000	1 350,00 €	16 200 000,00 €	16,20 %	59,25 %
7	6 000	1 362,00 €	8 172 000,00 €	8,17 %	67,42 %
3	5 000	1 398,65 €	6 993 250,00 €	6,99 %	74,41 %
8	754	5 812,80 €	4 382 851,20 €	4,38 %	78,80 %
6	500	3 200,00 €	1 600 000,00 €	1,60 %	80,40 %
5	200	7 412,30 €	1 482 460,00 €	1,48 %	81,88 %
2	1 000	1 345,00 €	1 345 000,00 €	1,35 %	83,22 %
10	82	12 421,67 €	1 018 576,94 €	1,02 %	84,24 %
Etc.	...	...	...	...	...

Pareto des références en chiffre d'affaires - Étape 2

••• C'est ici que la loi de Pareto prend tout son sens : l'acheteur peut investir son temps et son énergie pour négocier au mieux les prix de ces sept références et optimiser au mieux ses efforts, en obtenant sensiblement le même gain que s'il avait aussi négocié l'intégralité des 30 autres lignes de références… mais pour un temps de négociation six ou sept fois plus long !

La matrice d'attractivité

Reconnaître les bons fournisseurs

La matrice d'attractivité est un autre outil issu du marketing achats permettant de formaliser l'intérêt que représente l'entreprise de l'acheteur envers ses différents fournisseurs. Le but de cette démarche est bien entendu de pouvoir cibler et prioriser les fournisseurs les plus motivés à travailler avec l'entreprise, mais aussi d'adapter la stratégie et le type de relation commerciale en fonction de chaque niveau d'attractivité identifié.

Une introspection

Contrairement aux analyses habituelles, il ne s'agit pas ici d'analyser les facteurs externes, mais d'analyser sa propre entreprise vis-à-vis des autres acteurs du marché. Cette introspection doit permettre de se poser la question : « Quel est l'intérêt pour ce fournisseur de travailler avec mon entreprise ? » Une fois que le niveau d'attractivité est identifié, cela permet dans un deuxième temps de comprendre quelle est la stratégie que ce fournisseur a intérêt de mettre en place avec notre entreprise. Cette compréhension réciproque permet d'identifier et d'optimiser les bénéfices mutuels qu'une relation commerciale pourra engendrer, si elle est mise en place de façon optimale. La matrice d'attractivité permet donc d'identifier plus facilement les fournisseurs avec lesquels il sera possible d'instaurer une potentielle relation « gagnant-gagnant ».

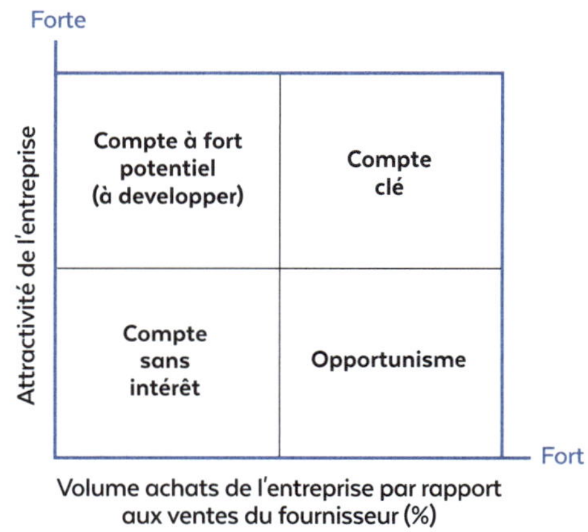

Matrice d'attractivité

QUELLE RELATION COMMERCIALE POUR QUEL TYPE DE COMPTE ?

Une fois l'attractivité identifiée, l'acheteur peut mettre en place les actions adéquates. Cela peut être de faire en sorte de « déplacer » son entreprise vers un statut plus favorable si cela est la stratégie retenue. Si ce n'est pas le cas (ou si cela n'est tout simplement pas possible en raison de volumes d'achat trop faibles), il convient alors d'adapter autant que possible la relation commerciale au statut de son entreprise vis-à-vis de chaque fournisseur.

Si l'entreprise se situe dans les zones de faible intérêt ou d'opportunité, la séduction sera •••

Le ou les volumes d'achat

L'abscisse représente le volume d'achat de l'entreprise par rapport au volume de vente total du fournisseur.

Pour que le poids représenté par l'entreprise soit révélateur, il est préférable de se fonder sur le volume d'achat global, toutes références de produits ou services achetés confondues. Mais si le contexte l'exige, il peut être intéressant de le faire sur le volume d'une seule référence si elle représente un poids important.

Si l'entreprise ne représente que 2 % des ventes totales du fournisseur, mais que ces 2 % représentent 90 % des ventes d'une référence unique, la position de l'entreprise vis-à-vis du fournisseur se trouve logiquement fortement modifiée.

L'attractivité de l'entreprise

L'axe des ordonnées indique l'attractivité que l'entreprise représente pour le fournisseur. Cette notion est plus subjective et contextuelle : les facteurs qui la composent peuvent varier d'un secteur d'activité à un autre.

Le volume d'achat en est évidemment un à lui tout seul, mais l'attractivité peut se générer à travers de nombreux autres facteurs : la renommée de l'entreprise et l'image de marque qu'elle peut dégager, et donc les effets de communication qui peuvent en découler, les opportunités qu'elle peut représenter pour accéder à de nouveaux clients ou marchés, la marge ou les conditions contractuelles accordées au fournisseur, le respect des délais de paiement, la qualité de la relation existante, les certifications ou labels détenus, etc.

Positionner son entreprise et s'adapter

L'association du volume d'achat et de l'attractivité générée permet alors de positionner son entreprise sur la matrice selon quatre zones prédéfinies :

- le « compte clé » ;
- le compte « à fort potentiel » ;
- le compte « d'opportunité » ;
- le compte « sans intérêt ».

Plus le volume d'achat et l'attractivité sont élevés, plus l'entreprise se rapprochera du statut de « compte clé ». À l'inverse, une faible attractivité et un volume d'achat réduit placeront l'entreprise dans la zone sans intérêt.

L'objectif de cette matrice est donc dans un premier temps d'identifier les fournisseurs qui seront les plus motivés pour mettre en place une relation de qualité. Mais rares sont les entreprises qui peuvent se vanter d'être attractives pour l'intégralité d'un marché.

Certains achats devront toujours se faire auprès de fournisseurs n'ayant qu'un intérêt moyen, voire aucun intérêt, à commercer avec l'entreprise. Il est aussi important de les identifier afin de pouvoir adapter la stratégie et la relation commerciale avec ces fournisseurs peu motivés mais restant indispensables à l'activité de l'entreprise.

« Savoir être réaliste sur son attractivité. »

••• la meilleure arme de l'acheteur. Il devra alors mettre en œuvre toutes ses compétences relationnelles pour faire en sorte de pouvoir travailler efficacement avec un fournisseur qui n'a pas besoin de lui.

À l'inverse, si l'entreprise représente un compte clé ou à fort potentiel, l'acheteur peut rechercher une logique de partenariat et de relation ancrée sur le long terme. L'objectif de cette démarche, particulièrement présente dans l'industrie, est d'obtenir des avantages communs aux deux parties : une maîtrise des coûts plus fine, l'amélioration de la productivité et de la qualité, le développement plus rapide des nouveaux produits, le partage d'information et de savoir-faire, etc.

12

Achats publics ≃ Achats privés ?

Différencier les achats publics

De nombreuses personnes considèrent que les achats publics et privés n'ont rien en commun. D'autres considèrent qu'ils se ressemblent fortement. Alors, qu'en est-il ? Les achats dans le domaine public peuvent sonner comme une fonction contraignante de par toutes ses procédures rigides et ses contraintes légales à respecter. Alors que les achats privés peuvent, à l'inverse, être synonymes de liberté, d'indépendance, de créativité.

Les mêmes approches métier

Quand on y regarde d'un peu plus près, il y a pourtant un certain nombre d'éléments qui rapprochent ces deux domaines d'activité.
Pour commencer, les approches « métier » de ces deux typologies d'achats se ressemblent beaucoup, que ce soit d'un point de vue opérationnel ou stratégique. Les acheteurs publics et privés ont les mêmes principes fondamentaux : acheter la meilleure réponse au besoin du client interne, dans les meilleures conditions commerciales. Dans les deux cas, l'acheteur est le vecteur de la performance de l'acte d'achat. Il est aussi le garant du respect de la procédure achats, quelle qu'elle soit.

L'importance du client interne

Le client interne reste également l'acteur majeur dans les deux types de structures. Il faut orienter et consolider sa décision à travers des outils ou rapports d'analyses pour le choix d'un produit ou d'un service : c'est la mission principale de l'acheteur, autant pour les marchés publics que pour les marchés privés.
Bien évidemment, les uns comme les autres devront respecter certains critères de choix ou de priorisation « QCD », afin que le besoin soit conforme aux exigences du donneur d'ordre.

UNE LOGIQUE IDENTIQUE…
MAIS DES CONSÉQUENCES SANS COMPARAISON

L'aspect positif du Code des marchés publics est que la procédure est la même pour tous les marchés et pour tous les donneurs d'ordres publics et les entreprises soumissionnaires : les « règles » sont donc les mêmes pour tous et pour tout type d'achat.
Quant aux achats privés, ils doivent aussi se conformer à certaines lois, visant à ce que les entreprises respectent certains principes. Mais ces lois laissent l'acheteur libre du formalisme •••

Les mêmes indicateurs et les mêmes fournisseurs

Que ce soit des achats publics ou privés, la performance achats doit être mesurée par des indicateurs. Ces indicateurs, souvent présentés sous forme de tableaux de bord, seront une source de progrès pour chacune des fonctions et une mesure de la qualité du travail des acheteurs.
La gestion de la relation fournisseur est un autre point commun : autant dans les marchés publics que privés, l'acheteur est le lien entre le client interne et le fournisseur. Il représente le client et il est garant des bonnes relations et de l'équité de traitement entre les entreprises sollicitées.

Les spécificités du Code des marchés publics

Cela étant dit, un certain nombre d'aspects différencient ces deux métiers.
En France, les achats publics sont régis par un Code de la commande publique qui regroupe les principes fondamentaux d'achat de fournitures, de prestations de services ou de travaux, établis par les pouvoirs adjudicateurs. L'acheteur public a certaines contraintes qu'il se doit de respecter pour mener une consultation à terme. Le Code de la commande publique prévoit une nomenclature très précise en termes de formalisme, de vocabulaire, ou de formulaires, que l'acheteur et les entreprises doivent respecter scrupuleusement.
Dans le cadre des marchés publics, chaque appel d'offres devra faire l'objet d'une publication sur différents supports selon le seuil en vigueur (JAL/BOAMP/JOUE) ainsi que le type d'achats comme suit :

- achats de fournitures et services : publication au-delà de 40 000 € HT ;
- achats de travaux : publication au-delà de 100 000 € HT.

Le support de publication permet de donner une indication quant au montant de dépense pour les futurs soumissionnaires. Les acheteurs publics ont souvent un profil de juriste. Les marchés étant très réglementés, ils se doivent de rester en veille juridique pour appréhender tous les changements liés au Code des marchés publics. Effectivement, il faut savoir que les normes communautaires peuvent changer plusieurs fois en peu de temps. Ainsi, il est difficile pour les acheteurs qui ne sont pas juristes de formation de s'approprier les nouvelles directives réglementaires, et de préserver la conformité de ses marchés avec la loi.

Une codification du processus différente

En conclusion, les achats publics et privés poursuivent le même objectif au niveau de la recherche de la performance achats et de la satisfaction de son client interne. L'élément fondamental qui les sépare est la codification du processus : les marchés publics sont encadrés par un Code de la commande publique très réglementé et normalisé, alors que les marchés privés ne sont limités que par le Code du commerce et les procédures propres à chaque entreprise.
Un marché public est donc plus contraignant qu'un marché privé. Celui-ci est plus réglementé en termes de procédure, très peu flexible, et chronophage de par certains délais réglementairement imposés.

« La commande publique est un poumon économique fort. »

••• de ses appels d'offres. Les entreprises de droit privé développent leurs propres outils pour la réalisation d'appel d'offres et la passation de marché : procédures, nomenclature, formalisme des dossiers d'appel d'offres, structure des contrats.
En cas de non-respect des règles législatives de mise en concurrence, l'acheteur public s'expose à des sanctions pénales. Par exemple, si un acheteur public favorise un fournisseur pour des raisons réputées « non sérieuses » par le tribunal de commerce, il peut être puni par une peine allant jusqu'à deux ans d'emprisonnement et 30 000 euros d'amende. Ce délit est nommé « le délit de favoritisme » selon l'article 43214 du Code pénal.

3 conseils de...

Jean Potage

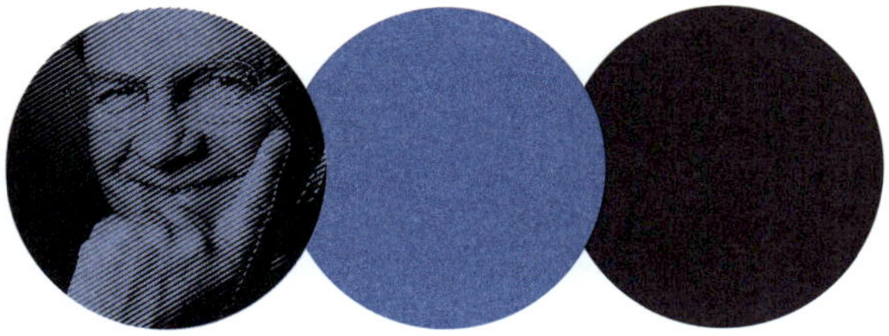

Comment mettre les achats en mouvement ?

Positionnez stratégiquement les achats

Ce prérequis s'appuie généralement sur une vision économique des choses en actant le fait que le montant des achats représente dorénavant en moyenne 60 % du chiffre d'affaires des entreprises. Imparable. Toutes les familles achats sont-elles alors stratégiques ? Pareto et Kraljic sont venus éclairer le débat, le premier grâce au classement que l'on connaît et qui aboutit à identifier les 20 % stratégiques du portefeuille achats, et le second avec sa célèbre matrice, permettant d'identifier comme stratégiques les achats vérifiant un certain nombre de critères. Analyse stratégique se limitant donc au questionnement sur le « combien ».

À notre sens, deux autres visions doivent venir compléter l'analyse stratégique : celle du « qui et avec qui » au sens des fournisseurs parce que l'acte d'achat s'inscrit toujours dans un écosystème, et celle du « quoi et du comment » parce que l'acte d'achat s'inscrit aussi dans une responsabilité sociétale et environnementale. Les entreprises sont en effet durablement entrées dans une ère d'interdépendance forte, laquelle se décline dans les portefeuilles achats et leur gouvernance.

Cette interdépendance commence par celle des pays, et se décline évidemment au niveau des entreprises, *a fortiori* quand elles sont multinationales, avec cette fois-ci un effet amplificateur dû à la montée en complexité des produits, des systèmes et des services vendus, rendant ainsi les portefeuilles achats eux-mêmes plus complexes. Voilà donc pourquoi et en quoi, en ce début de XXIe siècle, les achats sont effectivement stratégiques.

Identifiez les acheteurs nouvelle génération

Mener à bien une telle mission suppose des forces elles-mêmes stratégiques ! Les mythes tombent les uns après les autres, tant celui de l'acheteur purement *cost killer* que celui de l'acheteur super négociateur. Sans compter que le numérique est passé par ici (digitalisation du processus achats) et repassera par là (les data), ainsi que nous l'expliquons ces temps-ci dans Excellence Achat. À notre sens le profil des acheteurs de nouvelle génération se déclinera autour de quatre composantes principales : 1) la maîtrise du processus achats de bout en bout de manière digitale ; 2) la maîtrise du relationnel fournisseurs selon les enjeux de l'interdépendance ; 3) la maîtrise de ces *méta-fournisseurs* que sont les plateformes numériques achats

Jean Potage représente à merveille le sage de la profession achats. Il est respecté de tous pour avoir à la fois une vision pratique et théorique du métier. Il a enseigné ou enseigne encore le management des achats à Polytechnique, MAI Kedge Bordeaux/Paris, ESTP, ESCP, Desma Grenoble, ESIEE et université de Versailles Saint-Quentin, et de Savoie Mont Blanc. Jean Potage a dirigé les Achats de Thales.

de type GAFAM ; 4) la maîtrise des data achats, stockées dans un *data lake* approprié et exploitées dans le processus achats en lui-même *(predictive analytics)* et aussi dans les tâches support comme le Category Management. Au final, un *new deal* historique pour la fonction achats, avec encore des nouveaux profils à développer en maturité.

Esquissez le rôle des acheteurs

Ce conseil, tout en ayant en tête la gestion stratégique de l'interdépendance de l'entreprise, nous pousserait à dire : offrir à l'entreprise le meilleur panel fournisseurs dont elle a besoin. Tout le reste en découle. Rôle qui n'a plus rien à voir avec les rôles historiques précédents, et qui sous-tend donc une gestion globale des risques du panel, y compris sous l'angle RSE. Rôle qui s'apparente donc à celui de la gestion des ressources externes de l'entreprise, plaidoyer que nous prononçons depuis une dizaine d'années, et assimilable à ce qu'ont fait les directions du personnel quant à devenir les directions des ressources humaines. Qu'attendent donc les dirigeants pour ériger leurs directions achats devenues stratégiques en direction des ressources fournisseurs ?

Esquisser ici le rôle des acheteurs doit donc être fait en regardant « autrement » le panel fournisseurs, à l'aune des enjeux relationnels avec ses derniers. Trois catégories suffisent comme le montre le modèle 3C également proposé en 2010 et répartissant le panel entre fournisseurs en trois clusters : Compétitivité, Confiance, et Croissance. Au final : dans chaque cluster des rôles assez différents, des outils différents, une seule et même mission pour une interdépendance assumée.

> *« Regarder autrement le panel fournisseurs. »*

#2

Conduire le changement

« En quoi la fonction achats évolue-t-elle et devient-elle l'un des moteurs du changement de l'entreprise ? Comment faire passer ce message en interne ? »

13

Le management du changement

Changer ou à faire changer

Une nouvelle procédure achats est mise en place ? La relation avec un fournisseur historique est portée à son terme. Ces situations nécessitent une conduite du changement. Et ce contexte représente souvent un casse-tête pour les managers achats. Alors comment gérer de manière efficace la gestion du changement ? Quels sont les trucs et astuces pour faire en sorte que les équipes adhèrent à ces remaniements ? Et comment profiter de ces circonstances pour accroître le leadership d'un manager achats au sein de son entreprise ?

Identifier les acteurs

Les services achats sont souvent amenés à adapter leurs méthodes et leurs organisations. Et pour être efficaces, ils doivent adopter les techniques de communication adaptées.

Pour communiquer sur le changement, il faut en premier lieu savoir à qui l'on s'adresse. Quatre comportements types de personnels en entreprise sont identifiés :

- les « dépendants » ;
- les « contre-dépendants » ;
- les « indépendants » ;
- les « interdépendants ».

Le premier groupe est composé des « dépendants ». Il se caractérise par un grand respect de l'institution et de la hiérarchie, mais ses membres font rarement preuve d'initiative et le changement les inquiète.

Les « contre-dépendants » constituent la deuxième classe. Ils sont en général en désaccord avec la pensée dominante et s'affirment en le faisant savoir. Toute modification est donc une occasion pour eux de se mettre en valeur. On trouve également les « indépendants » qui ont créé leur alter entreprise dans l'entreprise. Les messages *topdown* les affectent peu, ce qui crée un sentiment d'indifférence totale envers le changement. Le dernier genre est celui des « interdépendants ». Autonomes mais

LE CHANGEMENT IMPACTE TOUT LE MONDE, PARTOUT

Le changement ne concerne pas que les fonctions achats. Il peut impacter toutes les populations d'une entreprise, dans la sphère professionnelle comme dans la sphère personnelle. Le déménagement est un exemple classique de la gestion du changement. Déménager revient pour celui qui le subit à un changement de territoire. Il agit directement sur le cerveau reptilien qui régit les réflexes innés, primitifs. Les comportements induits sont la peur, la haine, l'instinct •••

s'inscrivant dans les projets d'entreprise, ils représentent un support et une assistance pour accompagner le changement.

Les grandes étapes du changement

Une fois les acteurs identifiés, il est également indispensable de connaître les grandes étapes du changement. Il se décompose généralement en sept étapes.

1/ La première est la sidération. Elle consiste en la négation du changement annoncé.

2/ S'ensuit une période de déni, c'est-à-dire que les personnes concernées contestent la faisabilité du projet. C'est notamment le cas lorsque l'on annonce un changement de système d'information achats. La majeure partie des acheteurs émettra un doute quant à la réalisation du projet.

3/ Après vient la colère. Elle peut dans certains cas extrêmes se traduire par des manifestations, voire des séquestrations.

4/ Puis un sentiment de dépression ou tout du moins de nostalgie apparaît. C'est le fameux « c'était mieux avant » par anticipation. Cette phase clôture la période négative et fait la transition avec la période d'action.

5/ Les sujets du changement se mettent à négocier, à poser leurs conditions. C'est le cas, par exemple, lors des redistributions des portefeuilles achats.

6/ Une fois les angoisses dissipées vient le temps des marchandages (« Je veux bien prendre ce périmètre si quelqu'un me prend tel projet qui n'en finit plus ! »). C'est maintenant le temps de l'action et d'appliquer le changement dans les faits.

7/ Une fois le changement réalisé en pratique, une période d'harmonie, voire d'euphorie, est généralement observée.

L'importance de l'empathie

Mais avant de parvenir à cette période d'harmonie, certaines erreurs sont parfois commises en chemin. Les personnes en charge de mener des projets de changement sont souvent de type interdépendant. Ils éprouvent parfois certaines difficultés à se mettre à la place de ceux qui ont peur du changement, à faire preuve d'empathie. De même, ils ont tendance à annoncer le changement lors d'un événement festif ou de team building alors que ce type d'activités serait sans doute plus approprié lors de la troisième ou quatrième phase. Ils sont aussi tentés de rassurer les personnes impactées. « Ce n'est pas grave » ou alors — comble du paradoxe — « Cela ne va rien changer » sont des formules gauches, contre-productives, mais très souvent employées.

À l'inverse, communiquer sur le changement, l'illustrer de manière visuelle, en montrer les bénéfices continuellement sont des manières de susciter l'intérêt des personnels.

La conduite du changement achats est donc un processus délicat dans lequel beaucoup de progrès restent à faire. Les achats, moteurs du changement par essence, ont tout intérêt à maîtriser les techniques de conduite du changement, afin de prendre une place encore plus importante dans les organisations !

« Changer ou disparaître. »

••• de survie. Hans Seylié, endocrinologue et inventeur de la théorie du stress, a identifié le déménagement comme événement stresseur au même titre que la disparition d'un conjoint. Ou un départ à la retraite. Chacun pourra aisément reprendre dans son expérience personnelle les sept étapes du changement et les transposer à ses expériences personnelles. Ainsi que les erreurs managériales à éviter !

14

Acheteur dans la conduite du changement

Apporter une solution

L'entreprise passe son temps à se métamorphoser et l'acheteur peut avoir un rôle clé dans cette étape. La fonction achats étant à la croisée des chemins d'un grand nombre d'autres fonctions et d'interlocuteurs, l'acheteur se retrouve souvent concerné par la conduite du changement. Mais qu'est-ce que la conduite du changement appliquée au monde des achats et quelles en sont les conséquences pour l'acheteur ?

La dimension humaine

Pour l'acheteur, la conduite du changement peut se résumer en trois étapes.

La première étape consiste à prendre en compte la dimension humaine. Pour préparer au mieux le terrain du changement, l'acheteur s'intéresse à la dimension humaine. Il doit identifier les résistances au changement au travers d'une démarche de communication, auprès de ses collaborateurs directs ou de ses clients internes, dont l'objectif est de leur permettre de comprendre et d'accepter le nouveau mode de fonctionnement qui est une conséquence du processus de changement. Il est important de préciser que, parfois, la prise en compte de ces résistances peut mener à prendre la décision d'annuler un changement. Et c'est bien là l'utilité de la démarche : il vaut mieux parfois annuler le changement initial et le remplacer par un autre, plus adapté, plutôt que de tenter de forcer une évolution qui ne se concrétisera peut-être jamais dans le temps car les résistances n'ont pas été identifiées et traitées en conséquence. Un bon changement est avant tout un changement qui se réalise, d'une part, et qui est pérenne, d'autre part.

La problématique organisationnelle

La deuxième étape est de pouvoir résoudre la problématique organisationnelle. L'acheteur doit être

ET LE FACTEUR CULTUREL ?

Le moteur qui pousse les organisations à changer est donc très souvent le même : la recherche de performance accrue. Mais parfois l'impulsion vient d'un dirigeant ou d'un cadre ayant une vision ou un projet d'évolution pour l'entreprise. Comme cela a été le cas pour cet acteur bien connu et exposé du secteur nucléaire français qui a voulu aller plus loin que ce que lui imposait la réglementation française en termes de transparence et de RSE. Lorsque les valeurs de l'entreprise ont évolué en profondeur, les acheteurs ont dû intégrer ces paramètres •••

en capacité de trouver des solutions qui répondent à la problématique d'organisation. Par exemple, dans le cadre d'une fusion, l'acheteur peut contribuer à l'amélioration de l'organisation au travers de la mise en œuvre de démarches, de procédures et d'outils.

Accompagner le changement

La dernière étape se caractérise par l'accompagnement du changement par l'acheteur. L'acheteur peut organiser et accompagner le projet de restructuration à travers l'utilisation d'une méthodologie de conduite de projets. Il fera un état des lieux de l'existant et proposera entre autres de fusionner les systèmes d'information afin de proposer des synergies.

Des facteurs et une finalité souvent identiques

Bien souvent, les facteurs qui induisent le changement (ou qui parfois l'imposent tout simplement) sont les mêmes d'une entreprise à une autre, et l'acheteur doit en tenir compte dans le cadre de son travail.
Les principaux facteurs qui poussent l'entreprise à changer et/ou à se réorganiser peuvent être d'origine interne ou externe, mais, dans la très grande majorité des cas, ces facteurs conduisent l'entreprise à adapter son comportement dans le but d'améliorer sa performance. Le changement est un effort, il faut qu'il soit motivé par une bonne raison. D'où l'importance pour l'acheteur de bien communiquer sur ce que ce changement va apporter concrètement, que ce soit pour les personnels concernés, tout comme pour l'entreprise de manière plus générale (car c'est bien là la priorité qui doit être comprise de tous).

Le facteur stratégique et d'innovation

Le changement peut également venir de la mise en place d'une nouvelle stratégie. Concrètement, c'est le cas lorsque l'entreprise adapte son organisation à un changement de stratégie qui peut être le résultat d'une évolution du marché (diversification de la clientèle, intensification de la concurrence, etc.).
L'acheteur accompagne aussi l'entreprise en captant l'innovation sur le marché et chez ses fournisseurs. Il a la responsabilité de dénicher les produits ou les services de demain, ceux qui apporteront un avantage concurrentiel à leur entreprise.
Par exemple, dans la grande distribution, l'acheteur peut être chargé de trouver les matières premières (tissus, fournitures) et de les négocier au meilleur prix pour des produits qui ne se vendront que la saison suivante.
En résumé, le changement naît d'une inadéquation entre le fonctionnement d'une organisation et ses objectifs. L'acheteur, de par son rôle dans l'entreprise, doit orchestrer ces bouleversements afin d'aider l'entreprise à adapter son cadre de référence.

« Les petits pas et les grands sauts. »

••• et les retranscrire à travers leur travail. Car l'acheteur a notamment un rôle important à jouer dans le déploiement de la démarche de développement durable. Dans la gestion de son panel fournisseurs, tout comme dans les clauses qui seront prévues dans les contrats qu'il met en place, il doit maintenant prendre en compte des critères sociaux, environnementaux et économiques. Ou encore les règles renforcées en termes de transparence lors des mises en concurrence.

15

Les interlocuteurs internes

Interagir au sein de son entreprise

Les acheteurs ne sont plus seulement les garants de la relation externe avec les fournisseurs. Avec l'évolution de la fonction achats et du rôle des acheteurs, leurs compétences ont évolué également. Leur capacité à interagir efficacement avec les nombreux interlocuteurs internes de l'entreprise en fait partie.

Un bon acte d'achat ne se fait pas seul

Pour comprendre cette nécessité, il faut partir d'un constat simple : dès lors que l'acte d'achat n'est plus une simple histoire de prix, mais prend en compte les notions de « juste besoin », de « mieux-disant », ou encore de QCD, l'acheteur ne peut en aucun cas réaliser un bon acte d'achat seul.

Pour appliquer la bonne stratégie achats, l'acheteur doit prendre en compte une multitude de facteurs qui ne lui sont accessibles qu'en étant en interaction permanente avec un grand nombre de collaborateurs internes ayant tous leurs propres spécificités (métier, profil personnel, niveau hiérarchique, ancienneté au sein de la société, employé ou prestataire, etc.).

Au même titre que sa capacité à interagir efficacement en externe avec ses fournisseurs, la performance d'un acheteur dépend maintenant également de sa capacité à interagir avec ses clients internes, et plus généralement avec tous les collaborateurs avec lesquels il est en contact au sein de l'entreprise.

Les acheteurs doivent donc interagir efficacement avec une large palette d'interlocuteurs, qui peuvent être regroupés en deux catégories principales : les clients internes « métier » et les fonctions support.

SAVOIR PARLER AVEC SA DIRECTION GÉNÉRALE

L'acheteur doit parfois être capable d'interagir avec sa direction générale lorsque les enjeux ou l'aspect stratégique d'un achat sont particulièrement forts. C'est ce que répète sans cesse un directeur achats de l'industrie qui pilote un grand nombre d'acheteurs en charge d'achats stratégiques : « Je ne peux pas faire la boîte aux lettres pour tous les sujets. Il est normal que la direction demande des précisions étant donné les enjeux, mes acheteurs doivent être capables de répondre en direct. »

•••

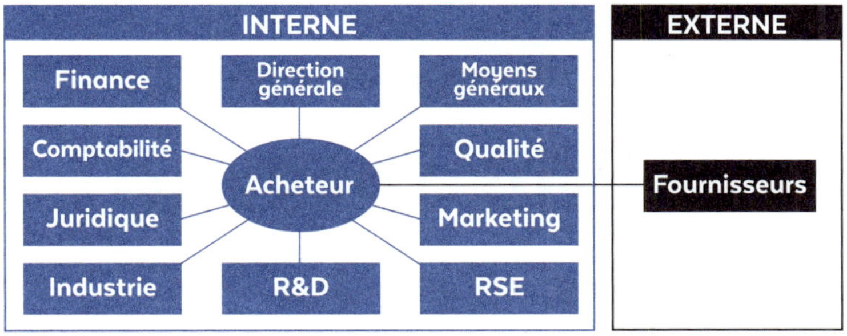

Les interlocuteurs des achats

Les clients internes

Les clients internes sont par définition les plus variés, puisqu'il y en a autant que de familles d'achat existantes au sein d'une entreprise. Ce sont aussi ceux qui peuvent potentiellement avoir le langage avec le plus haut niveau de technicité ou de spécificité. Pour interagir avec eux, l'acheteur doit posséder un minimum de connaissances techniques ou « métier » afin de comprendre les problématiques et les enjeux de ses interlocuteurs. La curiosité est un vilain défaut, mais pas pour les acheteurs. Pour ce type d'interlocuteurs, l'acheteur doit être capable de s'intéresser et de maîtriser un minimum les connaissances de base du « métier » avec lequel il travaille. Parfois un niveau de maîtrise technique élevé est même indispensable à l'acheteur, qui est ou devient lui-même un spécialiste métier : acheter les composés chimiques pour la direction de l'industrie ou le service production d'une usine demandera de solides connaissances, voire peut-être un diplôme de chimiste. De même qu'un acheteur avec une formation initiale d'ingénieur sera plus à l'aise pour acheter les composants optiques du système de guidage d'un missile pour le secteur de l'armement. Mais la plupart des « métiers » restent accessibles à tous les profils d'acheteurs sans pour autant se mettre à la place du prescripteur qui reste le spécialiste. Avec de la curiosité et un peu de temps, tous les acheteurs peuvent naviguer d'une typologie d'interlocuteurs à une autre, et elles ont l'avantage d'être très variées : les marketeurs pour les achats de packaging, les services généraux pour les achats de flotte automobile, les informaticiens pour les achats de logiciels, etc.

Les fonctions support

L'acheteur doit par ailleurs être capable d'échanger et aussi de comprendre les enjeux et contraintes d'un certain nombre de fonctions support de son entreprise, sans lesquelles il ne pourra pas maîtriser l'ensemble des facteurs qui lui permettront de réaliser les actes d'achat les plus pertinents et d'apporter toute la valeur ajoutée que l'entreprise attend de lui. Il doit maîtriser le langage juridique afin de pouvoir proposer et échanger avec les juristes de la direction juridique, dans le cadre de la rédaction de contrats. Il doit pouvoir parler avec la direction financière pour prendre en compte dans ces mêmes contrats les problématiques de gestion du cash. Cette problématique pourra l'amener également à échanger avec sa comptabilité fournisseurs, vis-à-vis des dates de paiement de ses fournisseurs. Ou il doit peut-être prendre en compte les besoins des qualiticiens dans la gestion de la fiabilité de ses fournisseurs. Ou du service marketing lors du sourcing nécessaire au développement d'un nouveau produit ou service, etc.

••• En effet, l'acheteur en charge de l'acquisition d'une ligne de production qui définira la rentabilité d'un produit sur les quinze prochaines années va probablement devoir des comptes à la direction générale, dont le rôle est, entre autres, de s'assurer que les sujets critiques pouvant impacter la pérennité de l'entreprise sont bien sous contrôle. Cette population particulière, devant gérer et prioriser son temps au mieux, nécessite une communication adaptée, claire, synthétique et compréhensible au premier regard.

16

La séduction d'un client interne

Tirer les bonnes ficelles

Afin de se positionner au centre d'une communication efficace avec ses interlocuteurs internes, l'acheteur ne peut pas se permettre d'attendre que les informations tombent du ciel, sinon il s'expose à des déconvenues qui l'empêcheront de réaliser son travail. Alors, comment faire naître une relation achats-clients internes de qualité ? Quels sont les trucs et astuces pour faire vivre cette relation et accroître son leadership au sein de cette microsociété ?

Pourquoi séduire ?

L'acheteur peut se trouver en grande difficulté s'il ne bénéficie pas d'une relation de qualité avec ses clients internes. Par exemple, le prescripteur n'enverra pas le cahier des charges dans les temps. Ou alors l'acheteur ne sera pas convié à la prochaine réunion d'alignements de la proposition technique du fournisseur. Ou il découvrira encore sur le tard un report de délais d'un projet. Tous ces exemples révèlent un problème de communication avec les clients internes de l'acheteur.

La communication entre les achats et les clients internes est la clé du succès. En achat projet comme en achat famille, l'acheteur est rarement le « sachant ». Pour réaliser un bon achat, il a besoin de l'expertise de ses collaborateurs, et réciproquement.

Créer la dynamique

Si la relation ou la communication s'avère insatisfaisante, voire inexistante, il faut dans un premier temps créer la dynamique, amorcer le mouvement. Pour enclencher cette relation, l'acheteur se devra d'être disponible et à l'écoute. La disponibilité est un prérequis essentiel.

Certains acheteurs annihilent leurs chances en raison de leur attitude hautaine et distante. Ceux-là se font généralement appeler les « Y a qu'à – faut qu'on » ou encore le fameux « Si t'as besoin de rien

L'IMPORTANCE DE LA COMMUNICATION

Être efficace et apporter de la valeur ajoutée, c'est bien ; le faire savoir intelligemment, c'est mieux. Cette étape est essentielle, car sinon tous les efforts précédents risquent de ne jamais porter leurs fruits. On peut citer, par exemple, le cas de cet acheteur qui, dans une grande entreprise du CAC 40, s'est attelé à rationaliser les achats de classe C. Si son équipe •••

appelle-moi». Faire la «tournée des bureaux» le matin, inviter à prendre le café, ne jamais laisser un e-mail sans réponse sont autant de petits tours pour entrer dans le cercle de travail.

Mais cela ne suffira pas à créer une véritable relation. L'acheteur s'obligera d'être à l'écoute, toujours. En effet, même si ce dernier a l'impression de déjà connaître par cœur le discours de son collègue, il devra garder à l'esprit qu'il est en demande d'informations. Et démontrer un intérêt sincère aux propos de ses interlocuteurs le crédibilisera durablement auprès d'eux.

Faire adhérer et communiquer

Ça y est, après tous ces efforts, l'acheteur a pu créer le lien avec ses collaborateurs.

Il faut désormais les faire adhérer à son discours, à ses méthodes et même, idéalement, à ses objectifs. Et pour cela, rien de tel qu'un succès : c'est la stratégie de la *success story*.

L'acheteur devra être à l'affût de la moindre opportunité de se mettre en valeur par ses résultats, et de les faire connaître. Un problème avec un fournisseur resté sans réponse depuis un moment, un conflit larvé se dessine, un devis exagérément élevé a été communiqué : voilà quelques occasions rêvées pour l'acheteur de faire parler ses talents de négociateur et de manager. Une fois le problème résolu, il faudra subtilement répandre la nouvelle que les prescripteurs ont un acheteur compétent avec eux.

Pour bien communiquer, il sera important pour l'acheteur d'avoir connaissance des jeux politiques dans son organisation. L'acheteur doit donc identifier qui détient le leadership et qui a son oreille, sa communication pourra ainsi être ciblée.

Prendre le leadership

Après tous ces efforts et une communication habile, la réputation positive de l'acheteur est maintenant faite. Mais la réputation est une notion fugace. Il faut maintenant créer le respect. Et pour cela l'acheteur devra à son tour être pédagogue et professionnel.

Il faudra en effet expliquer les tenants et les aboutissants de son métier. Expliquer les enjeux d'une analyse tarifaire de qualité, les avantages qu'une rédaction contractuelle précise et rigoureuse apportera à l'entreprise. L'acheteur ne doit pas non plus hésiter à faire montre de ses compétences spécifiques : il peut mettre en place des jeux de rôle lors des négociations, décrire ses stratégies ou encore diffuser ses analyses marché. Si, en plus, il est en mesure de proposer des solutions techniques «économiques» sur les catégories dont il est en charge, alors il sera considéré à long terme auprès de ses interlocuteurs comme un membre indispensable à la réussite de leurs projets.

« La relation comme moteur d'efficacité : la communication entre les achats et les clients internes est la clé du succès. »

••• et son responsable étaient impressionnés du travail réalisé, personne n'en a rien su dans les autres services de l'entreprise. Quand il prit la responsabilité d'un projet d'importance pour l'entreprise, il fut accueilli par les autres services avec défiance, à tel point que sa nomination fut un temps remise en question. Capitaliser et communiquer sur ses succès passés aurait permis de ne pas avoir à refaire ses preuves, et donc de gagner du temps et de l'énergie sur les défis à venir.

17

Acheddeur, un concept hybride et puissant

Devenir facilitateur interne et externe

Bien souvent la plus grosse difficulté reste encore l'acceptation d'achats au sein de leur propre entreprise.
« Un bon acheteur est avant tout un bon vendeur », répètent inlassablement les patrons achats. Mais alors l'acheteur doit-il systématiquement se transformer en son opposé pour bien travailler ? Le nouveau profil idéal de l'acheteur est-il « Docteur Jekyll et Mister Hyde » ?

Acheteur en théorie

C'est un peu l'histoire de l'iceberg et de sa partie immergée.

En théorie, le travail de l'acheteur est d'être un apporteur de valeur et de ressources externes. Certains diront que son rôle est avant tout de créer et de gérer le panel de ses fournisseurs, de comprendre et connaître les marchés, et d'anticiper les évolutions techniques et technologiques. D'autres ajouteront qu'il doit maîtriser les leviers stratégiques de compétitivité, faire progresser ses fournisseurs et manager au quotidien les performances de qualité, coûts et délais de ses fournisseurs.

Outre sa vision stratégique, l'acheteur est censé être un homme (et souvent une femme) qui sait dire « Non » avec force. Son tempérament bien trempé lui permettrait de résister aux fournisseurs, et de défendre les intérêts de son entreprise.

Vendeur en pratique

Une fois que l'on a évoqué ce rôle théorique, force est de constater que bien souvent la plus grosse difficulté reste encore l'acceptation des achats au sein de leur propre entreprise.

Et le rôle n'est alors plus le même : être intégré le plus en amont possible dans les projets (voire être intégré tout court), avoir la maîtrise des dépenses de toute l'entreprise et travailler en binôme acheteur-prescripteur.

UN CONCEPT PUISSANT, MAIS PAS FORCÉMENT ADAPTÉ À TOUS LES BESOINS

L'acheddeur est un concept puissant qui peut apporter une très forte valeur ajoutée, mais toujours est-il que tous les acheteurs ne sont pas forcément capables d'être des vendeurs. C'est ce que pointe du doigt un responsable achats en charge d'un nombre de périmètres achats très variés. Il explique que, traditionnellement, la distribution des familles d'achat aux acheteurs •••

C'est aussi de faire passer en douceur les changements de fournisseurs et de s'accorder avec les fonctions « techniques » ou « métier » sur un cahier des charges fonctionnel, etc.
Le rôle de vendeur de notre acheteur ne s'arrête pas à l'interne. Il a un vrai rôle de vente des besoins de son entreprise aux fournisseurs. Devenir le client préféré de ses fournisseurs révèle de meilleures stratégies de séduction. C'est tout un art.
Mais le comportement de « l'acheteur-vendeur » est bien différent de son rôle initial. Cet « acheteur-vendeur » peut maintenant porter un nouveau nom : l'« acheddeur ».

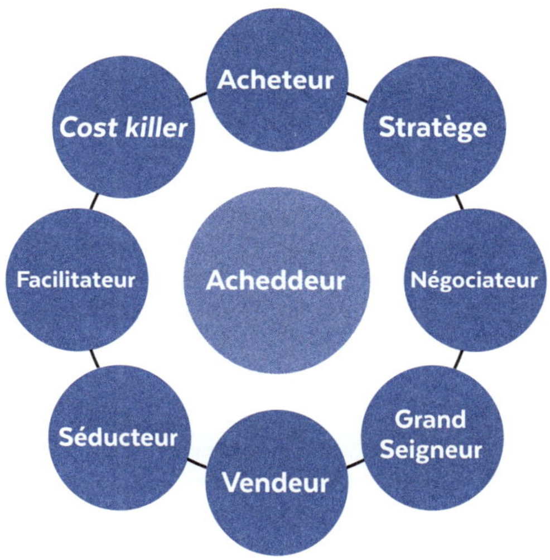

L'acheddeur et ses parties prenantes

Savoir jouer du chaud et du froid

Savoir créer l'adhésion demande du temps, de la patience et de l'empathie. L'acheteur « vieille école » veut une réponse tout de suite de son fournisseur. Pire, il exige une réponse. Pour la simple et bonne raison qu'il s'adresse à un fournisseur, et que lui, c'est l'acheteur. L'acheddeur prend le temps d'amadouer son prescripteur pour mieux devenir incontournable.
C'est un peu la différence entre le boxeur et le joueur d'échecs. Non pas que la boxe soit dénuée de stratégie, mais les ficelles ne sont pas les mêmes. L'acheddeur doit être plus souple, plus résilient avec ses frustrations. L'acheteur classique se complaît à ne jamais perdre la face devant ses fournisseurs.
En cas de difficulté, ou s'il est acculé dans un coin du ring, il sera toujours le premier à ressortir la fameuse phrase toute faite : « Le client est toujours roi. » L'acheddeur doit être capable de courber l'échine, et dire « Oui » sans conviction pour mieux revenir par la suite. Tout comme un commercial acharné.
Alors oui, l'acheteur à l'ancienne est voué à évoluer. Non pas qu'il doive obligatoirement se transformer en chanteur de charme, en docteur ès humanités ou en ami automatique et éphémère qui n'aime que le temps d'une vente. Mais savoir jouer du chaud et du froid doit devenir son quotidien. Et la schizophrénie guettera peut-être certains. Mais c'est toujours mieux que le syndrome de Stockholm !

« Acheteur et vendeur. »

••• se faisait par segmentation technique. Mais il s'avère qu'avec le temps, il s'est rendu compte qu'il y avait un réel intérêt à les distribuer suivant le style d'acheteur nécessaire sur une famille. Par exemple, sur un marché de matières premières en pleine pénurie, un acheddeur performera mieux qu'un acheteur classique. On lui affectera donc cette famille d'achat plutôt que celle où les produits sont standard et la compétition fournisseur féroce, et pour laquelle un acheteur un peu plus « *cost killer* » fera des merveilles.

18

La communication interne

Être fluide et accessible

« Savoir-faire et faire savoir », voilà comment pourraient se résumer les enjeux d'une communication interne productive, efficiente et efficace aux achats. Il ne suffit malheureusement pas de rappeler cet adage pour obtenir l'adhésion et le concours de ses collaborateurs.

Promouvoir et vendre

La maîtrise des achats est en partie dépendante d'une bonne campagne de communication interne. L'acheteur est toujours confronté à certains clients internes réticents, méfiants, et surtout craintifs de voir leur pouvoir disparaître. L'ensemble des moyens à mettre en œuvre visent à stimuler l'émergence d'un comportement collaboratif, ainsi que d'une dynamique de l'action et de l'anticipation. Ainsi de nouvelles compétences sont presque plus recherchées que l'aptitude à la négociation chez les acheteurs : sens du relationnel, persuasion percutante... Aujourd'hui, il doit « promouvoir et vendre » les services du département achats. La formule repose alors sur trois grands principes : rassurer, faire adhérer et faire participer.

Communiquer les succès de manière adaptée

Obtenir la confiance et rassurer ses collègues passe d'abord par leur apporter la preuve de ses succès en cours et à venir. Il faut communiquer de manière informative et factuelle, par exemple *via* des KPI (Key Performance Indicator), un tableau de bord, l'intranet achats, etc. Reste à savoir quels types d'informations transmettre, à qui et comment ? Qu'elle soit à destination de ses collaborateurs opérationnels, des prescripteurs ou de la direction générale, la communication doit être systématiquement

L'ART ET LA MANIÈRE

Après avoir défini les objectifs du plan de communication, identifié les porteurs du message, déterminé la forme et le fond du message, reste à spécifier les outils à exploiter. Ces derniers doivent tenir compte, bien sûr, de la culture d'entreprise. Et les exemples en la matière sont nombreux. La taille de l'organisation va jouer un rôle prédominant, qu'elle soit « traditionnelle » comme la SNCF, Renault, Total... ou plus « jeunes » comme Google, Apple ou Microsoft. Les secteurs d'activité ont aussi leur importance avec leurs codes et leurs cultures •••

adaptée. Il faut garder à l'esprit que chacune de ces entités peut être un frein ou un moteur. Dès lors, deux pistes s'offrent à l'acheteur : convaincre sur une logique hiérarchique (procédure d'escalade) ou obtenir l'adhésion des décideurs informels.

Communiquer à tous les niveaux

La première cible de communication d'un service achats doit être le service achats. Des messages contradictoires sont révélateurs de dissensions à l'intérieur même de l'entité ce qui suscite un sentiment de doute chez ses interlocuteurs et donc de perte de confiance. En bref, parler d'une seule voix est une bonne pratique essentielle.
Les actions où les achats sont les plus intégrés en amont sont les plus rentables et performantes. Et c'est justement celles-ci qui réclament la participation et l'adhésion du plus grand nombre, du technicien au qualiticien en passant par les bureaux d'études. Or, ces derniers peuvent être les plus réfractaires à l'intervention des achats. En effet, le fait qu'une « nouvelle » fonction vienne s'immiscer dans leur travail, voire remettre en cause la manière de faire, peut être mal interprété.
Communiquer sur la plus-value « managériale » des achats n'est pas chose aisée. Ici, rien de factuel ne peut être mis en avant. Même si le « leadership » peut venir en partie des achats, ce mérite a trait aux qualités humaines plus qu'à des compétences particulières. Les achats n'en ont pas le monopole.

Communiquer, l'affaire de tous

Les achats apportent un changement, une « réorganisation » amenée par le besoin d'adaptation à son environnement, à la conjoncture socio-économique. Il faut que chaque acheteur ait le sentiment que son succès personnel passe par celui de son département, et il doit se sentir le devoir de participer à l'effort de communication.

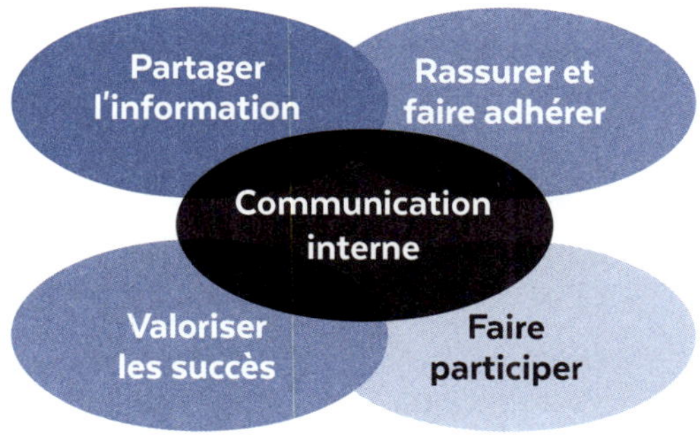

Les sphères de la communication

Ainsi, parmi la multitude d'outils à disposition, l'écrit reste le vecteur le plus évident de communication. Et tout est un bon prétexte : les comptes rendus, les tableaux d'affichage, le courrier électronique, les boîtes à idées, les sondages, la newsletter ou le rapport annuel. Mais l'écrit doit être complété par une communication en « chair et en os ». Et il ne s'agit pas ici que de la technique de la machine à café. Cela passe aussi par les réunions formelles ou informelles, les sessions de présentation de la stratégie achats, les « visites terrain », etc.
Au final, plus l'information est disponible en temps réel, fluidifiée et accessible, plus la reconnaissance de la fonction sera importante.

« Tout le monde se croit un bon communicant. »

••• très fortes et différentes. La communication se trouve à la croisée des chemins des différents services qui composent son organisation.
Le type d'organisation (très hiérarchique, transversale, centralisée, décentralisée) va largement influer sur les cibles et le contexte ou l'état psychologique de l'entreprise. De même, qu'elle s'adresse à une population travaillant en mode projet, à un réseau au sein d'une structure mère ou à une collectivité de personnes, elle doit être adaptée. Par exemple, la communication achats dans une entreprise décentralisée devra être particulièrement proche du terrain.

19

Le recrutement d'un acheteur

Éviter les maladresses

La professionnalisation des achats rend la constitution des équipes de plus en plus stratégique. Les collaborateurs seront l'image du service, les premiers ambassadeurs des démarches et des objectifs. Réussir le recrutement est donc le premier facteur de succès du service. Alors, quel est le processus de recrutement d'un acheteur ? Quels sont les trucs et astuces pour repérer et recruter les meilleurs ?

Un processus achats comme un autre

Le processus de recrutement d'un acheteur peut être comparé à un processus achats classique. Et du sourcing à la contractualisation jusqu'à l'évaluation de la prestation, il y a des spécificités à prendre en compte.
L'élaboration du cahier des charges doit répondre exactement au besoin réel. L'originalité de l'exercice vient du fait que le manager achats est son propre client interne. Il sera donc à son tour tenté par les démons de la surqualité.

La diffusion du besoin

La deuxième étape du sourcing, c'est-à-dire la diffusion du besoin, doit être multicanal. Les sites d'offres d'emploi bien sûr, mais aussi les hubs comme LinkedIn, les forums de discussions, les sites d'écoles de commerce et d'ingénieurs permettent d'accéder au « marché des acheteurs ». Deux stratégies sont d'ailleurs possibles.
La stratégie du chasseur consiste à viser des profils recherchés en utilisant les CVthèques.
Celle du pêcheur repose quant à elle sur l'émission d'une annonce correspondant à un besoin, en tablant sur le fait que les profils désirés y répondront.

LES PROFILS À ÉVITER

S'il existe rarement des profils parfaits, certains profils toxiques persistent. Voici une petite sélection des profils récurrents remontés par certains directeurs achats lors d'entretiens d'embauche infructueux. Il y a par exemple le profil de la « Star ». Il porte beau, trop beau peut-être... C'est celui qui a déjà tout fait dans les plus grands services achats, mais qui sèche un peu quand on lui demande des références. Il y a aussi le profil de l'étourdi. De prime abord, son CV •••

L'analyse des offres

Une fois le « panel » constitué, il faut analyser l'adéquation des offres.
Pour faciliter cette analyse et entamer une première sélection, l'envoi d'une fiche de renseignements aux candidats permettra de confirmer les premières impressions du CV, mais aussi de s'assurer de la motivation des prétendants.
S'ensuivra naturellement l'entretien de candidature. Il a pour but de valider de visu la corrélation des profils aux besoins de l'entreprise. Les compétences, l'autonomie, les qualités de communication et d'adaptation seront des critères majeurs de la grille de dépouillement. Il peut aussi permettre de cerner le niveau de curiosité en détectant si des questions pertinentes sont posées.
Mais il convient aussi de confronter les aspirations des candidats aux opportunités que l'entreprise peut leur offrir. À quoi bon embaucher un candidat s'il a des ambitions de développement de carrière que l'entreprise n'est pas en mesure de lui proposer ?

Accéder à un large éventail de talents

Une des clés du succès est d'accéder à l'éventail le plus large possible de talents, avec une diffusion multisource de son besoin. Si seuls les sites d'offres d'emploi sont utilisés, la communication ne touchera qu'une cible d'acheteurs en recherche active par exemple.
C'est la raison qui pousse certains directeurs achats à communiquer dans les médias spécialisés. En bénéficiant d'une tribune pour expliquer leurs actions, ils peuvent aiguiser la curiosité de certains acheteurs qui n'auraient pas eu l'intention de postuler.

Un outil à ne pas négliger est la cooptation. Le manager a son réseau, ses acheteurs, voire ses clients internes, ont le leur. Le parrainage permettra de débusquer des profils de grande valeur, mais il génère aussi de la motivation au sein des équipes achats.
Un autre moyen est de rester continuellement en veille et de savoir anticiper son besoin. La création d'un compte sur un réseau social d'acheteurs et pourquoi pas la tenue d'un blog sur l'activité de son service permettent de cerner les tendances du marché et de commencer à détecter les profils intéressants.

Évaluer la « prestation »

Une fois le candidat idéal identifié vient la contractualisation. Les filtres précédents auront normalement joué leur rôle sélectif.
Une fois cette étape franchie, il conviendra d'évaluer la prestation (le nouvel acheteur), en espérant ne pas devoir le « renvoyer » pour problèmes qualité.
En suivant ces quelques règles, le manager achats parviendra sans nul doute à monter une équipe de qualité. Et ne dit-on pas que la qualité d'une équipe est le reflet de la personnalité de son manager ?

« C'est de la paresse de vouloir recruter un clone. »

••• et ses expériences sont intéressants, mais le jour de l'entretien le candidat n'a pas son CV avec lui, ni de papier ni de stylos. D'ailleurs, il s'y est repris à trois fois pour envoyer un e-mail avec toutes les pièces jointes.
Ou bien pour finir le margoulin tendance Christophe Rocancourt. Il y a un blanc de deux ans sur son CV, mais c'est parce qu'il a fait le tour du monde en monocycle en suivant l'équateur. Ce dernier n'a bien sûr qu'un seul défaut, c'est d'être impatient ou trop perfectionniste !

3 conseils de…

Jean-Luc Baras

Comment conduire le changement ?

Appuyez-vous sur l'ADN de l'entreprise

Il faut avoir une vision claire du rôle et de la responsabilité que vous voulez prendre. Cette vision doit être partagée et permettre à chacun de projeter sa propre activité où il conservera sa responsabilité dans la chaîne de valeurs ajoutées. Atteindre votre objectif demandera des ajustements réguliers, des adaptations, mais aussi la mise en place de nouveaux processus, probablement la création de nouvelles équipes. Pourtant, il faut éviter de communiquer lourdement et en permanence sur l'idée de changement car cela induit de l'inquiétude inutile.

J'attache, personnellement, une grande importance à considérer que la conduite d'un projet s'appuie en premier lieu sur un certain nombre de points forts de la situation, de points forts de l'entreprise dans les domaines techniques, managériaux et surtout culturels. Chaque projet doit trouver sa place dans la culture de l'entreprise, et ses repères dans les valeurs de l'entreprise. Ce socle solidement amarré au terrain renforcera la capacité d'aborder les points nouveaux et les enjeux de modernisation qui seront bien vécus et mieux appropriés… Dans ce cas, je n'utilise pas le terme « changement », je préfère parler d'évolution et de modernisation.

De manière générale, le « Graal » de notre métier, c'est l'effet de levier, clé de la performance et de l'innovation.

Dans le cadre d'un projet, nous rencontrons des situations pas toujours anticipées. En 2019, personne ne prévoyait la crise sanitaire de 2020. La réalité, c'est que si nous avons une vision claire et assez solide de ce vers quoi on veut aller, ces situations de crise ne remettront pas nécessairement en cause votre projet. D'ailleurs, l'imprévu lui-même peut présenter un certain nombre d'opportunités pour accélérer les modernisations en cours.

Jouez un rôle d'intégration stratégique

J'attache une grande importance au fait que les acheteurs ne perdent pas de vue leur rôle dans le déploiement du projet stratégique. L'engagement des acheteurs auprès des équipes et des managers opérationnels est nécessaire. Cela demande de l'empathie, de la compréhension des contraintes spécifiques ou des services demandés. Cependant, les acheteurs doivent garder en tête que la création de valeurs essentielles que l'entreprise attend d'eux, c'est leur performance sur l'intégration des axes stratégiques. Ces axes, qui concernent notamment le sourcing stratégique, le SRM, le Category Management, la globalisation, la politique RSE, le management des risques, la

Jean-Luc Baras est une icone du monde des achats. Diplômé du MAI de Bordeaux et de l'École nationale d'ingénieurs de Tarbes, il est directeur achats d'une belle entreprise française, Eiffage. Il a été élu président du Conseil national des achats en 2019, cette association leader qui regroupe les dirigeants achats. Il est à la fois une référence en termes de pensée et d'action. Il sait faire le lien entre l'idée et la façon de la mettre en place.

digitalisation, doivent être intégrés naturellement dans les actions opérationnelles au jour le jour.

Cette loyauté au projet stratégique de l'entreprise est une qualité fondamentale attendue des managers au sein de l'organisation achat. Mais la pression qui peut être forte sur les attendus immédiats, sur les usages habituels, et l'envie de satisfaire les services appréciés par les équipes de production, de chiffrages ou de marketing internes ne doit pas se traduire par un « clientélisme » qui pourrait considérablement éloigner des objectifs stratégiques. Pourtant, le risque de ne faire que de l'intégration est de passer pour un dictateur. À un moment donné, nous allons nous heurter à plein de réalités, notamment des résistances farouches au changement… et un système d'entreprise ne peut pas fonctionner de cette manière. À l'inverse, ne se consacrer qu'au service risque de nous faire tomber dans le clientélisme.

Devenez Business Partner

Le rôle de Business Partner est excessivement important car il garantit l'exploitation pleine et entière des leviers de la fonction achats, c'est clairement là que se joue le positionnement stratégique. Pour atteindre et maintenir celui-ci, il faut s'assurer de disposer des expertises techniques et managériales nécessaires. Il n'y a plus un seul profil « idéal » dans les achats, et le développement de nouveaux talents et de nouvelles compétences reste la clé. Et finalement l'organisation achat où l'on privilégiera l'agilité, le fonctionnement matriciel mais compact, la logique de compétences *versus* la multiplication des niveaux hiérarchiques, permettra à chacun de trouver sa place et s'affichera avec un leadership clair et identifiable par tous sur sa responsabilité, aussi bien en interne qu'en externe.

La RSE, la construction de *supply chain* cohérente et résiliente, l'exploitation des technos, RPA, IA, Market place, blockchain… sont autant de défis à relever pleins de promesses pour la fonction achats.

« Il ne faut jamais perdre de vue le rôle d'intégration stratégique des achats. »

#3

Structurer et processer les achats

« Je souhaiterais savoir comment professionnliser la fonction achats de façon pérenne. Y a-t-il une stratégie à développer ? Quels sont les rapports de force ? »

20

Les grands objectifs des acheteurs

Définir, planifier et fixer

Que ce soit dans le cadre des achats, ou de toute autre activité, un objectif doit être réaliste, réalisable mais ambitieux. Pour s'assurer qu'il est bien atteint, il doit être planifié sur une période donnée et mesurable. Alors, comment fixer des objectifs utiles à ses acheteurs ?

Source de motivation ou de pression

La plupart des acheteurs ont des objectifs liés à la réduction des coûts. Cela peut être une source de motivation pour certains, ou de pression pour d'autres car les objectifs sont perçus différemment d'un acheteur à un autre.

Chaque année, le responsable achats est confronté aux entretiens, qu'ils soient individuels ou collectifs, pour faire le point sur l'année passée et annoncer les nouveaux challenges à venir.

Déterminer un objectif est un travail consciencieux, qui demande une réflexion approfondie du manager sur les résultats de l'exercice précédent, sur l'évolution du service mais aussi sur l'état d'esprit de l'équipe achat.

Des objectifs compris et acceptés

Dans la plupart des services achats, la définition des objectifs est perçue seulement comme un acte purement administratif qui n'a pas de réelle valeur ajoutée dans les missions de l'acheteur. Les objectifs doivent être clairement définis, réalistes et réalisables pour être compris et acceptés par tous. C'est alors qu'une bonne définition des objectifs peut envoyer toute une équipe au sommet de son potentiel.

FIXER LES OBJECTIFS AVEC SES ACHETEURS ?

C'est le choix qu'a fait un responsable achats pour faire face au manque d'adhésion de son équipe envers les objectifs historiques existants.

Dans le domaine des achats, comme partout ailleurs, deux types d'objectifs peuvent être attribués. Le responsable hiérarchique a la possibilité de fixer soit un objectif collectif, soit un objectif individuel. L'approche collective a été retenue. Dans ce cas de figure, il aura fallu rester ouvert aux propositions et formulations, mais être toutefois attentif à ne pas laisser la porte ouverte aux objectifs non mesurables tels que « communiquer sur la fonction achats auprès •••

Ainsi pour que l'objectif soit réellement pris au sérieux et atteint, il doit être suffisamment ambitieux pour être considéré comme un défi à relever. Mais il doit demeurer atteignable pour que l'acheteur n'ait pas l'impression de fournir des efforts dans le vide.

Comme déjà évoqué précédemment, l'acheteur n'est plus ce « *cost killer* » dont le travail se résume exclusivement à négocier des prix à la baisse. Les objectifs évoluent avec cet état de fait, et ne se limitent plus à la réalisation de *savings* ou de performance achats. Les acheteurs sont impliqués dans la stratégie achats, dans le développement de leur service et de leur entreprise.

Les différents types d'objectifs

Les objectifs peuvent être présentés sous quatre catégories :

- les objectifs internes ;
- les objectifs externes ;
- les objectifs de gain ;
- les objectifs liés aux processus et aux outils.

Les objectifs peuvent dans un premier temps être définis d'un point de vue interne. Par exemple, augmenter le taux de couverture des achats sur les directions génératrices de dépenses, ou alors le nombre de dossiers traités suivant le process achats ou encore sur le taux d'adhésion des clients internes (en termes de communication interne).

Les objectifs peuvent ensuite être considérés d'un point de vue externe, notamment en termes de sourcing. Par exemple, l'objectif peut être de trouver de nouveaux fournisseurs à des coûts compétitifs sur le marché domestique de l'entreprise, ou des fournisseurs implantés dans des pays à bas coûts.

Ensuite, des objectifs de gains à proprement parler peuvent être demandés sur des dossiers spécifiques importants ou des familles d'achats stratégiques. L'objectif peut être, par exemple, de réaliser un gain de *x* % sur une famille d'achat. C'est la formulation la plus facile et la plus répandue.

Cependant, l'objectif de gain peut ne pas être chiffré de manière fixe, mais se concentrer en revanche sur un moyen à implémenter. L'objectif peut alors devenir : « Mettre en place la mutualisation des achats sur cette famille d'ici deux ans. ».

Et enfin, la dernière catégorie d'objectifs regroupe tous ceux liés aux processus et outils achats. Ces derniers sont plus contextuels et ne sont donc pas systématiques. Ces objectifs peuvent, par exemple, être définis lors du déploiement d'un outil esourcing ou de reporting, ou encore lors de la création d'un process achats spécialement dédié à une famille d'achat.

> **« Si on ne sait pas où on va, on ne va nulle part. »**

••• des prescripteurs », « réaliser un maximum de gains », « meilleur suivi des relations avec les prescripteurs », etc.

Par ailleurs, pour que chaque objectif puisse être validé, le manager et son équipe ont défini un planning sur une période donnée, dans le but de déterminer le délai de réalisation. Un suivi des actions a été mis en place afin de s'assurer du bon état d'avancement des objectifs. Le but ici n'était pas seulement de pouvoir constater si les objectifs seraient atteints au bout d'un an, mais de tout faire pour qu'ils le soient, et donc de corriger le tir en cours de route si cela s'avérait nécessaire.

Cette approche semble avoir porté ses fruits, et a même créé une dynamique supplémentaire avec les acheteurs en les intégrant à la vie du service.

21

La matrice de Kraljic

La conserver dans son arsenal

La matrice de Kraljic est une référence pour élaborer ses stratégies achats. Théorisée pour la première fois par Peter Kraljic en 1983 dans un article de la* Harvard Business Review*, la matrice de Kraljic est une classification du portefeuille achats de l'entreprise.

Classer les achats en 4 catégories

La matrice de Kraljic permet de hiérarchiser et classifier les achats en quatre catégories :

- les achats non critiques ;
- les achats leviers ;
- les achats stratégiques ;
- les achats critiques.

Les achats non critiques représentent des achats à faibles coûts et sans enjeux. Ils sont faciles à effectuer.

Les achats leviers sont quant à eux plus impactants financièrement. Dans ce cas, de nombreuses sociétés répondent aux besoins. La mise en concurrence et le changement régulier de fournisseurs seront recommandés.

Les achats stratégiques sont très importants et complexes. Ils sont vitaux pour l'entreprise qui va rechercher le partenariat sur le long terme. L'approche coopérative est alors privilégiée.

Enfin, les achats critiques sont peu coûteux, mais le contexte est compliqué, souvent caractérisé par une situation de monopole. La sécurisation des approvisionnements et la pérennité des fournisseurs sont l'une des priorités pour l'acheteur.

La matrice de Kraljic s'articule autour de deux axes : l'importance de la famille d'achat en valeur et la complexité du marché fournisseurs.

DÉPASSER LES LIMITES DE LA MATRICE

Il paraît clair que la matrice de Kraljic peut affaiblir la volonté combative des acheteurs en conseillant seulement la sécurisation des achats critiques. Les acheteurs se retrouvent en quelque sorte pourvus d'œillères puisque, au regard de la matrice, aucune alternative n'existe. Mais cet état de fait n'est pas une fatalité, et des exemples l'attestent : en allant au-delà de la matrice, des moyens existent pour gérer ces achats critiques. Il est parfois possible de les faire basculer dans la catégorie des achats non critiques. Pour ce faire, il suffira de trouver un produit •••

« C'est une arme à double tranchant, car la matrice de Kraljic peut, par exemple, affaiblir la volonté combative des acheteurs en conseillant seulement la sécurisation des achats critiques. »

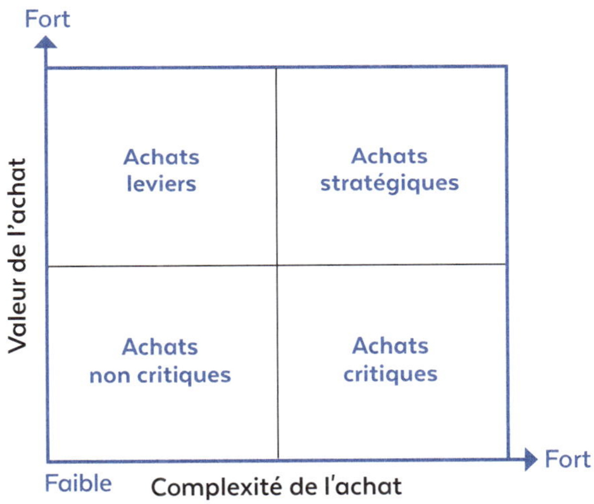

Matrice de Kraljic

Achats critiques : le piège de l'attentisme

Il peut être tentant pour les acheteurs de ne pas vouloir travailler sur les achats critiques, car ils ne s'attendent pas à réaliser de gains importants.
Le rapport de force lors de ce type d'achats est en faveur du marché ou plus souvent du fournisseur, et la disponibilité des produits est problématique.
Ainsi, selon la matrice, l'objectif des acheteurs se portera surtout sur la sécurisation et la maîtrise des approvisionnements.
Malheureusement, cela peut provoquer une baisse de l'énergie et de l'engagement de la part de ces derniers qui se sentent désarmés face à un fournisseur seul sur son marché.
De manière générale, la négociation devient presque inexistante par crainte de froisser le fournisseur et qu'il ne veuille plus travailler avec l'entreprise qui a pourtant besoin de ses produits ou services.
La matrice de Kraljic est l'un des outils les plus utilisés par les acheteurs. Elle est considérée comme un guide en ce qui concerne les stratégies à adopter.
Évidemment, il faut la conserver dans son arsenal mais aussi en connaître les limites.

••• de substitution sur un marché comportant une multitude d'acteurs. Avec l'élaboration et l'application d'une stratégie efficace il est aussi possible d'inverser la tendance et de pérenniser la famille d'achats.
D'autres outils peuvent y aider tels que la matrice SWOT (*Strengths, Weaknesses, Opportunities, Threats*) qui permet à l'acheteur d'adapter sa stratégie achats et de transformer les achats critiques en achats non critiques. La « balance de Sazilly » et la matrice des rapports de force dite « Matrice de Wajnsztok » (*cf. fiche 22*), quant à elles, permettent à l'acheteur de construire des stratégies pour faire face à des rapports de force en faveur du fournisseur, voire de les inverser.

22

La matrice de Wajnsztok

Ajuster la négociation selon sa position

La matrice de rapport de force dite « matrice de Wajnsztok » est une approche innovante et plutôt ludique pour comprendre et analyser les rapports de force entre acheteurs et fournisseurs. Au-delà de la nature des achats (stratégiques, critiques, etc.) se pose la question du rapport des forces en présence. Ne pas évoquer ce point serait poser un voile pudique sur une réalité opérationnelle.

Un langage commun pour une question subjective

Les acheteurs ont naturellement une attitude qui les pousse à penser qu'ils sont en position de force. Les fournisseurs font tout pour le leur faire croire. Hormis les situations évidentes de monopole, la prise en compte d'une situation nuancée dans le rapport de force est rare. Cette matrice a été créée en 2006 et a depuis été partagée à de nombreuses entreprises.

Une question simple se pose : sommes-nous en position de force ? L'intérêt de cette matrice est notamment d'avoir un langage commun sur la réponse que l'on peut donner à cette question.

L'axe des abscisses mesure la position de force d'un fournisseur, celui des ordonnées celle de l'acheteur. Plus une position est sur la droite, plus le fournisseur est en position de force. Plus elle est haute, plus l'acheteur est en position de force.

La matrice de Wajnsztok est alors répartie en quatre cases :

- « Beat me » ;
- « Kiss me » ;
- « Partner me » ;
- « Supply me ».

LA TYPOLOGIE DES ACHETEURS DANS LA MATRICE DE WAJNSZTOK

« Beat me » : dans ce type de relation, on croise le stéréotype de l'acheteur « batte de baseball », comme on en trouve dans la grande distribution. C'est la situation dans laquelle ont pu se produire des abus. C'est aussi dans cette typologie d'achat que les premières enchères inversées se sont faites. Les produits étant comparables, la « bataille » pouvait se focaliser sur le prix. Les acheteurs pensent très/trop souvent être dans cette situation. À tort ou à raison.

« Kiss me » : seuls les acheteurs les plus expérimentés sont capables de traiter avec ce type de fournisseurs. L'idée est de vendre ses besoins à son fournisseur. Les rôles sont inversés. Gérer cette relation est évidemment délicat. Si l'arrêt de livraison de ce fournisseur stoppe la production •••

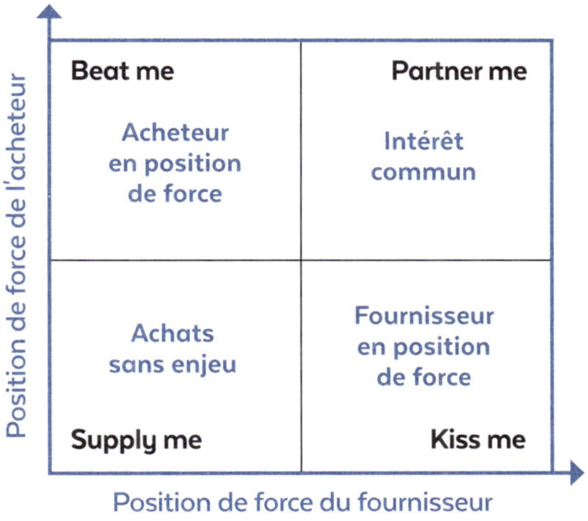

Matrice de Wajnsztok

« Beat me »

Beat me, traduction de « Frappe-moi », désigne les cas où les fournisseurs sont en situation de faiblesse par rapport à leurs clients.
Cette situation est celle d'un marché très concurrentiel où les produits sont souvent standard avec un faible besoin de validation technique. C'est aussi le cas d'achats où le temps de changement d'un fournisseur est court et facile : facile d'arrêter de travailler avec un fournisseur, facile de commencer à travailler avec un nouveau fournisseur. Les fournisseurs se différencient peu sur leurs offres.

« Kiss me »

Kiss me, traduction de « Embrasse-moi », décrit une situation d'un fournisseur tout-puissant qui fait la loi sur son marché.
Cette situation peut provenir d'un monopole technique, technologique ou commercial. Si, pour des matières premières nécessaires à la production d'une entreprise, le temps d'homologation est de quatre ans, le fournisseur est en situation de « Kiss me ».
Ces fournisseurs peuvent pratiquer des évolutions de prix anormales ou soumettre leurs clients à quota en imposant le même prix pour tous. Le risque de rupture de stock est omniprésent.

« Partner me »

Partner me, traduction de « Devenons partenaires », est une situation équilibrée où les deux parties sont fortes, et où une approche intelligente de coopération est indispensable pour un bénéfice mutuel.
Le mot « partenariat » a pu être utilisé à tort et à travers. Cette situation est celle où les deux parties ont un intérêt commun et jouent la carte du partenariat. Les acheteurs qui travaillent sur ce type de relation doivent être fortement orientés business en anticipant et en intégrant toute la problématique de leur entreprise.

« Supply me »

Supply me, traduction de « Approvisionne-moi », est une situation où il y a peu d'enjeux et/ou peu de pression sur cet achat.
C'est une situation d'un approvisionnement proche d'une démarche administrative. Il n'y a aucune forme de pression sur le fournisseur et l'inverse est vrai aussi.

••• d'une usine, la capacité de travail avec ce fournisseur est alors vitale. L'acheteur doit donc devenir le client préféré de son fournisseur.
« Partner me » : le top management est souvent impliqué dans ces relations. Prenons l'exemple d'un équipementier automobile qui développe un équipement innovant et de rupture : le constructeur automobile a besoin d'innovation sur ses véhicules pour mieux les vendre. Le succès de l'un est lié au succès de l'autre, et inversement.
« Supply me » : les achats qui impliquent peu d'enjeux doivent être optimisés administrativement. Ils représentent souvent 5 % du montant d'achat global, mais 80 % des commandes. La personne en charge de ces achats a alors plutôt un profil administratif.

23

L'analyse SWOT

Offrir une vision synthétique

L'analyse SWOT est un outil analytique très répandu dans le domaine stratégique d'entreprise. Elle s'applique à toutes ses disciplines, y compris aux achats. Elle permet d'identifier les facteurs positifs ou négatifs internes à l'entreprise tout comme les facteurs externes qui auront un impact sur la faisabilité ou les conditions d'atteinte d'un objectif. Au-delà d'offrir une vision synthétique, le but d'une analyse SWOT est de définir par la suite une stratégie ou un plan d'action visant à atteindre un ou plusieurs objectifs identifiés lors de cette analyse.

Les 4 caractéristiques du SWOT

Le nom de SWOT provient des quatre caractéristiques observées par cette méthode :

- *Strengths* (Forces) : les points forts qui différencient l'entreprise des autres (ou le projet, ou le produit, etc.) ;
- *Weaknesses* (Faiblesses) : les points faibles qui différencient l'entreprise des autres (ou le projet, ou le produit, etc.) ;
- *Opportunities* (Opportunités) : les facteurs extérieurs à l'entreprise (ou projet/produit) qu'elle pourrait utiliser à son avantage ;
- *Threats* (Menaces) : les facteurs extérieurs à l'entreprise (ou projet/produit) qui pourraient être une menace ou un frein dans l'atteinte de son objectif.

Les forces et faiblesses sont donc plus axées sur les facteurs internes, tandis que les opportunités et les menaces visent à analyser l'environnement externe.

Dans le domaine des achats

Dans le cas de la fonction achats, cette analyse SWOT peut, par exemple, s'appliquer à un service achats donné. Les facteurs pouvant être analysés sont variables et dépendront, bien sûr, du contexte et de l'entreprise. Mais nous y retrouverons très probablement ceux liés à la politique achats ou au processus achats et outils en vigueur, ou les facteurs liés au marché fournisseurs, ou encore ceux liés aux ressources humaines (que ce soit la population d'acheteurs, ou bien celle des clients internes).

QUATRE EXEMPLES DE STRATÉGIES POSSIBLES

Au-delà d'offrir une vision synthétique, le but d'une analyse SWOT est de définir par la suite une stratégie ou un plan d'action visant à atteindre un ou plusieurs objectifs identifiés lors de cette analyse. Quatre stratégies principales peuvent alors se distinguer, par combinaison ou croisement des quatre caractéristiques observées (Forces, Faiblesses, Opportunités, Menaces). *Premièrement*, une stratégie offensive qui sera le résultat de l'addition des forces et des opportunités. Le but, ici, sera de capitaliser sur les forces identifiées pour tirer avantage des •••

	Positif	Négatif
Facteurs internes	**Forces** ERP adapté Base de données fournisseurs fiable Équipe achats jeune et dynamique Etc.	**Faiblesses** Pas d'évaluations fournisseurs Délais de paiement non respectés Process achats peu connu dans l'entreprise Etc.
Facteurs externes	**Opportunités** Assouplissement des contraintes sanitaires Intégration du fournisseur « X » au sein du groupe « Y » Etc.	**Menaces** Envolée du coût des matières premières Communication directe des fournisseurs vers les clients internes Etc.

Matrice SWOT

La vision synthétique

Afin de réaliser un SWOT qui soit utile et qui puisse apporter de la valeur ajoutée à sa réflexion, il est tout d'abord important de garder en tête son rôle premier : apporter une vision synthétique du contexte global. Il doit donc rester concis, et se concentrer sur les éléments essentiels.

Par ailleurs, certains domaines analysés peuvent relever de l'appréciation subjective, comme l'exemple utilisé dans le SWOT ci-dessus : « Base de données fournisseurs fiable ». Il faudra idéalement, et dans la mesure du possible, utiliser des données chiffrées précises pour ne pas tomber dans l'*a priori* ou le ressenti personnel.

« Exprimer un choix avec intelligence, brio et clarté. »

Différencier les facteurs internes et externes

Il convient également de bien identifier et séparer les facteurs internes et externes. Cela est d'une importance capitale dans le but de définir une stratégie ou un plan d'action découlant de l'analyse SWOT, car seuls les facteurs internes sont susceptibles d'être modifiés ou pilotés. Les facteurs externes, eux, sont subis par définition.

Enfin, une analyse SWOT, quel que soit le domaine observé (ici un service achats), doit se faire en conservant en tête le contexte, la stratégie et les objectifs principaux en vigueur au sein de l'entreprise, car il est évident que les actions définies à l'issue de l'analyse SWOT devront s'y inscrire, au moins dans les grandes lignes.

••• opportunités existantes. *Deuxièmement*, une stratégie défensive d'expansion qui prendra en compte les faiblesses et les opportunités. L'idée est d'améliorer les points faibles qui empêchent d'exploiter les opportunités identifiées. *Troisièmement*, une stratégie défensive se concentrant cette fois-ci sur les forces et les menaces. L'objectif est alors de capitaliser sur ses forces pour se protéger des menaces identifiées. *Et enfin*, une stratégie de repositionnement fondée sur la prise en compte des faiblesses et des menaces, dont l'objectif sera de réduire les faiblesses pour rendre les menaces actuelles moins impactantes, voire inoffensives.

24

Les 5 forces de Porter

Se concentrer sur l'essentiel

Le modèle des « 5 forces de Porter » est un outil permettant de mieux appréhender un environnement économique. Concept à l'origine utilisé dans le domaine du marketing, il s'avère également très utile aux acheteurs dans le but de mieux connaître leurs marchés fournisseurs et de bâtir des stratégies achats pour les familles de produits dont ils ont la responsabilité.

Un prisme différent en fonction du métier

Attention cependant, la logique du modèle de Porter appliqué aux achats diffère en de nombreux points du modèle appliqué au marketing. Il ne faut donc pas oublier sous quel prisme nous regardons cet outil. À titre d'exemple, la notion de « nouvel entrant » sur le marché représente une menace pour le marketing, alors que dans l'œil de l'acheteur, un nouveau fournisseur entrant sur son marché ne peut que représenter une opportunité, voire une très bonne nouvelle !

5 éléments principaux

Le modèle de Porter a pour objectif d'analyser les rapports de force existants sur un marché en se concentrant sur les cinq éléments principaux qui le composent :

- les clients (en l'occurrence les acheteurs en ce qui nous concerne ici) ;
- les fournisseurs ;
- les produits de substitution ;
- les nouveaux entrants ;
- l'intensité concurrentielle qui découle des facteurs ci-dessus.

Le pouvoir des acheteurs

Le pouvoir des clients, et donc des acheteurs, est représenté à travers leur capacité à avoir un impact direct et donc à contraindre les fournisseurs présents sur le marché observé. Cela se traduit évidemment par leur capacité de mise en concurrence et de négociation, que ce soit concernant les niveaux

LA SIXIÈME FORCE DE PORTER

Le modèle de Porter est une référence incontestée dans le domaine de l'analyse de la concurrence. Cependant, de nombreux exemples montrent que ce modèle doit être complété par une sixième force pour que l'analyse d'un marché soit totalement fiable : les pouvoirs publics et les contraintes réglementaires en découlant. De nombreux facteurs peuvent fortement influencer un marché et ses acteurs, que ce soit au niveau régional, national ou bien européen •••

« Savoir analyser avec un standard connu de tous. »

de prix ou de service, le niveau de qualité attendu, en encore, par exemple, les délais de livraison exigés. Ce pouvoir est logiquement plus élevé sur les marchés possédant plus de fournisseurs que d'acheteurs, puisque les possibilités de changer de source d'approvisionnement sont vastes. Ce pouvoir sera d'autant plus renforcé si l'offre des fournisseurs est fortement standardisée, ou que de nombreux produits de substitution font leur apparition.

Le pouvoir des fournisseurs

A contrario, le pouvoir de négociation des fournisseurs sera élevé s'ils sont peu nombreux sur le marché, si leurs produits ne sont pas substituables, ou encore si les barrières d'entrée sur le marché sont très fortes (barrière technologique, par exemple). Le cas le plus impactant est la situation de monopole où un seul fournisseur incontournable décide à lui seul des prix, des conditions et de la rentabilité du secteur sur lequel il évolue.

Le pouvoir des produits de substitution

Les produits de substitution représentent une menace pour les fournisseurs et une opportunité pour les clients. Ces produits ne sont pas identiques, voire ne font même pas partie de la catégorie de produits du marché observé, mais ils peuvent cependant répondre au même besoin initial des clients/acheteurs. Pour que ces produits de substitution soient convaincants et que les clients soient tentés de se tourner vers eux, ils devront généralement se distinguer par des prix bas, ou alors par une innovation percutante.

Le pouvoir des nouveaux entrants

Le pouvoir des nouveaux entrants dépend des barrières à l'entrée du marché. Si elles sont faibles, voire inexistantes, « n'importe qui » peut pénétrer le marché et s'y installer. Si des barrières contraignantes sont présentes (complexité technologique, investissement de départ nécessaire élevé, etc.) la menace des nouveaux entrants s'estompe fortement pour les fournisseurs déjà implantés sur le marché.

L'intensité concurrentielle

L'intensité concurrentielle se trouve quant à elle naturellement à la croisée des chemins des quatre autres forces. Elle représente la concurrence entre les fournisseurs présents sur le marché. Cette concurrence dépend de la taille et de la structure du marché. Elle varie en fonction du nombre de fournisseurs et de leur taille, des prix pratiqués et de la variété de l'offre. Une intensité concurrentielle importante renforce naturellement le pouvoir des acheteurs sur le marché.

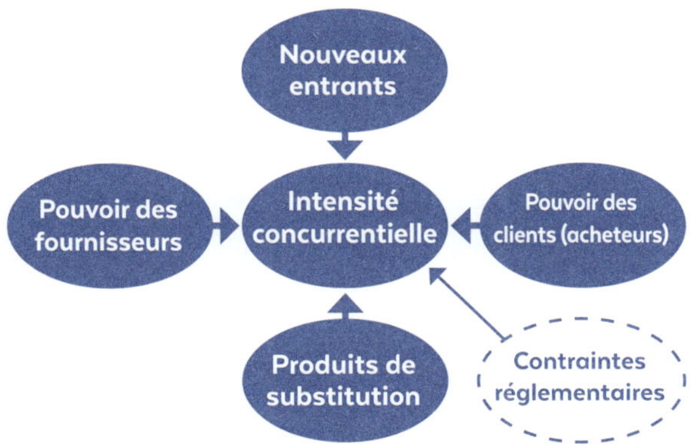

Les 5 forces de Porter + 1

••• en ce qui concerne la France par exemple. Des subventions peuvent être attribuées, des normes favorables aux uns et défavorables aux autres peuvent être instaurées, certains produits ou substances peuvent être interdits, limités ou taxés, etc. Les pouvoirs publics peuvent même parfois concurrencer directement certaines entreprises privées (comme dans les secteurs de la banque ou des transports par exemple) et doivent donc être considérés.

25

La mise en place d'une procédure d'achat

Assurer la production achats

Jérôme Kerviel nous l'a prouvé, la mise en place de procédures et de contrôles est de rigueur. Et ce quel que soit le métier ou le secteur d'activité concerné. Les processus sont de plus en plus formalisés au sein des entreprises, ils structurent les rôles et permettent de maîtriser les actions pour plus d'efficacité. C'est en partie pourquoi ils sont de plus en plus mis en place dans les services achats souhaitant se structurer.

L'analyse de l'existant

Chaque entreprise et chaque service possèdent évidemment leurs spécificités, mais certaines étapes principales sont toutefois à respecter. Les procédures permettent d'empêcher ou du moins de minimiser les écarts de la part des collaborateurs, d'optimiser la chaîne du processus, mais aussi de contrôler efficacement les acteurs intervenants.

En premier lieu, il convient de faire une analyse de l'existant afin de connaître le processus généralement adopté. Ensuite, il est nécessaire de constater si le processus est accepté et pratiqué par l'ensemble des acteurs concernés, même si cela est fait d'une manière informelle. Enfin, si certains détails du processus peuvent être perfectionnés, il faut en profiter pour réfléchir aux pistes d'améliorations à inclure dans la nouvelle procédure.

Identifier les périmètres concernés

Il convient également de se demander sur quel périmètre géographique la procédure sera mise en œuvre. Ou encore quelles sont les fonctions de la société qui seront concernées. Ces questions permettent d'orienter et de définir sur quelles bases et quels principes la procédure devra être rédigée.

QUE DOIVENT COUVRIR UNE PROCÉDURE ACHATS ET SA MISE EN PLACE ?

Voilà la question que se posent de nombreux responsables achats en charge de structurer leur service achats. Individuellement, chaque manager apporte des éléments légèrement différents, adaptés à son contexte. Mais de manière générale le même discours revient : il convient de répertorier les principales grandes étapes traversées par les achats. Il est nécessaire de couvrir toutes les activités qui peuvent être conduites par l'ensemble des collaborateurs du service, telles que définies au jour de la formalisation de la procédure. Et il est aussi nécessaire d'inclure •••

En effet, une procédure qui devra s'appliquer dans tous les pays où l'entreprise est localisée sera peut-être moins précise ou directive pour qu'elle puisse s'adapter facilement à chaque pays et chaque contexte local. *A contrario*, une procédure qui s'adresse à toute une entreprise (et non uniquement au service achats), sera moins technique et devra privilégier un vocabulaire plus souple, voire un glossaire.

Définir le niveau de détail

Pour rédiger une procédure achats, il est également indispensable de définir le degré de détail nécessaire. Doit-on préciser que tel document doit être rédigé en police 12, imprimé sur un feuillet vert et classé dans tel classeur blanc à placer sur l'étagère X ? Ou plutôt énoncer les grands principes généraux du processus ? Ces questions préalables permettront de définir le type de présentation de la procédure, à savoir si la procédure ne sera que textuelle ou s'il est souhaitable d'y intégrer des logigrammes. Ces derniers permettent de visualiser les étapes et actions à mener afin d'aboutir à un objectif. De par un jeu de couleurs et de formes, les logigrammes permettent d'identifier différents paramètres à prendre en compte tels que : les acteurs, les services, les outils, les documents, les délais, etc. Il existe un référentiel ISO sur le sujet.

Identifier les acteurs

Une fois les premiers contours de la procédure définis, la deuxième étape importante est de bien identifier les acteurs à impliquer.

Afin de minimiser les freins de la part des collaborateurs lors de l'application de la procédure achats, les acteurs impliqués dans la procédure doivent être mis au courant et sollicités en amont pour orienter le processus.

Qu'il s'agisse d'une procédure achats ou d'une autre, le meilleur moyen de faciliter la compréhension et faire adhérer les collaborateurs est de les faire participer autant que possible à la définition des règles qu'ils devront eux-mêmes appliquer par la suite.

De plus, les valideurs de la procédure doivent être informés régulièrement de l'état d'avancement de celle-ci. Cela permet d'éviter les mauvaises orientations de la procédure achats ou même de stopper les débordements de sujets possibles.

La mise en place d'une procédure achats est donc un outil essentiel à la gestion d'un service achats. Elle permet de délimiter les responsabilités de chacun, mais aussi d'assurer la bonne production de la fonction achats.

« Processer, c'est progresser : les procédures permettent de minimiser les écarts de la part des collaborateurs, d'optimiser la chaîne du processus et de contrôler efficacement les acteurs intervenants. »

••• les actions qui ne sont pas encore effectuées par le service achats, mais qui le seront dans un futur proche, si certaines sont identifiées. La procédure doit donc couvrir des actions très variées : demandes d'achat, sourcing, envoi d'appel d'offres, comparaison des offres, négociation, contractualisation, passation, envoi et suivi des commandes, reporting, etc. Mais aussi livraison, facturation et gestion des litiges si nécessaire en fonction de l'organisation de l'entreprise. Ces étapes peuvent être plus au moins détaillées selon l'objectif donné à la procédure, et selon le contexte dans lequel évolue l'entreprise. Mais elles doivent demeurer présentes dans la mesure du possible.

26

La maturité achats et sa matrice

Être réaliste

La matrice de maturité est un outil de management qui permet de poser les choses factuellement et objectivement, et de piloter une organisation achats. La direction achats qui maîtrise son organisation sera capable d'entrer en phase d'amélioration continue de son processus achats. Mais avant d'en arriver là, le chemin peut être long.

Acheter pour développer

Lors de l'apparition de la fonction achats, celle-ci avait pour seule fonction l'« approvisionnement » avec une logique d'« acheter pour produire ». En période de pénurie, le rôle des achats était de s'approvisionner à l'extérieur ce qu'elle ne produisait pas afin de ne pas perturber le cycle de production. La fonction s'est maintenant beaucoup plus orientée vers « acheter pour développer ».

Mesurer l'évolution

Le but de toute mesure est bien évidemment, dans un premier temps, de comprendre avec précision une situation. Cela permet de savoir « où on en est ». Mais au final, l'objectif de toute mesure doit pouvoir être de progresser, de s'améliorer.

Toute science a l'âge de ses instruments de mesure. Et la réflexion sur la maturité achats aurait pu en rester à la discussion de comptoir. En effet, le concept d'une fonction achats dite « mature » peut se révéler bien subjectif en fonction des interlocuteurs, de leur entreprise, ou encore de leur secteur d'activité.

En 1998, Jean Potage (directeur du groupe achats de Thales) introduit « le modèle de la matrice de maturité achats ». Cette matrice de maturité est un outil de management qui a pour objectif de mesurer l'évolution de la fonction achats et d'en dégager des axes d'amélioration.

À partir des objectifs liés à la politique d'entreprise et à sa stratégie à long terme, l'organisation achat définira un plan de progrès selon différents

LES DOMAINES CLÉS EN EXEMPLE

Les domaines clés, quant à eux, sont des exigences à atteindre. Ils sont très variés et peuvent concerner l'organisation achat, le processus achats, les outils et méthodes, les fournisseurs et les prescripteurs. Chaque entreprise doit avoir sa propre matrice, car les domaines clés stratégiques ne sont pas les mêmes. La matrice livrée ci-dessus, élaborée lors d'une étude AgileBuyer, permet de mettre en avant les deux axes ayant la marge de progrès la plus importante : les outils utilisés et le plan de formation des effectifs achats. •••

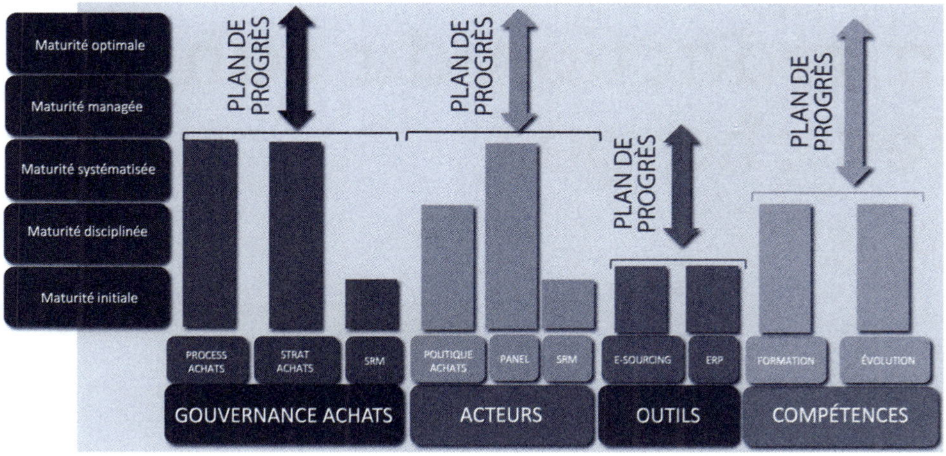

Matrice de la maturité achats

niveaux de maturité. Une matrice de maturité est une sorte de damier où le directeur achats pose ses pions et les fait avancer, au gré des actions mises en place et des objectifs atteints.

Les principes

Ce modèle continu repose sur deux principes : les niveaux de maturité à atteindre et « les domaines clés » stratégiques, inhérents à chaque entreprise, à chaque contexte. Jean Potage parle de plusieurs niveaux de maturité : initiale, disciplinée, systématisée, managée, optimale.
Au stade de la « maturité initiale », la fonction achats n'est pas reconnue au sein d'une organisation, et il n'y a aucune stratégie appliquée à la fonction achats. Les acheteurs ont simplement pour mission de traiter des demandes d'achats. Ils n'ont d'ailleurs pas forcément le titre d'acheteur.
La marche au-dessus est la « maturité disciplinée ». La fonction achats est présente au sein de l'organisation mais n'est pas structurée. Elle s'occupe de l'approvisionnement de l'entreprise.
Vient ensuite la « maturité systématisée ». La fonction achats n'est plus associée à la fonction d'approvisionnement, elle possède des indicateurs lui permettant de mesurer les écarts, mais ne peut y apporter de solution.
Le stade supérieur est la « maturité managée ». De nombreuses stratégies/actions sont déployées au sein de l'entreprise, l'organisation aura une visibilité de sa performance. Elle pourra y apporter des axes d'amélioration pour atteindre le niveau optimal.
Le nirvana est la « maturité optimale ». La fonction achats a un rôle stratégique dans l'entreprise et est généralement présente au comité de direction. Ce niveau de maturité permet d'avoir une visibilité globale de la fonction achats. La direction achats qui maîtrise son organisation sera en phase d'amélioration continue de son processus achats.

En permettant de définir et d'atteindre ces différents niveaux, les matrices de maturité apportent un avantage incroyable pour les achats : nous parlons enfin ici d'une mesure qui n'est pas nécessairement fondée sur un gain sur achat.

••• Lorsque les objectifs définis ont été atteints, l'organisation a pu passer à un niveau de maturité supérieur. Car l'objectif de la matrice de maturité est aussi d'évaluer les progrès réalisés durant l'année ou à réaliser dans le futur pour atteindre les niveaux de maturité. Pour ce faire, il est important d'impliquer la direction du groupe, les acheteurs et les donneurs d'ordres. Cette transparence et cette vision partagée permettront d'avancer tous ensemble vers la même stratégie du groupe.

27

La rédaction du cahier des charges

Challenger le besoin

Le cahier des charges est un document qui définit précisément le besoin d'un produit ou service exprimé, voire d'un projet dans son ensemble. Les différents besoins ou les fonctionnalités attendues, les objectifs visés, les contraintes techniques ou d'environnement à prendre en compte, les délais à respecter y sont formalisés de la manière la plus précise possible.

Cahier des charges technique ou fonctionnel

Deux types de cahiers des charges sont à distinguer.

Premièrement, le cahier des charges fonctionnel qui a pour objectif de définir la finalité recherchée, les besoins auxquels le produit ou service devra répondre en termes de fonctionnalités.

Ensuite, le cahier des charges technique, quant à lui, traduit les fonctionnalités recherchées en exigences techniques et précise les contraintes à respecter.

C'est généralement le prescripteur (client interne) ou le chef de projet qui ont la responsabilité de définir le contenu et donc de rédiger le cahier des charges. Quel que soit le rédacteur, il est important que l'acheteur puisse être impliqué en amont de la définition du besoin.

Un outil à forte valeur ajoutée interne

Le cahier des charges est donc le premier contact des fournisseurs avec l'expression d'un besoin. Mais avant d'être un outil orienté vers l'extérieur, c'est avant tout un outil à forte valeur ajoutée en interne.

Rédiger un cahier des charges peut être un exercice complexe et consommateur de temps, mais apporte également de nombreux avantages. Cela

L'HEXAMÈTRE DE QUINTILIEN

Combien de fois a-t-on entendu « Je ne vais pas faire un cahier des charges pour cela » ? Certes, parfois la complexité du besoin ne le nécessite pas, ou le facteur temps ne le permet pas. Dans ce cas-là, utilisez l'hexamètre de Quintilien (ce fameux sigle interminable « QQCQCCP ») ! Cette approche permet au prescripteur de ne pas oublier la moindre composante d'un besoin, et donc de procéder rapidement à sa définition. « *Qui* » ou « *pour qui* » permet d'identifier qui seront les lecteurs du document et d'adapter sa rédaction en conséquence. « *Quoi* » permet d'identifier le •••

permet évidemment de clarifier le besoin, mais aussi de communiquer sur ce dernier au sein de l'entreprise.
Le simple fait de rédiger le cahier des charges entraîne généralement une amélioration de la définition du besoin lui-même. Le fait de devoir solliciter d'autres collaborateurs au sein de l'entreprise permet, entre autres, d'identifier les paramètres oubliés.
Cependant, un bon cahier des charges est avant tout un document finalisé à temps. Quelle que soit la qualité de son contenu, s'il est livré une semaine avant la date de besoin de livraison, même le plus rapide et le meilleur des acheteurs ne pourra réaliser un acte d'achat optimisé.

L'implication en amont de l'acheteur

L'autre élément primordial est l'implication en amont de l'acheteur lors de la définition du besoin. Tous les contextes ont leurs particularités, mais de manière générale l'implication de l'acheteur permettra d'éviter certains écueils. Et parmi eux, l'acheteur veillera particulièrement à orienter la rédaction vers une définition suffisamment « ouverte d'esprit ». Car il est bien évident que si la rédaction se résume à « approvisionner une fraiseuse », avec en annexe une référence produit et un devis correspondant, l'acheteur n'aura que peu d'options à envisager, un seul fournisseur à consulter et encore moins de marge de négociation pour réaliser l'acte d'achat.
Si l'acheteur est impliqué en amont, il pourra alors orienter la rédaction vers une description plus générique. La fraiseuse va-t-elle opérer sur du bois ou du métal, ou les deux ? Quel est le nombre de tours minute minimum qu'elle doit atteindre ? etc. Dans l'idéal, et si le sujet le permet, l'acheteur pourra peut-être même orienter le prescripteur vers un cahier des charges fonctionnel, ce qui laissera la porte ouverte à de nombreux fournisseurs, et peut-être même à certaines innovations.

Challenger le besoin

Le rôle de l'acheteur est également de « challenger le besoin » lorsque cela s'avère nécessaire.
Une entreprise réalise des transports allant jusqu'à 10 tonnes, c'est donc le critère que retient le cahier des charges pour l'achat de camions. Mais sur les années précédentes, seuls cinq transports de 10 tonnes ont eu lieu, les autres étaient aux alentours de 3 tonnes. Pourquoi ne pas réduire le besoin à des transports de 3 tonnes maximum, et opérer les rares transports de 10 tonnes *via* une location de plus gros camions ?
Voilà typiquement le genre de réflexion que l'acheteur doit pouvoir être en mesure de livrer lorsqu'il est intégré en amont de la définition du besoin.

« La différence entre les achats de grand-mère et ceux des professionnels. »

••• besoin en tant que tel. « *Où* » peut identifier le lieu géographique du besoin. Cela peut être aussi l'environnement spécifique du besoin (telle usine, avec telles contraintes). « *Quand* » définit la date de livraison souhaitée, ou le planning de réalisation et ses jalons spécifiques dans le cadre d'un projet s'étalant dans le temps. « *Comment* » fait référence aux moyens requis (matériels ou humains). « *Combien* » définit les quantités de pièces ou de prestations à commander. « *Pourquoi* » ou « *Pour quoi* » identifie l'objectif à atteindre derrière ce besoin. Quelle est sa finalité ?
Cette approche peut permettre de garantir l'atteinte d'un juste milieu entre l'absence totale de réflexion sur un besoin et la perte de temps redoutée par le prescripteur réticent.

28

Les grandes stratégies achats

Adopter une démarche proactive

Massification, externalisation, anticipation et gestion des risques, les leviers d'action des directions achats sont multiples. Pour assurer une performance optimale de l'achat, il est nécessaire de définir des procédures à respecter, de mettre en œuvre des plans d'action et de déterminer les objectifs opérationnels pour les acheteurs et les fournisseurs.

Globalisation des achats

Si l'objectif principal est souvent de réduire les coûts, les directions achats peuvent également chercher à mieux répartir leurs dépenses. Lorsque l'entreprise a plusieurs filiales ou plusieurs sites, la globalisation des achats est un moyen de commander des volumes plus importants. Elle constitue un levier de négociation auprès des fournisseurs. La direction achats doit donc permettre la coordination et le suivi de cette globalisation. La direction achats peut décider d'aller au-delà d'une simple relation avec ses fournisseurs les plus importants *via* une politique de partenariat ou de codéveloppement. S'il suit cette démarche, l'acheteur doit avoir le souci de mieux maîtriser la structure de coûts et d'approfondir la connaissance de l'entreprise sur la stratégie, l'organisation et les processus desdits fournisseurs.

Externalisation et LCC

L'externalisation est un levier utilisé par les entreprises afin d'accroître leurs avantages concurrentiels. Après une analyse de la chaîne de valeur de l'entreprise, la direction des achats doit décider s'il faut recourir à des prestataires pour certaines activités à faible valeur ajoutée. S'il est nécessaire d'externaliser, des solutions dédiées doivent être définies ainsi que leurs périmètres. C'est aussi une façon de variabiliser les coûts.

LES ACHATS ÉCORESPONSABLES, MODE OU STRATÉGIE ?

Le développement durable peut sembler être une mode qui « s'installe », mais il est bel est bien un objectif pour les directions achats qui découle de la stratégie d'entreprise. En atteste le nombre important de sociétés qu'AgileBuyer a accompagné ces dernières années dans le but d'obtenir le label « Relations Fournisseurs et Achats Responsables » (RFAR). Pour être en phase avec les principes du développement durable, la direction achats doit veiller à ce que les fournisseurs s'engagent en matière de pratiques sociales et de respect de l'environnement. •••

Dans un contexte de mondialisation où les entreprises misent sur leur compétitivité, les directions achats se tournent parfois vers les pays à bas coût (*low cost countries* — LCC). Elles définissent donc des stratégies et des politiques pouvant renforcer leurs expertises et leur visibilité locale dans ces pays. Des indicateurs liés aux achats réalisés dans les pays à bas coûts sont fixés aux acheteurs et suivis.

Piloter la qualité

Les décisions stratégiques ont pour but d'éviter la non-qualité. Ainsi, des orientations portant sur le suivi des fournisseurs doivent être données. Des audits et des plans d'action en cas de dérives doivent être envisagés.

Le respect des délais annoncés mais aussi la capacité à s'adapter aux impondérables sont les principaux objectifs des directions achats. Celles-ci doivent donc avoir le souci de la maîtrise du flux logistique des fournisseurs, de leur capacité à stocker et à gérer d'éventuelles livraisons de dernière minute.

Piloter le panel

L'un des objectifs des directions achats est d'adopter une démarche proactive par rapport à la gestion de l'ensemble des fournisseurs. Cette démarche inclut la rationalisation du panel. Gérer son panel, c'est décider qui sont les meilleurs fournisseurs sur tel ou tel segment d'achat.

Décrire ce qui fait un bon fournisseur sur une famille d'achats, c'est avant tout comprendre quels sont les leviers de compétitivité et ses composantes de coûts. C'est un exercice complet et exigeant mais qui génère de nombreux bénéfices.

Détecter l'innovation

L'une des valeurs ajoutées de la fonction achats est la détection de l'innovation chez les fournisseurs, car elle constitue un avantage concurrentiel certain.

La direction achats doit mettre en place une veille technologique en amont. Il faut mettre en avant les fournisseurs ayant une vision stratégique compatible avec celle de l'entreprise, pouvant s'engager dans la durée et témoignant d'une solidité financière suffisante. Cette veille doit permettre la construction d'une cartographie de couples « fournisseurs-technologies ». Ce travail rend la relation plus efficace et améliore l'anticipation des développements futurs.

La direction achats doit aussi s'efforcer d'intégrer les fournisseurs lors de la conception des produits ou services, et non uniquement en phase de développement.

Cette démarche permet de mieux maîtriser les coûts et les objectifs, mais aussi de réduire les délais de développement par intégration, dès le départ, d'un plus grand nombre de contraintes et de solutions.

« La stratégie achats vient toujours de la stratégie de l'entreprise. »

••• À travers des audits, elle devra valider leurs pratiques de façon objective grâce à des grilles d'évaluation composées de critères précis et intégrés dans les procédures achats. La direction achats doit veiller à la rédaction d'une charte achats et développement durable à destination des fournisseurs. Ce document contient généralement des règles d'éthiques à respecter entre les acheteurs et les fournisseurs. Il a pour objectif d'encourager l'écoconception, mais également d'inciter les fournisseurs à se mettre en conformité avec la législation.

29

Le dossier de consultation

Concevoir au mieux

Le dossier de consultation est le dossier mis à la disposition du fournisseur par l'acheteur dans le cadre d'un appel d'offres. Il est le plus souvent le point de départ d'une mise en concurrence et, à terme, d'un acte d'achat.

Premier contact

Dans de rares occasions, une « *Warm-up Session* » a permis d'établir un premier contact et une première description en amont avec les fournisseurs, mais la plupart du temps, le dossier de consultation est le premier élément qu'ils reçoivent. Il est tout simplement le premier contact que les fournisseurs ont avec le besoin émis par l'acheteur. Partant de ce constat, on comprend mieux pourquoi l'acheteur a tout intérêt à communiquer un dossier complet et conçu de la meilleure façon qui soit.

Différencier les secteurs privés et publics

Il faut dans un premier temps différencier le secteur privé du secteur public, car bien que présentant de nombreuses similitudes, les dossiers de consultations du secteur public et ceux des entreprises privées ne sont pas composés de la même manière. Dans le secteur public, les appels d'offres sont très formalisés et la procédure est encadrée par des textes légaux. Les entreprises privées bénéficient, quant à elles, de beaucoup plus de souplesse.

Le droit privé

En droit privé, les entreprises définissent leurs stratégies achats et rédigent leurs appels d'offres librement selon leur fonctionnement interne.

LE BUT COMMUN DE TOUT DOSSIER DE CONSULTATION

Qu'ils soient issus du secteur public ou privé, tous les acheteurs s'accordent sur un point : « Le dossier de consultation garde un seul et même but, celui de permettre au fournisseur de comprendre le besoin et d'y répondre au mieux. » Dans les deux cas, l'objectif recherché par l'établissement d'un dossier de consultation complet et précis est de réduire au maximum •••

De façon générale, on retrouve les éléments suivants au sein du dossier de consultation : une présentation de l'entreprise (qui inclut plusieurs informations importantes sur l'entreprise comme les activités principales, le chiffre d'affaires, le propriétaire, la politique environnementale, etc.), la description du contexte, du projet ou de la problématique, la description du besoin, les dates clés du projet et parfois les critères d'évaluation.
Pour compléter le cahier des charges, qui comporte les éléments cités ci-dessus, un formulaire fournisseurs comportant, entre autres, une grille de cotation est également bien souvent incluse au dossier de consultation.
Certaines entreprises choisissent aussi d'inclure leurs CGA, le contrat, des SLA, des informations sur leurs attentes liées à la RGPD et la RSE ou encore des documents juridiques plus spécifiques comme des codes de conduite ou des NDA (accords de confidentialité).

Le droit des marchés publics

En droit des marchés publics, le dossier de consultation des entreprises (communément appelé « DCE ») est indispensable et contient un certain nombre de documents obligatoires.
Le premier document qui doit être produit est le règlement particulier de la consultation, également nommé « RPC ». Il s'agit d'un document non contractuel qui a pour but de définir la procédure de la consultation. Le règlement de la consultation comporte des informations sur l'objet, l'étendue, la durée et la procédure de passation du marché.
L'acheteur public doit ensuite partager le cahier des clauses techniques particulières (CCTP) et le cahier des clauses particulières de réalisation (CCPR). Le CCTP est un document contractuel généralement rédigé par le prescripteur en collaboration avec l'acheteur public. Il fixe l'ensemble des clauses techniques et définit le besoin. Le CCPR est lui un document contractuel qui fixe les conditions de réalisation d'un marché. Ce document est souvent utilisé pour les marchés de travaux.
Le projet de marché, ou l'acte d'engagement, formalise ensuite les obligations et engagements établis entre les deux parties. Cela représente l'équivalent du « projet de contrat » que l'on peut parfois croiser dans les appels d'offres du secteur privé. Il permet aux fournisseurs d'établir leur offre de prix en ayant connaissance de toutes les contraintes contractuelles imposées, par exemple des délais fortement contraints, ou encore des jalons de paiement tardifs.
Enfin, le bordereau des prix unitaires (BPU) et la décomposition du prix global et forfaitaire (DPGF) sont les deux pièces financières partagées dans le cadre des appels d'offres publics. Principalement utilisé pour les accords-cadres à bons de commande, le BPU liste les prix unitaires relatifs à chaque élément. La DPGF définit les quantités et éléments à chiffrer par les fournisseurs. Ce document permet de décomposer les éléments du prix forfaitaire.

« Le dossier de consultation est le premier outil de communication formel de la concurrence. »

••• les incompréhensions, et donc par là même de réduire le nombre d'allers-retours de communication et de clarifications. Cela permet d'accélérer le temps de traitement du dossier d'une part, mais aussi, par exemple, de se prémunir d'une incompréhension qui peut parfois n'être identifiée que lors de la phase d'application du contrat. C'est bien dans ce cas que les conséquences peuvent être les plus graves, pour le fournisseur ou pour l'entreprise… ou pour les deux !

30

L'approche Total Cost of Ownership (TCO)

Réaliser des comparaisons éclairées

Dans la course à la professionnalisation des achats, l'approche TCO (« Total Cost of Ownership » ou « coût total de possession » en français) est un outil star. Le TCO est donc le coût total de possession qui inclut l'ensemble des coûts directs et indirects liés à un produit ou un service tout au long de son cycle de vie.

Identifier le coût réel

Le TCO est un outil économique qui sert à contrôler les coûts et à faciliter l'analyse des appels d'offres, car en calculant le TCO sur un produit/service, il est ainsi possible d'identifier le coût réel et donc l'offre réellement la plus avantageuse. Cela permet d'éviter de se limiter uniquement au prix d'acquisition, le simple « prix de vente » d'un produit ou service.

Cela permet aussi d'avoir une vision globale sur les dépenses à venir. Et c'est un outil indispensable dans la préparation des négociations, mais aussi dans le cas d'une opération d'*outsourcing* ou d'internalisation.

Différencier les typologies de coûts

Dans le calcul du TCO doivent être distingués les coûts directs et les coûts indirects qui sont également appelés des « coûts cachés », car il n'est pas toujours facile de les identifier. Alors, quels sont les coûts indirects primordiaux au calcul du TCO ? Il s'agit de prendre en compte, bien entendu, les coûts d'acquisition et du transport, mais aussi de gestion des stocks et de maintenance, les coûts liés à la qualité du produit ou du service, et tout autre coût éventuel allant même jusqu'au coût de destruction.

QUELS COÛTS CACHÉS PRENDRE EN COMPTE ?

La liste des coûts cachés à prendre en compte est évidemment très variable d'un achat à un autre, et d'un contexte à un autre. Tout comme pour l'illustration ci-dessus, nous prendrons l'exemple d'un achat d'équipement industriel (une machine quelconque). Parmi les coûts indirects qui ont été cités, il est important de se pencher sur deux coûts essentiels au calcul du TCO : le coût des formations et les coûts liés aux dépenses de fonctionnement et d'investissement. Pour le coût des formations, il s'agit de l'ensemble des coûts de formation (initiale ou continue) •••

« L'arbre qui cache la forêt. »

Les coûts directs

Les coûts directs sont ceux engagés directement dans la fabrication d'un produit (ou la commercialisation d'un service), ils sont constitués principalement des éléments suivants : le prix d'achat de la matière première, les frais de transport et de mise en route, emballage, douane, le coût horaire de main-d'œuvre (frais d'exploitation), le coût des outillages, le coût de la maintenance, d'entretien et de réparation, le coût de la gestion des stocks.
Les coûts directs sont généralement les plus faciles à identifier, d'ailleurs ils sont également appelés « coûts visibles », car il est plus aisé de les chiffrer.

Les coûts indirects

Cependant, les coûts indirects ou invisibles (cachés) sont plus difficiles à quantifier et à chiffrer. On peut néanmoins distinguer, entre autres, les coûts suivants : le coût de contrôle et de non-qualité, la formation des administrateurs et des utilisateurs (formation à l'utilisation du matériel/système, à la maintenance), les dépenses de mise à niveau (exemple : coût des évolutions technologiques), le coût des services administratif et d'assistance, les coûts d'arrêt de production, le coût d'amortissement, les coûts liés à la RSE et au respect de l'environnement…

Des coûts indirects parfois plus impactants

Dans le calcul du coût total de possession, il est important de travailler sur l'identification des coûts, les analyser, les classifier et les quantifier. Chaque coût doit être pris en compte dans le calcul du TCO, qu'ils soient directs ou indirects. Souvent, quand certains coûts indirects sont négligés, il s'avère qu'ils sont ceux qui impactent le plus le TCO.
Le calcul du TCO représente donc un véritable levier pour les acheteurs afin d'obtenir le juste coût et de réaliser des comparaisons éclairées entre plusieurs produits ou services.

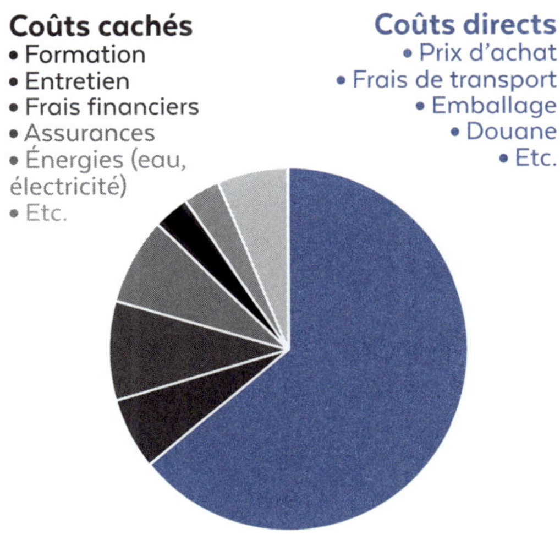

Décomposition réelle du coût

••• à l'utilisation du matériel et les coûts de formation à la maintenance. Ces dépenses existent tout au long de la vie du matériel, et ils sont indispensables au calcul du TCO car un manque de formation des opérateurs et personnels sur l'utilisation des nouveaux outils ou matériels nuirait aux rendements et à la productivité, d'où l'importance de prendre en charge ces coûts. Concernant les coûts liés aux dépenses de fonctionnement et d'investissement, leurs parts couvrent un pourcentage non négligeable dans le TCO. Il s'agit de prendre en compte les salaires du personnel, les dépenses de fourniture, les coûts de gaz, d'eau et d'électricité ou encore les coûts d'assurance…

31

L'analyse de la situation financière

Limiter les risques

L'aspect financier est un élément déterminant à prendre en compte dans le choix de tous ses fournisseurs. L'analyse financière détermine dans quelle mesure il est risqué ou pas de s'engager sur un volume d'affaires avec un fournisseur. Les acheteurs doivent donc être conscients du rôle qu'ils ont à jouer dans cette évaluation.

La gestion du risque fournisseur

La gestion du risque fournisseur fait partie des outils stratégiques de la fonction achats. Un grand nombre de directions achats porte une grande attention autant à la capacité financière de leurs fournisseurs qu'à leur niveau de solvabilité. Il s'agit, par exemple, de prévenir les ruptures dans la chaîne d'approvisionnement de l'entreprise ou de s'assurer que le fournisseur sera en capacité d'honorer ses engagements. L'acheteur doit également s'assurer qu'un fournisseur n'est pas dépendant de ses commandes ou de celles d'un autre client.

Identifier les probabilités

L'analyse financière permet d'identifier la probabilité pour qu'une entreprise ne puisse faire face à ses créanciers ou qu'elle ne cesse ses activités. C'est donc un outil qui permet de prévenir des risques de défaillance des fournisseurs. N'étant pas défini par une norme, l'acheteur doit pouvoir s'appuyer sur des prestataires spécialisés ou faire appel à un service interne à son entreprise pour mener son analyse financière.

Le « scoring » interne

Dans certaines entreprises, l'acheteur fait appel à un service expert interne afin d'évaluer ses fournisseurs. Ce service propose une analyse financière à partir d'extraits de documents financiers qui se

ÊTRE VIGILANT SUR LE TAUX DE DÉPENDANCE

Toutes les organisations achats ne sont pas dimensionnées pour analyser les situations financières de manière automatisée, mais un critère est souvent regardé de près car facile à appréhender. C'est ce qu'explique cet acheteur du secteur de la cosmétique : « Je n'ai pas forcément la possibilité d'analyser en détail la santé financière de mes fournisseurs, mais le taux de dépendance, c'est vraiment un minimum, et c'est rapide. » Le taux de dépendance économique est effectivement un critère presque systématiquement pris en compte. Il est communément •••

présente sous la forme d'un score. Le « scoring » est un outil qui permet de situer un fournisseur dans une catégorie de risque en calculant plusieurs ratios jugés pertinents. Entre autres, cela permet de calculer la probabilité de défaillance d'une entreprise ou de dégager des tendances. Les éléments pris en compte sont, par exemple, le chiffre d'affaires, la trésorerie, le résultat et la capacité d'autofinancement. Ces éléments permettent de calculer plusieurs ratios pour établir une image du fournisseur qui soit la plus proche possible de la réalité économique.

Dans cette approche, les fournisseurs doivent être notés tous les ans, puisque, bien évidemment, la situation financière d'une entreprise peut fortement varier, parfois en seulement quelques mois.

Le « rating » externe

L'acheteur peut également faire appel à des prestations externes proposées par des organismes tels que la Coface, Altares (Dun & Bradstreet) qui mettent à la disposition une base de données contenant des informations sur la situation financière de millions d'entreprises.

L'acheteur peut utiliser ces informations (par exemple, les rapports de solvabilité) lors de l'évaluation d'un fournisseur.

Pour la plupart, ces prestataires sont spécialisés dans le « rating ». Ils notent, par exemple, le risque de solvabilité d'un fournisseur. La note est attribuée à partir d'éléments quantitatifs, tels que les ratios, et d'éléments subjectifs, comme l'appréciation de la stratégie que le « scoring » ne prend pas en compte.

Schématiquement, les notes s'établissent sur une échelle allant de 0 à 10. La note 0 représente un risque fort ou une situation de faillite, 5 un risque faible ou une solvabilité moyenne et 10 un risque nul. Il est important de souligner que les notes attribuées sont des estimations du risque de solvabilité à un instant donné et mesurées de manière statistique.

Les limites de la démarche

On observe cependant certaines limites à ces méthodes. L'inconvénient de l'analyse financière du fournisseur est la fraîcheur des informations étudiées.

Pour prendre la meilleure décision, l'acheteur doit s'appuyer sur des informations récentes et exactes. Or, les données financières analysées sont souvent la photographie du bilan ou du compte de résultat du fournisseur à un moment situé dans le passé. L'information est donc parfois difficile à resituer surtout dans un contexte volatil qui évolue vite.

Pour compléter ces analyses, une enquête s'avère parfois utile. Une enquête permet de se forger un avis sur la stratégie du fournisseur, d'avoir des informations qualitatives qui aident l'acheteur à conforter sa décision.

« Un bon fournisseur est un fournisseur en bonne santé financière, et c'est à l'acheteur de s'en assurer. »

••• admis que le chiffre d'affaires que représente le client chez son fournisseur ne doit pas dépasser 30 % de son activité globale. Dépasser ce seuil n'est pas un problème en soi, mais cela peut mener à favoriser une situation qui, elle, est punie par la loi : l'exploitation abusive de cette situation de dépendance économique. L'abus de dépendance économique étant une pratique anticoncurrentielle prohibée par le Code du commerce, s'assurer de rester sous le seuil des 30 % avec l'intégralité de ses fournisseurs reste la meilleure façon pour l'acheteur de se prémunir de ce risque. Il faut prendre en compte le taux de dépendance vis-à-vis d'un groupe (têtes de filiales) et même le taux de chacune des filiales.

3 conseils de...

Roque Carmona

Pourquoi structurer et processer les achats ?

Sachez anticiper les besoins

Un processus achats décrit souvent les étapes principales pour réaliser un acte d'achat. Il a pour vocation de procurer à l'entreprise l'ensemble des produits et services dont elle a besoin. En tant que directeur des achats, nous travaillons souvent dans l'optique d'améliorer les différentes étapes (du sourcing à la négociation finale, en passant par l'appel d'offres et l'analyse des offres). Nous allons tout faire pour avoir une bonne connaissance du marché fournisseur, un panel fournisseur qualifié et une équipe experte dans les différents secteurs ou familles d'achats.

Mais voilà, même en suivant rigoureusement le processus d'achat défini en interne, il est trop tard ! L'acheteur doit être impliqué au moment où le besoin surgit et faire partie de l'équipe qui établit le cahier des charges ou les spécifications techniques. L'acheteur a un rôle important pour le respect des stratégies définies pour le besoin en cours. Mais il est aussi le lien entre les fournisseurs externes et les ingénieurs et techniciens de l'entreprise. Quand on sait que 66 % des innovations proviennent de nos fournisseurs, vous imaginez l'importance de pouvoir intervenir au bon moment et au bon niveau.

L'acheteur et la fonction achats doivent être vus comme des créateurs de valeurs et pas seulement comme des administratifs en charge de traiter une demande ou un besoin. Transformer une fonction achats ne signifie pas uniquement mettre en place une nouvelle organisation, mais il s'agit de changer la façon de travailler. Au-delà de la performance économique, naturellement avec une approche de coût total d'acquisition ou TCO (Total Cost of Ownership), et des impacts sur le besoin en fonds de roulement (BFR) de l'entreprise, la fonction achats doit permettre d'apporter des solutions et des services plus innovants à nos clients. La fonction achats doit contribuer à la croissance du chiffre d'affaires et pas seulement sur la réduction des coûts.

Ce n'est que comme cela que nous pourrons passer d'un mode de travail réactif à un mode de travail prédictif.

Adoptez un processus robuste

Gérer le processus d'achat est une tâche incontournable pour optimiser la rentabilité de notre entreprise, mais aussi pour gagner en productivité. Le processus d'achat doit être construit avec méthode et rigueur, sans être pour autant trop chronophage pour les équipes, au risque de devenir onéreux et lourd à gérer. Réputées pénibles, ces contraintes entravent l'autonomie et la rapidité de la gestion des achats pour les entreprises. Le risque ultime dans une entreprise est, tout simplement, de ne pas suivre le processus d'achat ou de ne pas impliquer les acheteurs pour traiter un besoin.

Roque est un ingénieur INSA titulaire d'un Executive MBA de HEC de Paris. Il a construit et démarré des centrales électriques pour GE Energy à travers le monde durant vingt ans. En 2004, Roque devient directeur des achats de la division GE Power en Europe. Début 2014, il est nommé VP directeur Achats pour la branche Total Refining & Chemicals. Depuis 2017, Roque a rejoint le groupe Thales en tant que SVP directeur des Achats Groupe.

Des indicateurs peuvent être mis en place afin de contrôler le processus d'achat. La mise en place de ces KPI et leur suivi fréquent peuvent permettre de détecter des situations anormales chez un fournisseur ou une évolution atypique d'un flux. Ces indicateurs peuvent permettre de suivre l'évolution des prix unitaires dans le temps, l'analyse des montants par commande, la part de marché de chaque fournisseur au sein de sa famille de produits…

Protégez votre entreprise

Un processus achats mal sécurisé ouvre des opportunités de fraude aux acheteurs, aux prescripteurs et aux fournisseurs : surfacturation, prestations fictives, conflits d'intérêts. Ces ententes ont un coût, et il est supporté par l'entreprise !

Chaque étape du processus d'achat vise à augmenter la performance économique de l'entreprise, mais également la performance sociale et éthique de la chaîne d'approvisionnement en amont. Imposer la mise en concurrence permet, par exemple, de restreindre les opportunités d'entente entre un acheteur et un fournisseur, et de détecter d'éventuels achats atypiques par une comparaison des offres. Veiller à la séparation des tâches dans le processus d'achat permettra l'achat de prestations fictives ou de biens non livrés à l'entreprise. Les rôles suivants doivent en particulier être attribués à des personnes différentes : demandeur (il exprime le besoin), acheteur (il consulte et sélectionne l'offre la plus intéressante d'un point de vue économique) et payeur (il réceptionne les biens et s'assure que les quantités reçues sont conformes à celles facturées). Afin de prévenir tout conflit d'intérêts potentiel entre un acheteur et un fournisseur, il est important qu'une « due diligence » des fournisseurs soit réalisée à la création d'un fournisseur dans nos systèmes. La « due diligence » fait partie des huit mesures de la « loi Sapin 2 ». Disposer d'une procédure de *whistleblowing* (lanceur d'alertes) permettra aux salariés d'alerter l'entreprise sur un cas de fraude.

> *« Une structuration des achats et la mise en place de procédures et de contrôles permettent d'optimiser la rentabilité d'une entreprise, ainsi que d'éviter la fraude ! »*

#4

Manager les achats et les fournisseurs

« Comment entretenir de bonnes relations avec ses fournisseurs ? Quels sont les indicateurs ? Puis-je agir de même en interne ? De plus, que faire en cas de conflit ? »

32

La délégation de pouvoir et de signature

Répartir les responsabilités

La décision d'acheter un bien ou un service en entreprise est courante et inévitable. Celui qui décide est-il celui qui en est responsable ? La décision et la responsabilité d'achat peuvent ne pas être cumulées par une même fonction.

Délégation de pouvoir ou de signature

La délégation est un outil de gestion interne qui répond à des règles juridiques. Cet outil comporte des risques autant pour le délégant (celui qui délègue la mission) que pour le délégataire (celui à qui la mission est confiée). En entreprise, il est courant de rencontrer des cas de délégation de pouvoir et de délégation de signature. La première permet à un chef d'entreprise de transférer son pouvoir de décision et sa responsabilité (pénale) à un subordonné. La seconde permet à un délégant d'autoriser un subordonné à signer des documents pour faciliter le flux en interne. Le pouvoir de décision implique un pouvoir de signature, mais à l'inverse cette règle n'est pas appliquée.

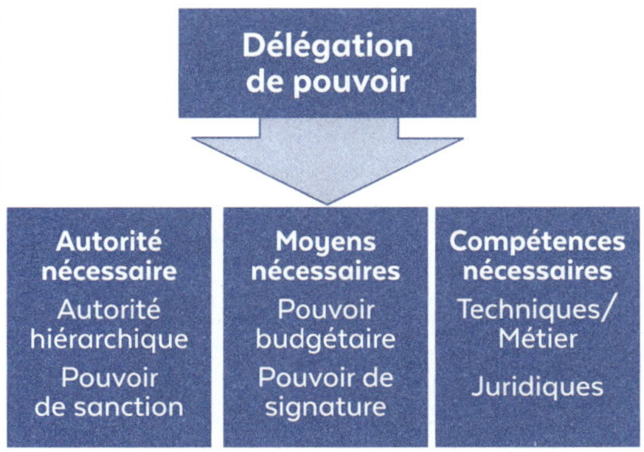

Les principes de la délégation de pouvoir

LA RESPONSABILITÉ PÉNALE EN GUISE DE FINALITÉ

Beaucoup de sujets ont ici été observés à travers le prisme des achats. Concernant un sujet comme la délégation de pouvoir, il n'est pas inintéressant de se pencher sur la vision qu'ont nos collègues juristes et avocats d'entreprise. Lors d'une réunion ayant pour objet une réflexion sur la refonte du processus achats d'une entreprise, la directrice juridique avait à l'époque très bien résumé sa position : « La finalité de la délégation de pouvoir, c'est la responsabilité pénale. Quand on en vient à parler de responsabilité pénale, on regarde les textes, et seulement les •••

Déléguer le pouvoir et la responsabilité…

La délégation de pouvoir ne doit pas nécessairement être écrite, mais les faits doivent suffire à la prouver. Les écrits permettent de limiter les contentieux. Elle doit être précise et limitée dans son champ et dans le temps.
Elle implique un rapport de subordination entre le délégant et le délégataire. Le délégataire doit disposer pleinement de la compétence, de l'autorité et des moyens nécessaires pour accomplir la mission confiée.
Tout décideur engage sa responsabilité pénale, et celle de l'entreprise, en cas d'infraction. Un directeur achats peut subdéléguer son pouvoir de décision aux membres de son équipe. Ils deviennent à leur tour responsables pénalement des décisions qu'ils prennent et engagent la responsabilité pénale de l'entreprise et la responsabilité civile du dirigeant. Pour le bien de l'entreprise, le directeur achats doit s'assurer que son équipe est capable de prendre les bonnes décisions.

…ou seulement la signature

A contrario, en déléguant sa signature, le délégant en reste responsable.
Pour cette raison, les délégations de signatures (contrats et bons de commande) s'appliquent selon les montants engagés et niveaux hiérarchiques du délégataire.
Par exemple, un acheteur engagera l'entreprise jusqu'à 100 000 euros, un responsable achats jusqu'à 400 000 euros, un directeur achats jusqu'à 2 millions d'euros, un directeur financier jusqu'à 4 millions d'euros et le dirigeant engagera la société au-delà de ces montants.

Toute décision ne peut être déléguée

La fonction achats décide et agit quotidiennement pour le compte de l'entreprise : choix des fournisseurs, signature de contrats, décisions des montants engagés, embauche ou licenciement d'un acheteur, passation de bons de commande, etc.
Cependant, toutes les décisions ou responsabilités ne peuvent pas forcément être déléguées. En vertu des pouvoirs régaliens investis par le dirigeant d'une entreprise, toutes ses compétences propres ne sont pas transférables. Il n'y a pas de domaines réservés en termes de délégation, pour les tâches de saisine et de représentation dans les organes internes à l'entreprise, la délégation n'emporte pas exonération de responsabilité.

« Ce qui pourrait apparaître comme un détail ne l'est pas. Pour le bien de l'entreprise, le directeur achats doit s'assurer que son équipe est capable de prendre les bonnes décisions. »

••• textes. » Le but n'était pas pour elle de forcer les participants à aborder ce sujet sous un angle juridique, mais de rappeler que le délégant autant que le délégataire doivent être conscients des obligations et enjeux que la délégation de pouvoir ou de signature entraîne. Dans les cas indésirables d'infraction et d'erreurs pour le compte de l'entreprise (et non pour un intérêt personnel), la responsabilité pénale non seulement du délégataire, mais également de l'entreprise est engagée. S'intéresser précisément à ce sujet est un bon moyen d'éviter la prison !

33

La formule de révision

Limiter la hausse des prix

Des secteurs comme les achats de travaux ou les marchés de prestations incluent déjà traditionnellement des formules de révision ou d'actualisation de prix qui s'appuient sur des indices officiels, que ce soit les indices BT du bâtiment ou le Syntec. Dans le secteur industriel, les cours des matières premières impactent fortement les prix et dans les télécoms, les prix unitaires baissent régulièrement.

Éviter des négociations chronophages

Comment éviter la répétition périodique de négociations chronophages en négociant la bonne formule de révision de prix ? L'objectif doit être de s'assurer que le prix initial négocié continue à le rester malgré les évolutions des marchés.
Négocier une formule de révision de prix nécessite un minimum de préparation et un brin de savoir-faire. Si les formules sont mal évaluées, les conséquences peuvent être graves pour toutes les parties. Les accords de révision sont donc en principe contractuels et durables.

Quels critères utiliser ?

Souvent l'acheteur veut tirer le maximum d'avantages de la formule, au détriment du vendeur, par exemple en choisissant une formule qui minimisera les hausses, par le choix des indices ou des coefficients. Il ne faut pas oublier qu'il s'agit là de spéculations et que cette formule sera désavantageuse en cas de retour à la baisse.
Pour éviter de tomber dans de véritables « usines à gaz », il conviendra de limiter le nombre des critères pris en compte dans le calcul. Pour ce faire, certains critères de nature voisine seront regroupés ou ceux qui sont jugés d'une valeur négligeable seront intégrés dans le coefficient de stabilité.
Les critères les plus couramment employés sont la main-d'œuvre, le transport et la matière. Ce dernier sera lui-même éclaté en fonction des différentes natures de matières entrant dans la

LA BONNE FORMULE EST CELLE QUI GARANTIT LA CONTINUITÉ D'UN MARCHÉ

C'est ce que rabâche un directeur achats lors d'un séminaire, en s'adressant aux acheteurs en charge de projets ou de contrats s'étalant sur de nombreuses années. Car au-delà de se prémunir de l'aspect chronophage de négociations annuelles, « il est futile et maladroit de rechercher à vouloir gagner par la formule seule ». En effet, la formule de révision de prix doit se montrer la plus proche possible de la réalité des coûts, elle doit refléter une réalité de production, une réalité de •••

composition du produit. Si nécessaire, une décomposition de prix pourra donner la valeur respective de chacun des critères.

Coefficient de stabilisation et indice de référence

Le coefficient de stabilisation, encore appelé « coefficient de neutralité », fixe la part du prix qui ne bougera pas. L'acheteur essayera de l'augmenter, tandis que le vendeur cherchera à le minimiser. En règle générale, ce coefficient se situera entre 0,30 et 0,60. L'acheteur étudiera également les évolutions des indices par le passé, afin d'évaluer la pertinence du résultat fourni par la formule.
Une fois les critères définis, il faut trouver les indices officiels de référence représentatifs et incontestés. L'organisme qui diffuse l'indice doit lui aussi être incontestable.
La plupart des indices utilisés ont comme source l'Insee. Mais il y a de nombreux autres organismes reconnus pour leur pertinence, selon les secteurs d'activité ou les zones géographiques.
Il conviendra donc de s'accorder sur l'organisme émetteur de l'indice, et de préciser son code, pour lever toute ambiguïté.

Périodes de référence et dates d'application

Les indices paraissent la plupart du temps avec un décalage dans le temps, parfois de plusieurs mois. Ce décalage s'explique par le processus de collecte des informations, de leur traitement et de leur diffusion. Il faut donc prendre garde à ce décalage.
En plus de définir la date des indices de référence, il faut déterminer la période de référence. Prendra-t-on l'indice de la date retenue représentant la valeur du jour même, ou prendra-t-on plutôt une moyenne mensuelle, voire trimestrielle, ou plus ? Plus la période de référence est large, plus la courbe de l'indice sera lissée. Ce qui atténuera les variations dans un sens comme dans l'autre.
Dans le cas des cours de matières premières, il peut exister des valeurs dites « valeur haute », « valeur basse » ou « valeur moyenne ». L'acheteur recherchera à négocier la valeur basse de l'indice. C'est celle qui représente les cotations les plus faibles de la journée.
Il conviendra enfin de s'accorder sur la date d'application du nouveau prix ainsi déterminé. Elle pourra se faire immédiatement, ou décalée plus ou moins dans le temps. Il faut prendre en compte le délai incompressible de saisie des nouvelles modalités dans le système informatique.
La non-prise en compte de ce point risque de conduire rapidement à des litiges sur facture chroniques. Et bien sûr plus cette date est décalée, plus la répercussion des variations de prix sera retardée.

« Une Formule 1 qu'il faut savoir piloter : l'objectif est de s'assurer que le prix initial négocié continue à le rester malgré les évolutions des marchés. »

••• marché et une réalité de répartition. Ainsi, que l'on soit en baisse des indices, ou en hausse, la variation doit se faire de manière proportionnelle et équitable pour les deux parties.
La formule de révision est aussi là pour s'assurer que les conditions restent acceptables pour les deux parties tout au long du contrat. Si les conditions évoluent au point de rendre le contrat plus coûteux à finaliser qu'à annuler pour une des deux parties, alors le contrat sera dénoncé tôt ou tard et tout le monde sera perdant.

34

Les principaux indicateurs achats

Piloter avec un tableau de bord

La définition d'une stratégie n'est pas suffisante pour obtenir des résultats. Il faut également piloter ses ressources pour atteindre les objectifs fixés. Le choix des bons indicateurs est essentiel et spécifique à chaque cas. Selon les objectifs fixés au service achats, différents types d'indicateurs seront mis en place.

Mesure de l'efficacité et mesure de l'efficience

Les indicateurs d'efficacité comparent les résultats atteints aux objectifs fixés. Il s'agit de comparer une performance réalisée à une performance ciblée.

Par exemple, le montant réel des dépenses par rapport au budget ou la rationalisation du panel fournisseurs en comparant le nombre de fournisseurs actifs sur une période donnée. Ils permettent d'optimiser la gestion et le pilotage à court et à moyen terme.

L'autre façon de regarder la performance est de s'intéresser à l'efficience, c'est-à-dire aux résultats obtenus par rapport aux moyens engagés. Une organisation est efficiente si elle atteint les objectifs fixés en optimisant les ressources utilisées. Dans certains cas, ce deuxième type d'indicateur est beaucoup plus puissant puisqu'il met en évidence le retour sur investissement de la fonction achats et permet de mesurer sa contribution à la stratégie globale de l'entreprise. Il est cependant plus complexe à mettre en œuvre.

Indicateurs d'activité

Un des rôles importants des indicateurs est de décrire un service achats.

Les indicateurs d'activité permettent de mesurer les aspects quantitatifs relatifs à l'activité du service.

QUELS INDICATEURS CHOISIR ?

« Ce n'est pas à moi de choisir quels indicateurs suivre dans mon tableau de bord, c'est à ma direction générale de me dire où elle veut aller. » Voilà la réponse, étonnante au premier abord, de ce responsable achats projet dans l'hôtellerie. Il est en effet nécessaire que les indicateurs soient en cohérence avec les objectifs du service achats, mais aussi de la stratégie globale de l'entreprise. La stratégie achats est avant tout au service de celle de l'entreprise. Le tableau de bord s'inscrit dans une démarche d'amélioration continue et est orienté vers la •••

Ils décrivent les moyens mis en œuvre, par exemple le nombre d'ETP (équivalents temps pleins), le nombre d'heures de formation effectuées, le taux de rotation des effectifs. Ils peuvent aussi mettre en évidence l'activité même du service : nombre de contrats signés, pourcentage d'achats en LCC, nombre de fournisseurs, dépenses globales ou gains achats.

Ces indicateurs sont importants car ils permettent de dresser une véritable carte d'identité du service achats puis de piloter son évolution dans le temps en fonction des orientations stratégiques.

Indicateurs qualité

L'autre axe important est le suivi de la qualité. Ce suivi nécessite des indicateurs spécifiques à chaque métier, mais qui doivent être compréhensibles par tous. Les indicateurs les plus classiques sont les taux de rebut, les taux de panne ou les taux de retard de livraison.

En tant qu'acheteur, il est également indispensable de s'intéresser à la perception des clients internes. Pour cela, des indices de satisfaction peuvent être utilisés. Il est nécessaire de pouvoir suivre ces indicateurs pour chaque fournisseur afin de donner aux acheteurs de nouveaux leviers de négociation et de mieux piloter l'amélioration de la performance des fournisseurs.

Piloter avec un tableau de bord

Choisir des indicateurs pertinents n'est pas toujours une tâche aisée. Les indicateurs doivent découler de la stratégie et être associés à des objectifs clairement définis.

Un bon objectif est un objectif quantifiable et mesurable. Par exemple : effectuer 20 % des achats en LCC dans les trois ans à venir. L'indicateur qui lui est associé doit alors être simple, compréhensible, fiable et accompagné de leviers d'action. Il doit également être suivi et mis à jour de manière régulière. En fonction de ses besoins, la mise à jour peut être hebdomadaire, mensuelle, annuelle. L'ensemble de ces indicateurs sont regroupés pour former le tableau de bord achats.

C'est un outil précieux qui permet aux acheteurs ainsi qu'aux managers de disposer d'informations permanentes et claires sur les résultats obtenus, et ce par rapport aux objectifs fixés. C'est aussi un outil de communication auprès des clients internes, de la direction mais aussi des fournisseurs.

Ce tableau doit être suffisamment simple pour permettre un pilotage opérationnel au jour le jour. Il doit également être complet pour permettre une analyse stratégique fine, sans pour autant devenir chronophage.

« Mesurer sert autant à savoir qu'à communiquer. Il faut connaître les bons indicateurs afin de s'assurer d'avoir de bons résultats. »

••• performance de la fonction achats, mais aussi de la compétitivité de l'entreprise. Les indicateurs servent à identifier les actions prioritaires et l'allocation des ressources pour une bonne gestion, notamment à travers la mise en place d'actions anticipatives et non curatives. Le service achats doit montrer sa capacité à créer de la valeur à travers des indicateurs mesurant son aptitude à optimiser et à adapter les dépenses aux besoins de l'entreprise. Ces indicateurs peuvent permettre également de montrer la capacité du service achats à répondre aux besoins de ses clients internes ainsi que sa capacité à manager ses fournisseurs, ou encore sa capacité à introduire des solutions innovantes, ou bien en démontrant la gestion du risque fournisseur.

35

Vers un modèle d'objectifs communs

Apporter sa pierre à l'édifice

Combien de Category/Commodity Managers avouent passer autant de temps, sinon plus, dans les négociations internes plutôt que dans les négociations externes ? Converti en nombre d'heures, et donc en coût de main-d'œuvre, ce temps est faramineux.

La méthode classique mène au cloisonnement

Tous les dirigeants d'entreprise vous diront ne viser qu'un nombre restreint d'objectifs stratégiques pour leur entreprise : amélioration de la rentabilité, développement du chiffre d'affaires, répondre aux attentes du marché… Néanmoins la réalité est un peu plus contrastée.

Prenons le cas d'une entreprise industrielle : il est très rare qu'un directeur *supply chain*, qu'un Category Manager et qu'un responsable d'unité de production aient les mêmes objectifs. Il n'est dès lors pas étonnant de voir chacun développer des projets antagoniques. S'ensuivront : explications, analyses, contre-analyses… ne menant qu'à un seul résultat : perte de temps.

Tous concernés

Pour illustrer cette réalité contrastée, prenons un exemple concret : un Category Manager a pour objectif unique de réduire les coûts tandis qu'un directeur *supply chain* aura celui de réduire son stock de matières premières. Le Category Manager proposera de massifier les approvisionnements pour planifier une livraison mensuelle afin de réduire les coûts. Tandis que le directeur *supply chain* optera pour une livraison hebdomadaire – plus chère – pour réduire son stock moyen.

QUAND TOUT LE MONDE Y TROUVE SON COMPTE

La production au sein d'une organisation s'articule autour d'objectifs et de buts qui structurent concrètement la vision de l'organisation. Pour réussir à les atteindre, l'entreprise (organisation) devra composer avec de nombreuses personnes et équipes qui travailleront à les réaliser (achats, finances, marketing, etc.) en s'assurant que ces objectifs servent toujours la vision de l'entreprise comme objectif premier. Les objectifs communs sont un sujet dans l'entreprise mais aussi dans le sport.

•••

Cet exemple est caricatural, mais se retrouve dans le quotidien des responsables achats. Et des exemples aussi flagrants peuvent être cités par dizaines, et non pas nécessairement vis-à-vis d'un directeur *supply chain*.

Ces problématiques d'intérêts divergents peuvent être en lien avec presque toutes les fonctions de l'entreprise (marketing, finance, comptabilité, production, etc.). Tout le monde a une part de responsabilité dans cet état de fait.

Un modèle à réinventer

Imaginez maintenant un modèle différent où chaque population aurait un nombre restreint d'objectifs communs.

Lorsque le Category Manager et/ou notre directeur *supply chain* reviendrait chacun avec un projet, celui-ci répondra aux attentes des deux parties. La discussion passera donc directement de la phase de négociation interne au « comment implémenter opérationnellement ce projet ». Les avis pourront certes différer sur ce point précis, et des ajustements pourront être discutés, mais c'est bien le seul sujet qu'il restera à trancher.

Ce monde parfait où tout le monde va dans la même direction est à portée de main. Bien que certains cas existent, rares sont les entreprises à avoir institué ce modèle à tous les niveaux.

Reckitt Benckiser est un très bon exemple de la réussite de ce modèle et ses résultats l'attestent, et ce depuis de nombreuses années maintenant.

Briser des tabous

Avouons-le tout de suite, pour tendre vers un modèle d'objectifs communs, certains tabous devront être brisés. Le service marketing aura dans ses objectifs de respecter les process d'achat tandis que le service achats devra augmenter le chiffre d'affaires de l'entreprise.

Pour réussir, chacun sera donc incité à se recentrer sur le cœur de l'entreprise — son business — et à agir pour le bien global de l'entreprise et non plus pour répondre aux objectifs de sa direction.

In fine, il faudra par conséquent se recentrer sur le cœur de métier de l'entreprise, ce qui est bien le leitmotiv des entreprises modernes.

Si ces critères sont respectés, l'impact sur la productivité de chaque fonction, et donc sur celui de l'entreprise de manière générale, peut être énorme. Le bien-être des employés qui se sentiront alors valorisés dans leur fonction sera accru. Même les séminaires de team building deviendront presque obsolètes puisque le sentiment d'appartenir à une seule et même entité sera devenu naturel et évident.

« Avancer dans le même sens nécessite que chacun repense ses objectifs afin de réduire les écarts entre ses intérêts et ceux des autres services. »

••• Une équipe de football professionnelle se composera toujours de joueurs ayant comme but premier de gagner, but qui devra toujours être au-dessus de l'envie ou de l'intérêt de chacun à être la vedette de l'équipe. Chaque joueur aura ainsi un poste précis (attaquant, etc.), mais tous auront la même vision. L'équipe aura également des stratégies spécifiques combinées à cette vision, qui permettront de marquer des buts et d'éviter d'en encaisser.

Là également l'ensemble des joueurs travaillera à composer avec ces stratégies dans leurs actions, même ceux qui pourraient penser personnellement que d'autres tactiques conduiraient l'équipe aux objectifs fixés. Pour porter des fruits, une solution doit rassembler l'ensemble des parties prenantes.

36

Méthodes pour calculer les gains achats

Quantifier la valeur ajoutée

Les gains constituent l'un des instruments de mesure de la fonction achats. Ils reflètent la valeur ajoutée de l'acheteur dans les économies faites sur l'achat d'un bien ou service.

Pourquoi calculer les gains achats ?

Au-delà du strict reporting, le calcul des gains permet de communiquer de façon synthétique sur la participation de la fonction achats aux résultats financiers. Le calcul des gains prouve une valeur ajoutée apportée par l'acheteur. Il vient conforter la légitimité et la reconnaissance de la fonction achats. La fonction achats a donc la capacité à générer des gains.

La finalité du calcul des gains est d'aider à prévoir les dépenses, idéalement à distribuer les budgets, à investir (dans l'innovation et la R&D, les Capex, etc.) et à développer l'activité de l'entreprise.

Les bases communes

Chaque entreprise applique une méthodologie propre à sa politique achats. Mais même s'il n'existe pas de formule unique pour calculer les gains, la même logique sous-jacente s'applique à tous les cas.

Les gains sont souvent calculés sur un budget de douze mois. Les gains intègrent les réductions de capital (parfois sur plusieurs années) et les réductions de dépenses budgétaires. La finance distingue parfois la performance de l'acheteur de la conjoncture interne (*cost avoidance*, soit réduction du besoin et donc du volume) et externe (fluctuation du prix du marché au-delà/en deçà

LES RÈGLES D'UN JEU COMME UN AUTRE

Il est important de comprendre les tenants et les aboutissants des formules de calcul de gains pour les managers achats, car ces calculs, et donc ces résultats, représentent un outil de communication et de valorisation important. Mais la vision des acheteurs peut être très différente, comme cela est le cas pour cet acheteur projet de l'industrie minière : « La valeur ajoutée de mes actions, je la connais. Je ne préfère pas une formule de calcul à une autre. Ce qui m'importe, c'est que la formule soit connue à l'avance et qu'elle ne bouge pas en cours de route. •••

de 4 %). Cependant, certaines directions achats plus orientées résultats ne tiennent pas compte de l'inflation comme d'un facteur externe au contrôle de l'acheteur.

Les gains sur une dépense connue

Cela s'applique, par exemple, dans les cas d'achats récurrents. La formule la plus basique consiste à comparer le nouveau prix avec un prix de référence : *(nouveau prix – prix de référence) x volume prévisionnel*. Le prix de référence peut être le tarif précédemment appliqué, le prix public, la meilleure offre, l'offre moyenne, la dernière ou encore la première offre. Peut s'ajouter à ce gain le montant d'une remise annuelle sur volume, rétrocession de commissions, etc.

Ce calcul simple permet de visualiser facilement et rapidement les bénéfices pour le budget. Le choix du prix de référence, source de disparité entre les entreprises, est autant un avantage qu'une difficulté. Néanmoins, quel que soit le choix, les gains sont plus ou moins importants sur le papier, mais restent les mêmes dans l'absolu. Une fois ce choix effectué, l'entreprise n'a plus qu'à s'y tenir pour cette même famille d'achats.

Les gains sur une dépense estimée

Cela s'applique pour les achats projet. Dans les situations qui ne permettent pas d'évaluer un prix de référence interne, un équivalent externe est appliqué : *(équivalent externe – coût actuel) x volume prévisionnel*. Ce calcul est fréquent dans les cas de recherche de solution de bien/service alternative, ou lorsqu'il n'y a pas d'équivalent interne. Ce prix de référence peut être le prix public, le prix issu d'une étude de marché, etc. Cette méthode permet le calcul des gains sans référence interne, mais avec une évaluation du coût estimé, elle-même coûteuse en temps et en argent et pas toujours exacte. Par exemple, dans le secteur immobilier, les acheteurs travaillent avec les architectes qui estiment un coût total pour la construction d'un site immobilier. C'est en se fondant sur cette estimation et sur le résultat des consultations que l'acheteur génère des gains.

Les gains sur un budget

Le nouveau prix est comparé au budget : *budget prévisionnel – (prix unitaire x volume prévisionnel)*. Cette méthode est adaptée aux moyens économiques de l'entreprise, mais n'est pas nécessairement réaliste vis-à-vis des prix du marché ou des prix appliqués précédemment.

L'inconvénient de cette méthode est la précision des volumes prévisionnels, d'autant plus qu'ils constituent, en partie, la base de calcul des budgets. Cependant, des parades existent. Ainsi, dans les services d'achats publics, le suivi du reporting des gains d'un projet en respecte l'évolution réelle : le gain identifié (d'après une première idée de l'acheteur), le gain ciblé (affiné après avoir été autorisé) et le gain sécurisé (réévalué et réajusté à l'issue du projet).

« Mesurer et faire accepter les gains est primordial. »

••• Après, c'est à moi de faire en sorte d'y faire entrer un maximum de choses… Je connais les règles du jeu, je sais donc comment présenter au mieux les éléments pour afficher la performance réalisée. »

Ce témoignage a le mérite d'être réaliste : les gains peuvent être réalisés et calculés de manières très différentes. Parfois la performance achats d'un dossier dépend de la façon dont sont présentés les éléments. Ce problème est cependant partagé par toutes les fonctions d'une entreprise, comme le rappelle l'expression habituelle : « Les chiffres, on peut leur faire dire ce que l'on veut. »

37

État des lieux du panel fournisseurs

Caractériser ses fournisseurs

Le management du panel est bien plus qu'une segmentation et un classement de ses fournisseurs. C'est le cœur de la stratégie achats. Toute direction achats a le devoir de créer, de gérer et de faire évoluer efficacement son panel fournisseurs.

Pourquoi différencier les fournisseurs

Retenir les meilleurs fournisseurs sur chacun des segments d'achat identifiés est le pilier de la rationalisation achats. À la base, l'objectif est d'atteindre le triangle d'or « Coût, Qualité, Délai », auquel s'ajoutent le service, la capacité à progresser, l'innovation, la flexibilité ou l'implication dans le développement durable. Mais définir ce qui fait qu'un fournisseur est bon est une question beaucoup plus complexe. Le bon fournisseur n'est pas juste celui qui a bien répondu au dernier appel d'offres, c'est celui qui maîtrise intrinsèquement les leviers de compétitivité sur son marché.

La stratégie de panel

Un panel fournisseurs est la combinaison optimale de fournisseurs capables et compétitifs qui permet d'assurer les meilleures conditions sur un segment de produit ou de service donné. Une stratégie de panel induit mécaniquement un nombre restreint de fournisseurs. « On travaille mieux avec moins de fournisseurs », dirait Lapalisse. Une stratégie panel permet l'amélioration de la performance globale des fournisseurs, l'augmentation du volume d'affaires par fournisseur combinées à la réduction du nombre de fournisseurs, la diminution du nombre d'audits fournisseurs, etc.

UN INTÉRÊT PARTAGÉ AVEC LES FOURNISSEURS

La rationalisation du panel est pilotée par les acheteurs, avec comme but premier de leur fournir un avantage, un bénéfice dans leur façon de travailler. Certes. Mais ces actions se font aussi dans l'intérêt des fournisseurs, comme le rappelle ici ce responsable achats du secteur de l'aéronautique : « Les fournisseurs ont tout intérêt à travailler avec des clients qui ont su se constituer un panel fournisseurs cohérent, car, dans bien des situations, le bénéfice est mutuel. En identifiant nos fournisseurs "cœur", qu'ils soient nationaux ou régionaux, nous pouvons •••

L'acheteur a pour mission de gérer le panel fournisseurs de ses familles d'achat. Il doit communiquer autour de son panel auprès de ses prescripteurs et des acheteurs du groupe.
Le panel fournisseurs est dynamique, c'est-à-dire il y a des fournisseurs entrants et des fournisseurs sortants. Un fournisseur peut passer d'un statut « fournisseur panel » à un statut « fournisseur à risque ».

Les différents statuts de fournisseurs

Les fournisseurs peuvent être classés sous différents statuts :

- les fournisseurs « cœur » ;
- les fournisseurs régionaux ;
- les fournisseurs imposés/exigés ;
- les fournisseurs « *on hold* » ;
- les fournisseurs entrants ;
- les fournisseurs « à éliminer ».

Les fournisseurs « cœur » sont ceux avec lesquels le partenariat fait sens. Ces fournisseurs connaissent bien la stratégie de l'entreprise cliente, ils offrent des produits et des services adaptés aux besoins des principaux prescripteurs. Les acheteurs exigeront de leur part « zéro défaut », une qualité hors normes.
Les fournisseurs dits « régionaux » sont occasionnellement consultés pour des petits segments d'achats ou des produits qui ne se transportent pas. L'acheteur devra identifier des fournisseurs installés dans la région de l'entreprise cliente pouvant répondre à leurs exigences qualité, coûts et délais. Si le tissu industriel local est assez fourni, il sera alors possible de générer une certaine concurrence.
Les fournisseurs imposés/exigés : le fournisseur est imposé soit par le prescripteur, par le marché (monopole technique) ou simplement par le client. Pour ceux-là, la marge de manœuvre est plus faible.
Arrivent les fournisseurs « *on hold* » ou « *new business on hold* » qui ne satisfont plus les exigences de l'acheteur. L'acheteur utilise encore ses produits sur les contrats existants mais ne contractualisera plus sur de nouveaux projets.
Les fournisseurs entrants ou « à l'essai » ont pour objectif de démontrer leurs fiabilités, ce qui leur permettra de rentrer au panel. Pour l'acheteur, faire entrer des nouveaux fournisseurs au panel demande un effort qui peut être payant à moyen terme.
La dernière catégorie est celle des fournisseurs « à éliminer ». Ce sont des fournisseurs « *on hold* » pour lesquels la situation a continué de se dégrader. Notons que toute rupture brutale d'une relation commerciale peut-être sanctionnée, il ne suffit pas de stopper l'application d'un contrat en cours.
Sur le sujet du panel, le parallèle avec la fonction RH est évident. Une entreprise fonctionne bien si elle dispose des meilleures ressources internes comme externes. Les bonnes équipes comme les bons fournisseurs font ou défont la réussite des entreprises.

« Il faut donner un nom à chaque type de fournisseurs. »

••• communiquer la vision stratégique long terme que nous envisageons avec eux, l'affiner et la faire vivre dans l'intérêt de tous. Et les applications sont nombreuses. »
En effet, une relation de partenariat ne peut s'envisager que si les bénéfices mutuels sont identifiés de part et d'autre. Être capable de se projeter sur le long terme avec certitude ouvre les portes d'opportunités conséquentes pour les fournisseurs partageant la même vision que leurs clients : la relation se renforce naturellement, permet une augmentation des volumes, une pérennité et une visibilité accrue de l'activité, le codéveloppement de produits ou services, l'accès à certaines innovations, etc.

38

Le Supplier Relationship Management (SRM)

Améliorer la communication

Le SRM (Supplier Relationship Management) qui signifie « gestion de la relation fournisseur », est utilisé pour améliorer la communication entre acheteurs et fournisseurs dans leurs échanges au moyen d'outils technologiques.

Des outils et une méthodologie

La gestion de la relation fournisseur est un des leviers majeurs pour les acheteurs. Elle permet d'améliorer la communication, les informations, et les échanges entre les deux parties prenantes. Les échanges entre ces deux acteurs sont très importants pour optimiser la qualité opérationnelle de ces derniers.

Le SRM peut se reposer aujourd'hui sur des outils informatiques et technologiques avec des logiciels dédiés. Cette digitalisation du SRM permet de partager les informations à distance plus efficacement avec toutes les parties prenantes. Et pour pouvoir être efficace, le SRM sous-entend une méthodologie et un langage communs afin d'adapter au mieux les demandes respectives.

Le SRM n'est pas une option, c'est un fait

La question n'est pas de savoir si une entreprise possède ou non un SRM, mais plutôt de savoir si son SRM est formalisé de manière explicite ou non au sein de l'entreprise. En effet, il existe toujours un SRM dans une entreprise, quelle que soit la forme de ce dernier. La communication avec le fournisseur est au cœur du métier de l'acheteur.

Encore faut-il qu'elle soit définie et connue de tous. Parfois, au sein d'une entreprise, les informations

ALLER AU-DELÀ DE LA DESCRIPTION CHIFFRÉE DE L'ACTIVITÉ ACHATS

La récente crise sanitaire a fait prendre conscience à certaines entreprises de l'intérêt d'avoir une vision exacte de la nature de sa relation avec ses fournisseurs.

Le SRM étant piloté par les achats, il n'est pas rare de voir des données qui ne décrivent que la façon dont achète l'entreprise. Bien entendu, ce type de données doit faire partie de la vision donnée du fournisseur : montant global acheté, combien de commandes, santé financière, etc. Mais ces informations ne peuvent suffire car elles révèlent rarement la valeur ajoutée que le fournisseur apporte à l'entreprise (à travers son potentiel d'innovation ou de nouveaux produits •••

ne sont pas centralisées et chaque fonction de l'entreprise détient ses propres informations concernant un fournisseur. Il devient alors primordial de centraliser les informations afin que toutes les fonctions aient le même niveau d'information.
Chaque entreprise a sa propre manière de communiquer avec ses fournisseurs. Mais encore faut-il mettre l'accent dessus afin de bâtir une relation claire, sereine et pérenne avec ses fournisseurs.

Améliorer et partager la communication

Un des premiers objectifs d'un SRM est d'échanger avec les fournisseurs et de s'assurer que les messages sont bien compris des interlocuteurs. Et évidemment, la qualité des échanges aide à être efficace au quotidien.
Une fois les échanges francs et établis, le SRM permet de partager une vision commune, la politique achats ou encore les directives achats.
La communication avec les fournisseurs permet de mener un appel d'offres, d'échanger sur les termes d'un contrat, de négocier des conditions spécifiques sur une commande ou encore d'évaluer le produit ou service du fournisseur. Un fournisseur qui connaît bien une entreprise, ou les « règles du jeu » d'un appel d'offres a la capacité de répondre au mieux à ses attentes.

Améliorer la connaissance

Le SRM, en tant qu'outil, permet de collecter, stocker et classer toutes les informations pertinentes concernant les fournisseurs, et bien entendu de les maintenir à jour. Cela permet d'améliorer la connaissance de l'entreprise sur les produits ou services de ses fournisseurs.

Mais cela permet également à l'entreprise de bénéficier d'une aide dans l'analyse de ses options et dans ses prises de décisions, notamment concernant les choix de fournisseurs, ou dans l'orientation stratégique des contrats qu'elle va mettre en place avec les fournisseurs retenus.
L'entreprise peut d'ailleurs bénéficier de cette connaissance ou obtenir des informations à forte valeur ajoutée avant même le stade de la contractualisation : les fournisseurs peuvent, dans certains cas, échanger sur le contenu, voire participer directement à la rédaction d'un cahier des charges et apporter leur valeur ajoutée avant même l'attribution d'une commande ou d'un projet.
Faire les bons choix, puis échanger efficacement avec les fournisseurs peut permettre d'instaurer une relation « gagnant-gagnant » sur le long terme.
Chacun des acteurs tire profit de cette relation. Le fournisseur peut monter en compétence et l'acheteur connaît mieux les qualités et les défauts du fournisseur.

« Sans la relation, nous n'avançons pas. Il est important d'améliorer la communication entre acheteurs et fournisseurs. »

••• qu'il propose, par exemple). Ces informations de surface n'indiquent pas non plus l'intérêt que l'entreprise suscite envers le fournisseur, ce qui est pourtant une donnée indispensable pour comprendre la relation : l'entreprise fait-elle partie des clients préférentiels ou bien des comptes « sans intérêt » ? Et quel meilleur exemple que la crise sanitaire de la Covid-19 ? Combien d'entreprises, au moment de vouloir acheter des masques, se sont rendu compte que la relation qu'elles pensaient avoir avec leur fournisseur n'était pas si forte ou importante qu'imaginée ? Ceux qui ont été livrés n'étaient pas ceux qui ont commandé en premier, mais bien ceux qui bénéficiaient des meilleures relations avec les fournisseurs.

39

La rupture avec un fournisseur

Prévenir pour mieux guérir

Les motifs qui peuvent pousser l'acheteur à rompre avec son fournisseur sont nombreux (défaut de qualité, détérioration des relations commerciales, nouvelle stratégie, etc.). Bien que les causes soient justifiées, elles ne sont pas forcément juridiquement recevables. Une rupture mal gérée peut coûter très cher à l'acheteur.

Prévenir le plus en amont possible

Une fois que la décision de rompre le contrat est prise, l'acheteur doit identifier le lien juridique qui l'unit commercialement à son fournisseur et prévenir son responsable et ses clients internes.

Selon la nature du contrat commercial qui le lie à son fournisseur, les conditions de la rupture différeront.

D'un côté, l'acheteur doit en informer sa hiérarchie afin d'anticiper les conséquences opérationnelles de la rupture et de prévoir une solution de remplacement.

D'un autre côté, le service juridique doit être mis dans la boucle le plus tôt possible afin de vérifier qu'il n'y a pas de contraintes juridiques à la rupture et que les modalités de sortie de contrat ne sont pas contraignantes pour l'une et l'autre partie.

Expliquer clairement les raisons de son choix

L'acheteur doit avoir en tête que ses clients internes n'apprécieraient pas d'apprendre la nouvelle par un tiers ou par le fournisseur lui-même, et si tel est le cas il sera en mauvaise position pour négocier la passation.

LA MOINS PIRE DES SOLUTIONS

Quand le terme « rupture de contrat » est prononcé, cela évoque une prise de décision unilatérale, avec une des parties devant subir la décision. Ce n'est pourtant pas toujours le cas, comme le décrit cet acheteur projet du secteur du nucléaire : « Parfois, un projet ne se déroule pas du tout comme prévu. C'est comme ça, ce n'est la faute de personne, mais acheteurs comme fournisseurs subissent la même situation désavantageuse, avec chacun ses problématiques propres à prendre en compte. Les mécanismes contractuels prévus ne sont pas adaptés à la •••

Dans un premier temps, l'acheteur annonce sa décision oralement puis la confirme par écrit. Bien qu'il n'y ait pas de règles imposées, le message communiqué devra contenir un maximum d'informations afin d'éviter par la suite toute contestation. Pour que la rupture soit bien vécue de part et d'autre, l'acheteur pourra également démontrer à ses clients internes l'importance d'une telle opportunité pour l'entreprise.

Une fois la décision prise de rompre les relations commerciales, il faut compter un délai de transition. En conservant de bonnes relations avec son fournisseur, l'acheteur se place en position avantageuse pour que la rupture se fasse dans les meilleures conditions.

Être vigilant et anticiper

La durée de préavis peut être fixée par le contrat ou la loi : elle reste toutefois négociable. En revanche, le refus d'effectuer le préavis pourrait se solder par le versement de la part de l'acheteur d'une indemnité pour rupture abusive de contrat.

Dans le cadre d'une rupture d'un contrat commercial, la première question à se poser consiste à savoir si le contrat comporte une clause de tacite reconduction ou de renouvellement.

Pour s'opposer à cette reconduction, l'acheteur doit notifier sa demande selon les formes prescrites et dans le délai de préavis stipulé dans la clause correspondante du contrat. Si la rupture est envisagée alors même qu'il n'est plus temps de dénoncer l'accord, l'acheteur se trouvera lié pour une période de renouvellement dont il ne pourra sortir qu'en attendant la prochaine échéance.

L'acheteur doit donc veiller à bien vérifier le délai de dénonciation.

Respecter les conditions contractuelles

La lettre recommandée avec accusé de réception s'impose, c'est une question de forme. Elle permet d'acter à bonne date d'une volonté non équivoque de dénonciation. Ce courrier doit être expédié à l'avance pour que le fournisseur bénéficie du préavis convenu.

L'acheteur peut également s'orienter vers une rupture pour faute avec, au final, une transaction difficile et/ou un mauvais procès. Une clause de résiliation peut en effet permettre de sanctionner le comportement fautif d'une partie en permettant à son cocontractant de se libérer d'un accord qui n'est plus respecté. La faute du fournisseur peut être l'opportunité inespérée d'une rupture que l'on ne savait pas comment engager. Mais une faute bénigne ne saurait suffire. La résiliation pour faute injustifiée ou légère pourra, de ce fait, s'avérer abusive et engager la responsabilité de l'acheteur.

Le contrat est un élément important des relations commerciales, c'est pourquoi sa rupture ne doit pas être prise à la légère. Il est dans l'intérêt et de l'acheteur et du fournisseur de partir « sans casse » et d'assurer le passage de relais.

« Le risque est de penser qu'il n'y a pas de risque. »

••• réalité du projet, et personne n'est satisfait de la situation. La relation se dégrade rapidement, sans perspective d'amélioration. Il devient alors facile et rapide de trouver une solution de sortie qui soit tolérable pour les deux parties, car sortir de cette situation invivable est l'intérêt de tous. » En effet, s'entêter à poursuivre l'application d'un contrat inadapté peut s'avérer bien plus coûteux en temps, en énergie et en argent. À de rares exceptions près, aller au bout d'un processus de négociation infructueux, d'une Médiation interentreprises et, *in fine*, d'un procès devant un tribunal coûtera toujours plus aux entreprises que la compensation accordée par un juge.

40

La « Warm-up Session »

Communiquer plus efficacement

Appel d'offres infructueux ou mauvaise communication d'une stratégie achats, les acheteurs sont confrontés à tout type d'échecs. Ceux-ci peuvent parfois se résumer à une mauvaise communication. Pour éviter ce type de mésaventure, il existe une solution : les « Warm-up Sessions ».

Objectif et contenu

Les explications des échecs sont diverses : cela peut être autant le manque de compétiteurs (pas/peu d'offres reçues), le manque de qualité des réponses des fournisseurs (ou leur réception tardive), que le désintérêt de la part des fournisseurs, un besoin mal exprimé ou la non-prise en compte de l'ensemble du panel fournisseurs (excluant des fournisseurs, inactifs par exemple).
La « Warm-up Session » est une réunion qui ne sert pas à préparer une future négociation, mais dont l'objectif est de communiquer, au même moment, au même endroit, une information importante, voire un message, auprès du plus grand nombre de fournisseurs.
Ce type de réunion peut concerner une thématique (du lancement d'un appel d'offres important ou d'une stratégie d'entreprise). La réunion doit rester ouverte afin de créer un dialogue, un échange entre l'acheteur et les interlocuteurs commerciaux des fournisseurs (responsables de compte ou directeurs commerciaux) leur permettant de bien comprendre le besoin de l'entreprise afin d'y répondre au mieux en mobilisant les ressources nécessaires.
Pour être d'une réelle efficacité, une bonne préparation de l'événement est essentielle : se placer du point de vue des fournisseurs afin de rédiger un

UN EXEMPLE D'UNE COMPAGNIE D'ASSURANCES

Cette compagnie d'assurances a mené une étude visant à améliorer son fonctionnement qui s'est traduite par une profonde réorganisation de son informatique. Elle était composée d'une dizaine de DSI, sur plusieurs sites géographiques. Elle proposait des solutions hétérogènes pour répondre à un même besoin. Plus d'une centaine de fournisseurs étaient sous contrat, certains avec des prestations ayant démarré il y a plusieurs années. La direction des achats a organisé une « Warm-up Session » dans l'amphithéâtre, habituellement utilisé •••

discours qui captivera l'attention, organiser des sessions questions-réponses conviviales avec les fournisseurs pour que le fournisseur puisse prendre librement la parole sans pour autant que ces derniers ne dévoilent une partie de leur stratégie aux concurrents présents.

Attention, ce type de réunions doit garder son caractère exceptionnel : en devenant une habitude, l'intérêt pour les fournisseurs se réduira et elles perdront en efficacité.

Pour être performante, la session doit comporter différents volets :

- le premier est la présentation générale du projet, permettant d'expliquer les objectifs recherchés et en quoi les fournisseurs doivent s'impliquer sur le projet présenté et non sur celui d'un concurrent (parts de marché, relations avec les fournisseurs) ;
- le deuxième volet met en avant le marché (par exemple, en présentant les perspectives de croissance sur le secteur d'activité, le pays, la région) ;
- le troisième volet est la promotion du projet ainsi que sa description détaillée : présentation du besoin, du planning du projet, des lots et de l'appel d'offres (ou stratégie achats). Le but est de présenter aux fournisseurs quelles sont les attentes et quelles sont les principales spécificités ou contraintes à respecter afin de s'assurer de recevoir des offres adaptées aux objectifs fixés, dans les temps ;
- enfin, le dernier volet présentera aux fournisseurs les avantages dont ils pourraient bénéficier en s'impliquant fortement sur le projet présenté : implantation dans un nouveau pays ou un nouveau marché stratégique, possibilité de développer des brevets, volume d'affaires en augmentation (*via* un partenariat privilégié ou une réduction du panel).

Avantages

En réunissant la totalité des fournisseurs concernés, le gain de temps est considérable : réduction des échanges d'e-mails, appels téléphoniques, etc. Durant une « Warm-up Session », les fournisseurs posent leurs questions directement et profitent des échanges pour avancer sur la rédaction de leurs offres. Cela permet d'impliquer davantage les clients internes dans le processus achats. Pour finir, cette méthode permet de casser le monopole présent sur le marché.

Dans certains secteurs (exemples : transports, énergie...), en phase d'offres, le client vise à obtenir des offres de ses fournisseurs qui serviront de base aux estimations budgétaires. Ces estimations détermineront le niveau de prix du fournisseur et sa capacité à remporter un appel d'offres vis-à-vis de ses concurrents.

Ces sessions sont donc le révélateur d'un avantage concurrentiel pour le fournisseur, qui n'aurait pas été perçu de la sorte sans ce dispositif.

« La "Warm-up Session" vise à bien cerner le besoin de l'entreprise afin d'y répondre au mieux. »

••• pour les assemblées générales ou les assemblées des agents généraux. Ont été conviés les responsables commerciaux de l'ensemble de ces fournisseurs afin de partager avec eux les grandes lignes de la stratégie informatique. Après rappel de l'état des lieux, la direction des achats a partagé avec eux la stratégie achats visant à réduire les coûts informatiques. Se sont ensuivis les objectifs chiffrés attendus (déclinés dans le temps), les moyens identifiés (harmonisation des solutions, réduction du panel fournisseurs, etc.) et les perspectives de volume d'affaires provenant de la rationalisation. La session de questions-réponses a permis aux fournisseurs de comprendre qu'ils seraient contributeurs en étant force de proposition. Le résultat a été au rendez-vous.

3 conseils de...

Karine Alquier-Caro

Comment créer de la valeur en pilotant une relation fournisseur durable ?

Pilotez une relation fournisseur

La création de valeur qui peut naître d'une vision partagée d'un objectif équilibré est trop souvent sous-estimée. Souvent, dans la relation avec les fournisseurs, nous ne souhaitons donner qu'une portion d'information sur le besoin. Le besoin des clients internes est spécifié uniquement sur le périmètre, le service ou le produit en question. Or, donner une vision plus large, c'est-à-dire jusqu'à l'impact au sein de l'entreprise et pour son écosystème du client jusqu'aux autres fournisseurs, permet de donner du sens au produit et au service acheté jusqu'à son utilisation finale.

Cette vision plus large permet d'élargir le champ des possibles et amène souvent un nouveau regard sur le besoin. N'hésitons pas à partager et à donner une vision plus large du besoin à nos partenaires !

De plus en plus, en intégrant les enjeux croissants de la RSE également dans les achats, une approche « business écosystème » permet également de faire se rapprocher différents acteurs et donneurs d'ordre pour amener une approche de filière d'achats. Les achats sont de plus en plus engagés et sollicités pour « faire évoluer l'écosystème » fournisseurs, voire « tirer » une filière. Les enjeux de décarbonation pour une industrie avec la proposition de nouveaux produits, de développement d'offres liées à l'économie circulaire comme des acteurs de la réparabilité par exemple, de l'inclusion... sous l'impulsion des donneurs d'ordre donnent naissance à de nouveaux acteurs ou de nouvelles offres.

Comme le dit très bien un proverbe africain que j'affectionne : « Tout seul on va plus vite, ensemble on va plus loin ! »

Managez les achats en donnant du sens

Le métier des acheteurs devient très complexe avec de nouvelles dimensions qui sont venues se greffer sur les dimensions historiques de négociation et gestion de contrats historiques.

Se sont rajoutées les dimensions de création de valeur liées à l'innovation et la responsabilité sociétale des entreprises et la gestion du risque accélérée par les crises sanitaires et de pénurie ayant des effets importants sur la stabilité de l'approvisionnement, l'acheteur animateur et coordinateur au sein d'un business écosystème devant faire preuve de grandes qualités comportementales pour aligner les différents acteurs d'un projet au-delà de compétences métiers incontournables. Sans compter que les organisations des entreprises se transforment de plus

Karine Alquier-Caro est diplômée d'HEC Paris 1994. Après une expérience comme auditeur financier, elle a rejoint le Groupe Legrand en 2001, où elle a occupé de beaux postes opérationnels et financiers. Elle devient directrice des Achats Groupe en 2015. Elle est l'exemple brillant de profils fins connaisseurs de leur entreprise qui accèdent à la tête de la direction achats pour accélérer ses performances et son rôle stratégique.

en plus souvent, ce qui entraîne de manière beaucoup plus régulière des changements d'interlocuteur.

Il est crucial que nous, managers d'équipes achat, nous amenions une vision plus simple de cette complexité. Et donner du sens permet d'atteindre ce but. Certains l'appellent l'« alignement stratégique », y compris avec les fournisseurs. Communiquer très régulièrement avec les équipes pour informer des évolutions d'organisation, confirmer ou annoncer des évolutions dans les orientations stratégiques et rappeler les sujets prioritaires… Partager l'information est indispensable pour obtenir l'engagement des équipes en ligne avec les orientations, encore plus, je pense, auprès des équipes achats qui se doivent d'avoir une vision très transverse de l'entreprise. Sans compter qu'un acheteur bien informé saura d'autant mieux retranscrire auprès du partenaire externe ce que l'entreprise attend de la relation d'affaires.

Quittez-vous bons amis

Se quitter en bons termes. Les raisons qui font aujourd'hui que l'on doit changer de fournisseur pourront être amenées à évoluer à l'avenir et il est important de respecter son partenaire y compris lors d'un divorce. Les offres et les besoins de chaque acteur industriel ou de services sont amenés à évoluer, des sociétés se rapprochent à travers des opérations de fusion-acquisition. Bref, nous sommes amenés à nous recroiser donneur d'ordre/fournisseur. Il est donc important, au moment de la séparation, d'envisager que nous serons sans doute amenés à nous revoir et donc laisser un terrain favorable pour reprendre une relation dans la plupart des cas.

> *« Une approche "business écosystème" permet de faire se rapprocher différents acteurs et donneurs d'ordres. »*

#5

Négocier et réduire les coûts

« J'aimerais savoir bien négocier et m'adapter à tout profil en toutes circonstances. »

41

La décomposition des coûts

Faciliter l'analyse des offres

L'analyse de prix apporte un premier niveau d'information, mais est insuffisante pour bien préparer une négociation. La décomposition des prix vient compléter le dispositif de négociation. Elle permet de déterminer si le prix proposé est justifié et d'apporter des axes de négociation.

Le principe

L'analyse du processus de production permet de se faire une idée sur les coûts. Principalement sont distingués les coûts directs et les coûts indirects. Les coûts directs sont les coûts liés à la production et qui sont affectés à la fabrication du produit ou service :

- coût des matières premières (consommées ou utilisées) et évalué à partir des sorties de stock (valorisé selon la méthode de l'inventaire permanent au coût unitaire moyen pondéré) ou des coûts d'acquisition dont elle fait l'objet ;
- coûts de main-d'œuvre de production (rémunération des ouvriers, techniciens, etc.) ;
- coûts de fournitures (visserie, lubrifiants divers, etc.) ;
- coûts d'étude et développement (incluant les coûts de prototypage, de test, de sous-traitance éventuels) ;
- coûts logistiques (transports, stockage, conditionnement au sens large).

Pour les coûts indirects sont identifiés les coûts qui correspondent aux dépenses nécessaires pour produire un bien ou service mais qui ne peuvent pas facilement être affectés à un produit ou service spécifique (frais de locaux, assurance, encadrement, personnel « transverse »...).

RÉCUPÉRER UNE DÉCOMPOSITION DES COÛTS DU FOURNISSEUR OU PAS

La problématique, que l'on rencontre régulièrement, est que les fournisseurs refusent de donner leurs décompositions des coûts. Ils savent que c'est un outil de négociation extrêmement fort, d'une part pour comparer deux fournisseurs, et d'autre part pour identifier la part de leurs coûts qui seraient exagérés. La technique classique, pour obliger les fournisseurs à livrer leurs •••

Les charges sont réparties dans les différents centres principaux de l'entreprise (atelier de montage et/ou assemblage, chaînes de production, par exemple). L'activité est mesurée en unités d'œuvre de production (nombre d'heures de main-d'œuvre directe, nombre d'heures machines, nombre de produits...). Leurs coûts seront ensuite imputés au coût de chaque catégorie de produit en fonction du nombre d'unités d'œuvre identifiées.

La mise en application

Sur la base de l'analyse du processus de production et de la décomposition des coûts, l'acheteur devra identifier les postes les plus importants, et sur lesquels des coûts sont optimisables.

Pour identifier un maximum de coûts, il pourra compléter son analyse en capitalisant sur les informations disponibles des fournisseurs existants (processus de fabrication, structure de coûts si les entreprises sont sur des segments équivalents, etc.). D'autres coûts (matières premières, certains composants, main-d'œuvre) sont disponibles (cours des matières premières, organismes professionnels, etc.).

Ce travail est nécessaire quand une mise en concurrence est difficile à mettre en œuvre. L'identification des postes et des coûts devra être formalisée sur une grille.

Dans le cadre d'une mise en concurrence, l'acheteur se doit de proposer une grille de chiffrage commune, reprenant les éléments de son analyse (dont les postes qu'il aura identifiés précédemment) et qui sera envoyée à tous les soumissionnaires. Cela lui permettra de faciliter l'analyse des offres et de positionner ces dernières par rapport à l'estimation qu'il se sera faite des prix du marché et ainsi d'identifier les marges, les éventuelles contingences pour risque et autres axes d'optimisation. Il aura, alors, des éléments factuels qui lui serviront pour aider à la prise de décision et sa négociation.

> ***« Comprendre ce qu'il y a sous le couvercle : décomposer et identifier les coûts directs et indirects permettra d'optimiser ceux qui peuvent l'être. »***

••• décompositions des coûts, est de leur dire qu'ils ne seront pas retenus sur un business parce qu'ils ont refusé de donner leurs décompositions des coûts. Dans une logique de partenariat et de partage de la valeur au sein de la chaîne logistique, il est normal et légitime qu'un fournisseur partage, transmette sa décomposition des coûts. Un acheteur professionnel, qui veut une belle relation avec son fournisseur, devra obligatoirement avoir, de la part de ses fournisseurs, ces réductions de coûts, de façon rationnelle et explicite.

42

Le Redesign to Cost

Réaliser des réductions de coûts

Pour répondre à des stratégies de réductions intelligentes des coûts (relocalisation d'une partie de leurs productions par certaines entreprises, par exemple), le Redesign to Cost (ou reconception à coût objectif) permet de concilier la valeur perçue par le consommateur d'un produit, ses caractéristiques et performances et l'optimisation des coûts de sa production. Comment l'acheteur peut-il exploiter ce levier encore si peu utilisé ?

Qu'est-ce que le Redesign to Cost ?

Le « Redesign to Cost » permet de définir le juste besoin en simplifiant le design, afin de réduire ou supprimer les coûts superflus, tout en maintenant éventuellement la compatibilité avec le produit d'origine et l'utilisation qu'en a le client. Ainsi, le choix de reconception est orienté par le prix du produit ou du service.

L'objectif est d'atteindre la solution la plus performante, tout en évitant les coûts inutiles.

Avec une telle méthode, il n'existe plus de gaspillage (ou il est fortement réduit), il y a une meilleure transparence pour justifier de chaque poste de dépense. De plus, il n'est pas rare de constater une nette amélioration de la marge sur les produits ou services existants qui ont été redesignés.

Le « Redesign to Cost » est donc une méthode permettant d'identifier des opportunités de gains importants, dans la mesure où elle est utilisée en amont.

Quelque 80 % des coûts d'un projet étant déterminés par des décisions prises dès le développement, il apparaît pertinent de débuter sa réflexion de « redesign » à ce stade initial, en instaurant une véritable rupture sur la façon de procéder.

ÉCONOMIES INTELLIGENTES DANS LA GRANDE DISTRIBUTION

En 2009, une enseigne de la grande distribution a commencé à supprimer une partie de ses suremballages, sur certains de ses produits en marque propre (dentifrice, yaourts, tubes de mayonnaise et concentré de tomates). Cela a permis de réduire le coût total d'acquisition de ces produits. Depuis, tous les produits de la marque distributeur ont été examinés et de nombreuses démarches de réduction des emballages ont pu être mises en place sur certains d'entre eux. Des économies supérieures à 10 % ont souvent été constatées, sans impact négatif sur la marge •••

Comment procéder

Pour mettre en pratique cette méthode, il faut accepter de se remettre en cause.
Challenger un produit ou service existant, qu'il soit construit en interne ou provenant d'un fournisseur, et qui apporte entière satisfaction demande donc un certain état d'esprit, nécessaire pour pouvoir mobiliser l'ensemble des contributeurs concernés.
L'acheteur et l'équipe projet décomposent le coût objectif du produit ou du service en ses différentes composantes grâce à une analyse fonctionnelle. L'analyse fonctionnelle du produit ou du service permet d'optimiser l'utilisation des ressources et de réduire des coûts. L'analyse de la valeur, quant à elle, permet de définir les coûts cibles des composants, en ligne avec le cahier des charges fonctionnel initial.
À chaque étape, l'acheteur et les contributeurs s'interrogent sur les moyens de réduire, changer ou supprimer une fonction ou un composant afin de réduire le coût du produit ou du service tout en recherchant un niveau de performance équivalent ou supérieur.
À chaque phase de la production d'un produit, des leviers permettent de se rapprocher du coût cible :

- en revoyant les spécifications et le cahier des charges pour identifier les « fonctionnalités » optionnelles qui pourraient être exclues ;
- en revoyant les choix de conception, matériaux, composants utilisés jusqu'à présent et procédés de fabrication du produit ;
- en s'assurant que les achats de composants sont effectués auprès des fournisseurs adéquats, et que les essais de prototypes et la fabrication sont effectués aux meilleurs coûts.

Les résultats du Redesign to Cost

Une conséquence de cette démarche est la définition d'un processus de conception plus efficient et orienté résultat, en impliquant l'ensemble des acteurs concernés, fournisseurs compris le cas échéant. En effet, la démarche peut être étendue chez le fournisseur en l'incitant à reconcevoir ses produits ou services et ses processus de fabrication.
À chaque étape (début de la phase de développement, phase de production ou d'industrialisation, etc.), suivre et évaluer les impacts de coûts est nécessaire.

> *« Se reposer les mêmes questions fait progresser. La remise en question à chaque étape du processus permet d'activer les leviers permettant la réduction des coûts prévus initialement. »*

••• des fournisseurs. Ce type d'initiative a aussi eu pour avantage de réduire le volume de déchets produits en supprimant tous les emballages superflus, et ce, sans pour autant altérer la qualité des produits concernés. Les fournisseurs appliquent de plus en plus la méthode de Redesign to Cost, que ce soit pour leurs produits, leurs services ou leurs procédés. Ils profitent des économies de coûts engendrées soit pour en faire bénéficier leurs clients et/ou améliorer leurs marges. Ainsi, ils deviennent plus compétitifs tout en apportant, souvent, des solutions innovantes.

43

La négociation, une étape clé

Bien s'y préparer

La négociation est un exercice périlleux qui peut compromettre l'atteinte de ses objectifs. Et c'est une phase clé dans la passation de contrat, mais elle est trop souvent prise à la légère faute de temps.

La partie la plus connue du rôle de l'acheteur

La négociation entre l'entreprise qui achète et celle qui vend fait partie intégrante du travail de l'acheteur. C'est même la plus connue. Bien qu'étant une étape clé dans la phase précontractuelle, celle-ci est souvent négligée faute de temps ou de moyens. Pour la rendre fructueuse et contractualiser au plus juste de ses objectifs, l'acheteur se doit de connaître le fournisseur et ses interlocuteurs. Il est impératif de cadrer et maîtriser ses objectifs propres (délais, prix, etc.) de manière à pouvoir préparer au mieux la négociation.

Une préparation primordiale

Les erreurs à ne pas commettre lors d'une négociation sont nombreuses, et le manque de préparation est la plus courante. Bien préparer une négociation passe par la connaissance technique du produit ou service et de la décomposition de son prix. L'acheteur pourra mieux négocier le bon triptyque Coût, Qualité, Délai. Avec des arguments solides, il pourra agir sur les leviers crédibles. La préparation de la réunion n'est pas à négliger. En amont, l'acheteur devra classer les points de négociation en « - - » (inacceptable) à « + + » (top à obtenir), le niveau - ou 0 étant « cédable » au prix d'un autre succès de même importance. Lors de la réunion, il devra maîtriser l'agenda en ayant organisé chronologiquement les points à aborder en commençant par les points mineurs à céder ou

LES ACHETEURS SONT-ILS DES ACTEURS ?

Les acheteurs semblent apprécier l'exercice et se plaire dans ce rôle de face-à-face entre acheteur et vendeur. Doivent-ils pour autant systématiquement endosser un rôle d'acteur ? « Oui, la plupart du temps, affirme cet acheteur dans l'industrie. Cet exercice est généralement apprécié car il contient une part de théâtralité. » En effet, l'acheteur et le vendeur jouent leur rôle et gonflent plus ou moins des traits de leurs personnalités afin d'aboutir à leurs objectifs respectifs — le rôle de l'acheteur étant souvent celui dit « du méchant ». Ce qu'une •••

par les points majeurs à remporter. Les accords et conditions obtenus (dates, prix, délais...) devront être systématiquement actés par écrit au fur et à mesure et figurer au compte rendu de réunion, rédigé par l'acheteur lors de la réunion ou juste après.

Connaître son fournisseur

Ne pas connaître l'historique des relations avec le fournisseur peut faire passer l'acheteur à côté d'une information primordiale ou ne pas le mettre en garde sur les points à fixer contractuellement. Les problèmes du passé avec ce fournisseur, outre le fait de vérifier que cela ne se reproduira pas et de s'en prémunir dans le contrat, serviront dans la négociation de l'acheteur.

Il faut également avoir connaissance des marchés que ce fournisseur a en cours pour l'entreprise car cela permet de comprendre l'intérêt et la capacité que peut avoir le fournisseur à prendre l'affaire. Si le fournisseur est déjà trop chargé, il n'adoptera évidemment pas la même tactique que s'il est sous-chargé.

Ne pas en faire trop

Donner des objectifs financiers trop loin de la réalité décrédibilisera l'acheteur (méconnaissance du produit ou service) et ne contribuera pas à faire baisser le prix.

Un autre écueil est souvent rencontré : inventer de fausses informations sans « matière concrète ». Cela met la plupart du temps l'acheteur dans la situation délicate de quelqu'un qui essaye de marchander sans levier concret et dont la négociation n'a pas été préparée. Dans ce cas, l'acheteur devra être un bon bluffeur si, au mieux, il veut ne pas perdre la face.

Ne pas céder à l'excès de confiance

Ne pas prendre de décisions « à chaud » empêchera des prises de position qui pourront être regrettées par la suite. Pour une négociation réussie, il faut que le fournisseur comprenne que la prise de décision repose pour grande partie sur l'acheteur et ses analyses.

Impliquer des collègues ou l'entreprise sans leur accord peut encore une fois décrédibiliser l'acheteur et le faire revenir sur ses paroles plus tard. Tous les éléments négociés doivent être sûrs et certains. L'acheteur peut faire cette erreur pour gonfler son rôle et son pouvoir de décision. Cette erreur n'est plus commise avec le temps.

S'engager sur des commandes ultérieures sans en avoir la visibilité est une autre erreur classique. Les fournisseurs ont souvent une idée des volumes à venir et peuvent vérifier l'information. Les volumes engagés doivent être validés par l'ensemble des intervenants internes. Les fournisseurs les plus professionnels conditionnent les volumes à des clauses contractuelles.

« La négociation sans préparation est du marchandage. Il est primordial d'avoir des arguments solides tout en restant réaliste. »

••• grande partie des clients internes peut apprécier. « C'est une aubaine pour nous les acheteurs. Nos clients internes sont des passionnés de technologie. Ils veulent parler avec les fournisseurs de solutions et de leurs applications. Pas d'argent ou de pénalités de retard. Alors nous endossons ce rôle du méchant qu'ils savent pourtant nécessaire, et nous en profitons pour nous rapprocher des clients internes et mieux maîtriser leurs dépenses. »

44

Les comportements en négociation

S'adapter à toute situation

Avant d'établir l'ensemble des stratégies de négociation dont dispose un acheteur, il convient de distinguer la notion de négociation de la notion de marchandage. Bien souvent, des amalgames sont faits : le marchandage est utilisé essentiellement lorsque l'entreprise qui achète est en position de force et que les produits achetés sont simples. À l'inverse, la négociation est destinée aux segments d'achats répondant à une situation où la complexité du produit ou service acheté est élevée. C'est souvent pour ces segments d'achats que sont focalisées les tactiques d'achat.

Le mutisme

Tactique qui se fonde sur la simple loi de la nature : celle-ci a horreur du vide.
L'analogie peut se faire avec les hommes. Lors d'une réunion, les gens ne supportent pas le silence. Par conséquent, pour peu que le fournisseur soit bavard, l'acheteur, tout en étant silencieux, amène ainsi le fournisseur à parler. Par ailleurs, lorsque le fournisseur évoque un argumentaire pour justifier son offre, il peut être amené à dévoiler des informations souvent très utiles pour l'acheteur qui pourra habilement faire une contre-proposition.

Le gentil et le méchant

Pour utiliser cette tactique, il faut *a minima* négocier en binôme. Le premier négociateur joue le rôle du méchant. Il débute la négociation, prend le contrôle de la discussion, exige des conditions inatteignables de la part du fournisseur tout en étant particulièrement désagréable. Le second négociateur intervient au moment qu'il estime bon pour tempérer l'agressivité de son collaborateur. Dès lors, il prend le relais de la discussion, montre de l'empathie pour le fournisseur qui comprendra, finalement, qu'un accord reste possible.

LA NÉGOCIATION AU CINÉMA, DANS LE FILM *BATMAN, THE DARK KNIGHT*

Un extrait de ce film nous montre comment le mutisme a obligé un individu à dévoiler ses arguments, qui ont été retournés par son interlocuteur pour le propre avantage de ce dernier. La scène débute quand Coleman Reese, juriste promis à un grand avenir mais frustré par le poste qu'il occupe, fait part à Lucius Fox, CEO de Wayne Enterprises, du résultat d'un audit sur les relations entre Wayne Enterprises et la Holding LSI. Mr Reese évoque qu'il a constaté des irrégularités •••

Le saucissonnage

Cette tactique consiste à séparer les enjeux de la négociation en éléments simples pour les traiter séparément lors de la négociation. Nous pouvons citer, par exemple, les conditions de livraison, de paiement, les montants des outils, le coût de maintenance, etc. L'acheteur traite ainsi un par un tous ces points de la négociation en tirant le maximum pour chacun d'eux. Si le fournisseur cherche à revenir sur un point déjà discuté, l'acheteur rétorque alors que le point a déjà été finalisé et que revenir sur ce point remettrait en cause tout le travail déjà entamé auparavant. Bien qu'efficace, cette technique est éprouvante pour le fournisseur qui a l'impression de « passer à la moulinette ». Il convient donc de respecter les conditions matérielles dans lesquelles se déroule la discussion pour rassurer le fournisseur.

L'approche globale

À l'opposé du saucissonnage, cette technique privilégie l'approche globale et est généralement adoptée lorsque le rapport de force est plutôt en faveur du fournisseur. Pour que l'acheteur puisse mettre en place cette technique, il doit s'assurer que le fournisseur partage cette forme de négociation et que des deux côtés, on souhaite trouver un accord qui satisfasse les deux parties.

L'escalier

Grâce à cette technique, l'acheteur énonce des objectifs apparents extrêmement ambitieux. En réalité, ses objectifs réels sont en deçà de ceux annoncés au fournisseur au début de la négociation. L'objectif est de donner l'impression au fournisseur de lui accorder des concessions qui n'en sont pas d'encourager le fournisseur à accepter l'objectif réel de l'acheteur.

La rupture de séance

Cette technique permet de faire monter la pression chez le fournisseur en montrant que l'acheteur n'a rien à perdre dans la négociation et qu'il peut facilement aller consulter un autre fournisseur.
Bien que ce soit une tactique très efficace pour intimider le fournisseur, il faut faire preuve d'une extrême prudence. Il faut en effet s'assurer que le fournisseur croie vraiment à votre jeu et que vous avez réellement une alternative.
Dans le cas contraire, la situation peut se retourner et durcir la négociation.

La répétition

Le but de cette technique est de lasser le fournisseur, en répétant toujours les mêmes objectifs et en lui faisant répéter les mêmes arguments afin qu'il soit « épuisé », qu'il perde le fil de la négociation et qu'il accepte finalement des conditions paraissant inacceptables au début. Il faut disposer de beaucoup de temps pour que cette technique puisse être efficace, à la fois pour l'acheteur et le fournisseur.

« Le comportement porte l'argument. »

••• dans les chiffres publiés par le département des sciences appliquées de Wayne Enterprises, dirigées par Lucius Fox. Elles prouvent clairement le soutien de l'entreprise au justicier masqué, tant recherché. En raison de ces découvertes, et des éventuelles conséquences, Mr Reese tente de négocier (pour ne pas dire soutirer) pas moins de 10 millions de dollars par an jusqu'à la fin de ses jours contre son silence. Il est intéressant de voir le retournement de situation qui s'opère. Lucius Fox a laissé parler son interlocuteur. Il a reformulé très précisément (« si j'ai bien compris ») les intentions de Mr Reese. Lucius Fox prend soin de lui rappeler qu'il souhaite faire chanter Bruce Wayne, un homme d'affaires très influent et qui n'aurait aucun scrupule à « massacrer à mains nues de pauvres criminels », amenant Mr Reese à renoncer à ses projets.

45

La posture en négociation

Réviser les cinq classiques

Bien avoir préparé sa négociation se fonde généralement sur les aspects produits ou services (techniques, structure de coûts) et la préparation de la réunion. Cependant, la posture n'est pas à négliger. Elle doit être adaptée au contexte (marché, par exemple). C'est souvent l'expérience qui permet à l'acheteur d'adopter la bonne posture face à la situation qu'il rencontre. Cinq postures majeures sont identifiées.

La posture de compétition

Nous sommes dans un contexte où vos intérêts à long terme d'une partie sont très importants, alors que ceux de la partie adverse ne le sont pas. Ce comportement aide à obtenir des résultats très rapides tout en préservant ses intérêts et priorités « court-termistes », sans se soucier de la relation future.

Chaque partie cherche à « gagner » coûte que coûte. Cependant, à la fin de la négociation, de l'animosité peut naître chez la partie adverse « perdante » et ainsi détériorer la qualité de la relation jusqu'à la rupture.

La posture de compétition est assimilée par certains comme une non-négociation où une partie tente d'imposer sa vision à l'autre partie.

La posture arrangeante

Dans ce cas, ce sont les intérêts à long terme de la partie adverse qui sont plus élevés que les vôtres.

Ce comportement est à adopter quand vos enjeux sont faibles (aucun ou faible résultat attendu), que vous voulez préserver la qualité de relation avec votre interlocuteur, dans des échanges conviviaux.

Cependant, en situation de litige, du fait de cette approche comportementale, celui-ci ne sera pas abordé, alors que cela serait nécessaire pour éviter litige ou crise.

LA NÉGOCIATION AU CINÉMA, DANS LE FILM *LES BRONZÉS*

Chacun expérimente, dans son quotidien, des négociations, sans pour autant être acheteur. Un extrait de ce film nous montre comment une négociation mal préparée aboutit à un échec.

La scène débute sur un marché africain. Gérard Jugnot est très intéressé par un masque et demande le prix au vendeur qui lui répond : « 30 000 francs. » Christian Clavier tente de le négocier en utilisant la tactique de la « répétition » en redemandant le prix du masque au vendeur, qui lui communique le même prix. Christian Clavier s'essaye, alors, à la technique de « l'escalier » •••

La posture coopérative

Elle est à privilégier quand, pour les deux parties, les intérêts à long terme ont une valeur ajoutée élevée et correspondent à des enjeux et des résultats importants.
S'appuyant sur une relation de confiance entre les deux parties, ce comportement aide à obtenir un accord de qualité et pérenne, dans lequel leurs intérêts ont été préservés en cherchant ensemble, à cet effet, des solutions. Très chronophage, ce comportement est à privilégier dans les approches de coconstruction, ou d'innovation.
La posture coopérative nécessite une très grande maturité. Elle n'est ni simple ni facile et s'adapte à un nombre de situations bien limité. En revanche, elle est extrêmement puissante et génératrice de très grande valeur ajoutée pour ceux qui savent l'appliquer.

La posture d'évitement

Elle concerne les situations où, pour les deux parties, les intérêts à long terme ont peu (ou pas) de valeur ajoutée et correspondent à des enjeux et des résultats peu importants.
Une question adressée sur le paiement d'une facture, ne concernant pas l'acheteur, devra être adressée à la comptabilité fournisseur et ne pas rester lettre morte (dans le cas contraire, cela générera du mécontentement).
Certains pourraient y voir une forme de lâcheté, il n'en est rien. C'est plutôt une approche intelligente pour aller à l'essentiel.

La posture de compromis

Non chronophage, ce comportement est à adopter quand les intérêts des deux parties se situent à moyen terme.
La conciliation est de mise, favorisant la communication et la finalisation du sujet au moyen de concessions mutuelles, sans qu'il y ait de déséquilibre dans ce qui est concédé.
La négociation ressemble plus à du marchandage mais qui doit pouvoir s'arrêter au bon moment.

« La posture, quelle qu'elle soit, ne s'improvise pas. Elle est choisie, travaillée et adaptée régulièrement. »

••• en proposant 15 000 francs pour le masque, sans succès. Sans même que le vendeur n'ait à intervenir, de 15 000 francs le prix passe alors à 20 000, 25 000 puis 27 000 avec l'ajout d'un tam-tam. Le vendeur reste sur sa position. Christian Clavier glisse discrètement à son ami : « Bon, allez, laisse tomber, file-lui ses 30 000. »
Gérard Jugnot, en montrant son intérêt au vendeur, s'est mis en position de faiblesse pour la négociation (situation de « Kiss me » selon la matrice de Wajnsztok). Au premier refus, Christian Clavier aurait dû envisager de changer de comportement en tentant la « rupture de séance ». En l'absence d'autres clients chez ce vendeur, cela aurait permis de faire monter la pression de son côté et de rééquilibrer la négociation afin d'obtenir un geste commercial.

46

Face à un fournisseur monopolistique

Actionner différents leviers

Un des cauchemars d'un acheteur est de devoir négocier avec un fournisseur ayant le monopole sur un marché donné. Les marges de manœuvre étant très limitées, l'acheteur doit faire preuve d'une certaine agilité pour pouvoir réussir sa négociation. Il est donc important que l'acheteur définisse une stratégie et des tactiques de négociation.

Les conséquences d'un monopole

On parle de monopole quand une seule entreprise peut proposer le produit ou le service à acheter à un instant donné. Cette situation est inconfortable pour l'acheteur pour trois raisons :

- d'une part, le fournisseur n'a aucune raison de faire des réductions de prix s'il est sûr d'avoir une commande ;
- d'autre part, il est possible qu'il ne respecte pas les clauses commerciales comme les délais, les exigences qualité ou les garanties ;
- par ailleurs, cette entreprise en situation de monopole représente un risque majeur en cas de défaillance. Ce risque peut se traduire par un dépôt de bilan ou bien encore par un accident, tel qu'un incendie dans un de ses entrepôts par exemple. L'approvisionnement se retrouverait alors rompu.

Stratégies de négociation

Face à une telle situation, deux stratégies peuvent être mises en place :

- l'acheteur peut œuvrer pour la construction d'un partenariat entre son entreprise et le fournisseur incluant un partage des objectifs, des risques et des profits ;
- le fournisseur peut être positionné en statut « préférentiel ». Il fera partie d'un groupe de

NE PAS TOMBER DANS LE PIÈGE DES FAUX MONOPOLES

Notons par ailleurs qu'il existe des situations de « faux monopole ». Dans ce cas, c'est un manque de prospection, de sourcing, dû aux habitudes ou au manque de temps, qui obligent l'acheteur à s'approvisionner auprès d'une seule source, malgré l'existence de la concurrence.

Le « monopole local » décrit la situation d'une entreprise qui dispose d'une situation de monopole sur un territoire limité. Une station-service ou une entreprise de BTP dans une région isolée qui •••

fournisseurs dit « stratégiques » pour l'entreprise, avec qui elle veut développer des liens commerciaux très forts.

Dans tous les cas, l'acheteur doit mettre également en place des actions dont les résultats, généralement visibles à long terme, pourront lui permettre de sortir de cette situation.

Si des stratégies existent pour gérer une situation de monopole et la rendre moins risquée, cela n'en reste pas moins une situation indésirable pour l'acheteur. L'objectif à long terme est de sortir de cette position, si cela est possible.

Les leviers possibles

Dans l'un ou l'autre des cas, plusieurs leviers sont possibles pour négocier les coûts :

- le premier levier possible est la remise d'un cahier des charges précis au fournisseur qui lui permettra de repérer les excès dans l'offre de prix. Il y a alors la notion du « juste besoin ». L'exemple de l'achat de logiciels bureautiques illustre cette situation. Ces logiciels disposent de plusieurs modules et l'acheteur doit s'évertuer à acheter uniquement les modules en fonction des besoins réels de l'entreprise ;
- le deuxième levier possible est l'achat de produits non monopolistes chez le fournisseur en monopole. Le chiffre d'affaires achats auprès du fournisseur sera augmenté et la négociation facilitée ;
- l'acheteur peut également mettre en place des actions avec d'autres clients qui sont dans la même situation que lui. Une stratégie de regroupement des besoins peut avoir un impact positif. C'est ce que l'on appelle l'« achat groupé ». L'acheteur se doit de faire du sourcing pour découvrir d'éventuels nouveaux fournisseurs. Un changement de technologie permettra de se positionner sur un marché non monopoliste ;
- quatrièmement, le fait d'accompagner les fournisseurs de rang 2 dans leur développement, grâce à l'acquisition d'équipements et de savoir-faire leur permettra de se positionner progressivement comme des fournisseurs de rang 1. Cela créera de la concurrence sur le marché actuellement monopoliste ;
- pour finir, l'acheteur peut introduire un aspect relationnel dans la négociation avec un fournisseur ayant le monopole sur un marché donné. Cela peut avoir des résultats positifs. Il arrive que des acheteurs présentent l'échec de la négociation comme une mise en danger de leur poste au sein de l'entreprise !

Un ton convivial, flatteur et un peu d'humour seront bénéfiques.

Quoi qu'il en soit, malgré les leviers existants, un fournisseur en situation de monopole est en position de force lors d'une négociation. Cela ne veut pas dire pour autant que les coûts ne peuvent pas être optimisés, mais les objectifs à atteindre doivent être définis en connaissance de cause, sous peine de déception au moment de conclure l'accord.

« Oui, il est possible de négocier en position de faiblesse. »

••• n'a pas de concurrent à moins de cinquante kilomètres est un exemple. Ces entreprises risquent d'augmenter les prix car les acheteurs doivent intégrer le coût des cinquante kilomètres s'ils veulent aller à la concurrence.

Il arrive aussi d'assister à des situations d'oligopole où une illusion de concurrence existe. Il y a un partage du marché entre un petit nombre de fournisseurs qui se satisfont d'une situation ne leur demandant pas d'effort particulier. L'exemple des trois opérateurs téléphoniques français qui proposaient les mêmes types d'abonnement au même prix reflète cette situation d'oligopole. Les ententes ne sont pas à exclure, même si elles restent toujours extrêmement difficiles à prouver.

47

La négociation par téléphone

En maîtriser le déroulement

Face à une charge de travail de plus en plus importante, l'acheteur moderne manque cruellement de temps. Ainsi, il n'hésite pas à avoir recours à la négociation téléphonique. Si négocier en face-à-face exige une certaine aisance gestuelle et une bonne communication, la négociation téléphonique, quant à elle, ne se résume pas qu'à un simple procédé narratif.

Ne pas subir la négociation

Avant toute chose, l'une des grandes règles de la négociation par téléphone est de ne jamais négocier sur un appel du fournisseur.

En effet, lorsque « l'adversaire » de négociation appelle, c'est qu'il est prêt. Il a probablement le dossier ouvert sous les yeux ainsi que sa check-list et ses curseurs. Il a en tête les points essentiels de sa stratégie et a choisi le meilleur moment pour lui.

À l'inverse, l'acheteur ne sait pas quand son téléphone va sonner… il n'est pas prêt et est probablement encore dans ce qu'il était en train de faire.

À ce moment, l'asymétrie de pouvoir est trop grande pour être facilement compensée. Négocier dans ces conditions, c'est minimiser le potentiel et les chances de succès de l'acheteur. Il va falloir trouver une astuce pour échapper à la négociation, quitte à la reprendre dans quelques minutes seulement si elle est urgente, ou si l'acheteur ne peut pas se permettre de faire patienter son interlocuteur.

Trouver un prétexte pour raccrocher

Pour se soustraire à la négociation, il suffit de prétexter une réunion, une batterie déchargée ou bien le fait d'être déjà en communication… La créativité

S'ADAPTER AU PROFIL DU FOURNISSEUR

Un autre facteur peut être déterminant dans une négociation par téléphone : le type de profil du fournisseur. C'est ce que met en exergue un manager dans l'industrie : « Moi, le contract management compte pour presque 80 % de mon travail, alors autant dire que mes négociations se font toujours avec les mêmes fournisseurs, et je les connais bien. Il est important de maîtriser les techniques de négociation par téléphone, mais je prends garde avant tout à adapter mon approche en fonction de mon interlocuteur. »

•••

de l'acheteur sera mise à l'épreuve pour trouver toute une liste de prétextes plausibles et les utiliser à bon escient.
Toutefois, il serait inopportun d'interrompre trop tôt cette conversation qui peut apporter bien plus.

Mais pas trop tôt

En effet, avant de prétexter un entretien avec son supérieur hiérarchique, l'acheteur doit faire croire à son interlocuteur qu'il est tout à fait disposé à l'écouter. Il faut alors demander de quoi il s'agit ou encore de récapituler la situation et surtout par la suite, de se taire.
L'interlocuteur commencera sa propre partie de la négociation et annoncera à l'acheteur ses intentions, c'est-à-dire ses objectifs plafonds, et peut-être même ses premiers et meilleurs arguments.
À ce moment-là, l'acheteur en sait assez pour sortir son excuse miracle de sa manche, écourter la conversation et lui promettre de le rappeler. En obtenant gratuitement toute cette information, c'est maintenant que l'acheteur est en position de force.
Il ne lui reste plus qu'à exploiter cet avantage.

Se préparer avant de rappeler

À son tour, l'acheteur devra relire ses documents et sa check-list. Il doit y intégrer toutes les informations qu'il a pu glaner et, au besoin, procéder aux ajustements nécessaires.
Si cette préparation a pu être suffisamment rapide, l'acheteur peut même attendre que son interlocuteur ait commencé une autre tâche ou se soit probablement plongé dans un autre dossier et le surprendre à son tour en le rappelant.

Le non-verbal persiste

Plus de non-verbal passe au téléphone que ce que l'on imagine.
Ce n'est pas parce que l'acheteur négocie au téléphone qu'il doit pour autant oublier son modèle comportemental. De nombreuses informations non verbales passent tout de même.
Le ton, le rythme et le volume de la voix sont clairement perceptibles. « Le sourire s'entend », dit-on souvent. Les soupirs et les gestes d'énervement aussi, sans parler des silences et des marques de surprise.

« Le téléphone est un animal à apprivoiser. Négocier par téléphone n'est pas aussi simple que ce que l'on pourrait le penser. »

••• En effet, lors d'une conversation téléphonique, l'acheteur peut être amené à faire face à quatre types d'attitude de la part de ses fournisseurs. Le « fournisseur manipulateur » cherchera à influencer l'acheteur pour l'amener sur son terrain. Le « fournisseur agressif » s'affirmera en s'opposant à autrui, voire en trichant. Face à ce type d'individus, l'acheteur doit rester calme. Le « fournisseur passif » laissera parler l'acheteur pour découvrir sa stratégie ou ses intentions. Et enfin, le « fournisseur assertif ». Là, l'acheteur aura affaire à une personne positive, proactive et qui simplifie la discussion. Charge alors à l'acheteur de ne pas se laisser embarquer en fixant les limites de la discussion.

48

La négociation à l'international

Être plus vigilant

La globalisation des échanges pousse les acheteurs à travailler à l'international. Il est de plus en plus fréquent qu'un service achats situé en France ou en Europe achète hors Europe pour une usine elle-même située dans un troisième pays.

Définir le besoin et les services associés

Un achat international implique l'intégration de contraintes supplémentaires à un achat national. Le cahier des charges, en anglais, doit être adapté. Des notions supplémentaires sont nécessaires comme le type de transports, l'emballage spécifique au mode de transport, l'Incoterm, etc.

Il faut clarifier avec le client interne s'il a besoin de services et autres compléments, par exemple la mise en état de marche pour une machine, un service après-vente téléphonique, ou encore la formation, la maintenance et le mode d'emploi en anglais ou toute autre langue.

Pour les services, il faudra impérativement identifier en amont les coûts horaires des techniciens, ingénieurs ou prestataires de services et intervenants s'ils venaient à avoir besoin de se déplacer en ligne avec la politique de voyage du fournisseur. Tous ces aspects doivent être négociés en amont avec le fournisseur pour éviter les surcoûts indésirables dans l'application du contrat.

Un sourcing méticuleux

Si le panel fournisseur actuel ne peut pas répondre au besoin exprimé, l'acheteur va devoir se livrer à un sourcing international méticuleux, notamment dans le cadre de l'achat d'un bien manufacturé.

ADAPTER LA NÉGOCIATION AU FOURNISSEUR

C'est le conseil donné par un acheteur Capex au sein de la filiale française d'une société américaine. « Il est parfois difficile de se comprendre même lorsque nous avons la même langue maternelle, alors lorsque deux personnes aux cultures différentes parlent une troisième langue, tout peut rapidement se compliquer. Donc simplifiez les phrases, reformulez au moins deux fois et obtenez un accord à chaque reformulation. Lorsque la négociation est orale, il faut envoyer un e-mail récapitulant les points de la négociation et obtenir un "OK" du fournisseur pour chaque condition. »

•••

Une fois qu'un fournisseur potentiel est identifié comme pouvant répondre correctement au besoin, l'acheteur devra visiter son usine et réaliser un audit, généralement avec son client interne et des membres du département de la qualité – le but étant ici de s'assurer de la capacité du fournisseur à fournir les quantités nécessaires et la qualité voulue, ainsi que le respect des engagements RSE et éthiques souhaités.
Il ne faut pas hésiter à se perdre dans une usine pour ne pas voir que la visite presque « touristique » proposée par certains fournisseurs. Si possible, l'acheteur peut même revenir le lendemain à l'improviste. Il en apprendra potentiellement bien plus. Questionner le commercial comme le directeur d'usine et les employés est très important pour avoir une vision la plus juste possible.
Tout ce processus est nécessaire afin de garantir le bon choix du fournisseur. Acheter à l'international implique donc de nombreux déplacements professionnels.

Le choix de l'Incoterm

Les Incoterms (qui proviennent en anglais de la contraction d'« *International Commercial Terms* »), déterminent quelles sont les obligations du vendeur et de l'acheteur dans le cadre d'un contrat international.
L'Incoterm doit toujours être accompagné de l'année de l'Incoterm choisi et du lieu de livraison. Cela évite à l'acheteur d'avoir de mauvaises surprises et lui permet de bien identifier de manière incontestable qui est responsable de quoi, qui paye quoi, etc. Cela permet aussi tout simplement de récupérer le conteneur dans le bon port ! Des frais et une perte de temps considérable seront alors évités.
Des règles internes prédéterminent souvent sous quel Incoterm l'acheteur doit contractualiser. Mais cela ne l'empêche pas de se servir des Incoterms pour gagner en visibilité sur les prix lors d'une mise en concurrence. Il peut très bien demander un devis EXW (prix « sortie d'usine », sans chargement ni transport) et un devis avec l'Incoterm souhaité. L'acheteur peut alors comparer les prix de transport proposés par les fournisseurs avec les prix dont il bénéficie en interne. Si besoin, il peut revenir vers le fournisseur pour qu'il ajuste ses frais de transport. Mais attention, certains fournisseurs ne souhaitent pas prendre en charge le transport et gonflent donc les frais logistiques. C'est pourquoi il est important d'identifier toutes les configurations possibles afin de choisir la meilleure.

Si le choix de l'Incoterm est libre, il ne faut pas hésiter à utiliser le plus intéressant selon les objectifs et enjeux de l'entreprise, ou de la direction achats.

« Loin rime autant avec avantages que complexités. Il est essentiel de se livrer à un sourcing international méticuleux ainsi que de choisir le bon Incoterm pour chaque cas de figure. »

••• Autre point communément répandu : arrêtons d'être honteux de notre accent français ! La plupart des interlocuteurs n'en ont que faire et ont un accent aussi prononcé que le nôtre. Selon le pays du fournisseur, l'acheteur devra adapter sa négociation et les « soft skills » car les leviers de négociation ne seront pas forcément les mêmes. Dans tous les cas, il faut tout d'abord laisser s'exprimer le fournisseur. Cela permet d'adapter la négociation au fournisseur mais aussi d'adapter le niveau d'anglais requis. Car un fournisseur qui ne comprend pas ce qu'on lui demande fournira une offre moins performante que ce qu'elle aurait pu être.

49

Le sourcing en Chine

Veiller à tout

Sourcer en Chine est devenu incontournable. Quelles sont les pratiques sur le sujet ? Est-ce que les directions achats sont capables de mesurer les économies réelles réalisées grâce à ce levier par rapport à un sourcing en Europe ?

L'opération paraît simple, *a priori*. Pourtant, dans la réalité, le calcul est plus complexe. De nombreux coûts indirects, coûts cachés et risques ne figurent pas toujours dans les analyses qui ont aidé à la prise de décision. Si les coûts directs sont identifiés (coût d'achat, frais de transport, taxes et frais de douanes), il n'en est pas de même pour tous.

Les coûts cachés

Comme leur nom l'indique, ces coûts dits « cachés » ne sont pas immédiatement visibles mais l'expérience démontre qu'ils ne peuvent être écartés.

- Les coûts de la main-d'œuvre indirecte seront plus importants : difficultés de communication, opérations de dédouanement et de contrôle supplémentaires nécessiteront du temps de main-d'œuvre supplémentaire, donc un surcoût.
- Si les frais de douane sont clairement identifiés, car connus à l'avance, les honoraires des transitaires sont rarement inclus dans les calculs des frais de transport et sont pourtant bien réels.
- Des déplacements supplémentaires seront nécessaires selon le type d'industrie.
- Les déplacements sur le site du fournisseur des auditeurs, de techniciens et des ingénieurs qualité du client représenteront un coût important à prendre en compte par l'acheteur.

LES DIFFÉRENCES CULTURELLES ENTRE LA FRANCE ET LA CHINE

Elles sont nombreuses, et ce, sous l'influence du confucianisme, entre autres : la réaction face à un compliment (accueilli avec modestie), le collectivisme qui prime sur l'individualisme, etc. Dans le monde des affaires, il y a un certain nombre de choses à prendre en considération. La manière dont on s'adresse à son interlocuteur chinois doit être respectueuse : en mentionnant son titre (président, directeur commercial) puis son nom de famille et son prénom. La valeur du « oui » en est une autre : tandis qu'en France, un « oui » garde tout son sens, en Chine le « oui » peut parfois signifier un « non ». En ne prenant pas en compte cela, et face à une •••

Les coûts indirects non pris en compte ou non calculés

L'impact sur le cash-flow provenant d'un sourcing effectué en Chine n'est pas négligeable, tout comme l'impact sur la *supply chain*.

D'un côté, l'utilisation des Incoterms FOB/FCA aura pour conséquence, pour l'acheteur, une anticipation sur la date de paiement, pouvant atteindre jusqu'à 60 jours.

La *supply chain* n'est pas en reste puisqu'elle va connaître de nombreuses contraintes : perte de réactivité (impossibilité de prévoir une livraison express en 24 heures), gestion des retours pour des raisons de non-qualité, perte de flexibilité vis-à-vis du planning court terme, sécurisation des approvisionnements, etc.

Le sourcing lointain rend difficile l'utilisation d'outils logistiques « modernes », tels que le VMI (Vendor Managed Inventory, qui permet la réduction du coût du capital en réduisant les stocks), ou les stocks consignés, qui permettent de jouer sur le délai de paiement en la faveur de l'acheteur.

La livraison en une ou deux palettes en provenance des pays lointains est également à oublier, la taille minimum des lots étant généralement supérieure. Le stock de sécurité sera plus important, et ce, en raison des délais de réapprovisionnement rallongés. Au bout du compte, l'impact sur le cash sera donc négatif.

Risques macroéconomiques

La situation dans les pays occidentaux est relativement prévisible, c'est-à-dire qu'il est en faible croissance et avec une évolution presque prévisible des indices de coûts de production.

La situation des pays communément appelés « émergents » (« BRICS »), incluant la République populaire de Chine qui se dispute aujourd'hui le leadership avec les États-Unis, est très différente. Les taux de change et leur très forte volatilité sont quasiment impossibles à anticiper.

Des solutions existent (couvertures de change, notamment) mais représentent un coût financier à ne pas négliger. L'évolution des salaires, pouvant atteindre jusqu'à plus de 10 % par an, représente un risque qui doit impérativement être couvert dans les contrats.

Tous ces éléments ne seront pas, bien sûr, rédhibitoires pour s'approvisionner en Chine. Il convient simplement de les prendre en considération dans le *business case* (ou étude d'opportunité) ayant motivé la décision du pays de fabrication.

Généralement, ces coûts cachés ou indirects ne seront compensés uniquement que si les économies réalisées sur le coût d'achat sont au moins égales à 15 % du prix pratiqué en Europe pour un même produit. Dès lors, une fois les risques pris en considération, de réelles économies peuvent être au rendez-vous !

« Sortir des clichés. »

••• inaction, il ne faut pas s'énerver, sous risque d'envenimer la situation jusqu'à une situation de blocage. Il faut privilégier le consensus avec ses interlocuteurs chinois afin d'éviter qu'une des parties ne perde la face. Attention, perdre la face ne touche pas la personne elle-même, mais remet en doute les qualités et compétences liées à la fonction. La valeur du contrat est différente. Alors qu'en France, signer un contrat scelle généralement une négociation et que ce document est un élément important en cas de litige, en Chine, il est perçu comme un document formalisant l'intention des deux parties d'entrer en relations d'affaires. Son « contenu » pourra évoluer en fonction du contexte, quitte à ce que celui-ci fasse l'objet de nombreux avenants.

50

La puissance des SLA

Actionner un dispositif fort

Le Service Level Agreement (ou SLA) est une expression anglaise qui peut être traduite par « accord de niveau de service » ou par « engagement de service », ou encore plus simplement « convention de service ». Afin de vérifier régulièrement la qualité des services ainsi que l'atteinte des niveaux fixés pour ceux-ci, l'acheteur souhaite mettre en place un ensemble de niveaux de service et d'indicateurs de niveaux de services associés (KPI), sur l'ensemble desquels le prestataire prend un engagement de résultat. Les acheteurs doivent s'intéresser de près aux SLA internes ou externes.

Objectifs et contenu

L'objectif principal des SLA est d'enrichir les éléments de transformation d'une obligation de moyen en obligation de résultat. Il est important que le fournisseur soit en mesure de s'engager sur le niveau de qualités d'un produit (exemple : pourcentage de pièces conformes pour la production en série) ou service et les sanctions éventuelles en cas de non-respect.

Il peut être complété par un plan d'assurance qualité (PAQ). Le PAQ définit les modes opératoires pour s'assurer de la qualité des services et comporte des précisions sur les modalités de fourniture des services. Il décrit ce qui doit être réalisé.

- L'objet de la prestation décrit le contexte, les objectifs et contraintes, attentes spécifiques, et conditions d'utilisation.
- Le plan de développement décrit la description des livrables attendus (description en termes de résultats vérifiables du produit/service), la description des intervenants (organisation, organigramme, rôles et responsabilités) ainsi que l'interface client/fournisseur.
- Sont décrits également les phases et jalons, le planning.
- Enfin, la description du processus de réalisation avec l'ensemble des activités à mener définit l'objectif, les entrées/sorties, les tâches (référence

EXEMPLE DE CLAUSE DE PAQ

« Le Fournisseur s'engage à rédiger, dans un délai d'un (1) mois au plus tard à compter de la date d'entrée en vigueur du Contrat, le PAQ, qui devra décrire de manière détaillée les procédures qualité et les modalités de fourniture des Services. Le Client disposera d'un délai de quinze (15) jours, à compter de la date de livraison du PAQ par le Fournisseur, pour accepter ou refuser celui-ci. À défaut de réserve émise par le Client dans ce délai, le PAQ sera signé par les Parties. En cas de réserves ou de refus du Client de valider la version du PAQ proposée par le •••

aux méthodes ou processus support utilisés), les responsabilités (RACI : *Responsible, Accountable, Consultable, Informed*), les conditions de vérification avant passage à l'activité suivante et les conditions particulières de réalisation.

- Le management de la prestation peut faire partie du document ou d'un article du contrat management opérationnel ou comitologie, le suivi contractuel, le management stratégique (proposition d'amélioration, d'élargissement du périmètre, etc.), le management de la qualité (contrôles/revues qualité attestant de la réalisation du contrôle), procédure d'audits (internes, client, gestion des écarts), amélioration continue.

Ce document décrit également les process et méthodes de réception et vérification des *inputs* clients, les différentes phases (livraison, acceptation, support, garantie), la gestion des risques, la procédure d'escalade et les pénalités appliquées.

Rédaction

Elle se fait dès la rédaction du cahier des charges. Il convient donc de prendre le temps de détailler les niveaux de services et qualité attendus qui doivent être acceptés par le fournisseur ainsi que les indicateurs de niveaux de service (KPI) associés.

Nous devons garder à l'esprit que les SLA permettent d'établir une relation saine entre le client et le fournisseur. Pour ce faire, il convient d'être ouvert à la négociation des engagements fournisseurs, de faire adhérer les équipes projets, de consolider les engagements des tierces parties, d'anticiper les conflits de « zones grises » et, enfin, de rédiger un contrat exemptant le plus de risques possible.

Le suivi des SLA

Selon Forrester Consulting, 40 % des reportings techniques qualité (mesures de SLA) ne présentent pas toutes les informations que les dirigeants souhaiteraient voir apparaître.

Ce constat pose le problème du suivi des SLA. Ceux-ci doivent être examinés lors des réunions entre le client et le fournisseur. Le client peut décider de modifier le seuil pour un délai particulier ou de ne pas tenir compte d'un délai particulier dans le calcul des moyennes pour une période donnée. Ces décisions doivent évidemment être explicitées et justifiées dans les comptes rendus.

La comitologie est définie en fonction des sujets et soumise à des fréquences différentes (par exemple : hebdomadaire pour le suivi d'avancement, mensuelle pour le suivi des commandes, de la facturation, des modifications, du traitement des non-conformités) et permet de s'adresser à une population différente : opérationnel pour le suivi d'avancement, management pour les comités mensuels.

« Sans SLA, pas de performance réelle. Le SLA est une mesure de l'engagement du fournisseur quant à la qualité de ses produits/services. »

••• Fournisseur, celui-ci s'engage à représenter au Client un PAQ corrigé, dans un délai maximum de quinze (15) jours à compter de la date de notification par le Client de ses réserves ou de son refus. À compter de la date de réception du PAQ corrigé, le Client disposera d'un nouveau délai de quinze (15) jours pour le valider ou pour émettre des réserves. Cette procédure sera mise en œuvre jusqu'à ce que le Client procède à une validation sans réserve du PAQ.

Si le PAQ n'est toujours pas signé dans un délai de deux (2) mois suivant la date d'entrée en vigueur du Contrat, les Parties conviennent de convoquer un Comité de Pilotage exceptionnel qui tranchera dans un délai de dix (10) jours à compter de sa date de convocation. »

La clause de benchmark

Savoir pourquoi et comment l'activer

Le benchmark est une méthode qui permet à une entreprise de positionner un produit ou service sur le marché en termes de fonctionnalités, coûts, etc. Cette méthode a été déclinée aux achats visant à s'assurer que les prix et conditions négociés de produits ou services proposés par son fournisseur sont toujours conformes ou pertinents par rapport au marché. Cette méthode se trouve de plus en plus formalisée dans les contrats.

À quoi et à qui sert-elle?

Clause du contrat qui ouvre la possibilité à un client de mener une étude (interne ou confiée à une société externe), elle vise à s'assurer que les prix et conditions négociés de produits ou services proposés par son fournisseur correspondent toujours aux conditions du marché.

Cette clause permet donc de comparer les conditions négociées au contrat avec celles du marché. Si jamais les conditions contractuelles s'avèrent moins intéressantes que ce que le marché propose, il faudra songer à les remettre en compétition.

Il est important de définir correctement le périmètre pour lequel la clause s'appliquera et donc de comparer ce qui est comparable (produits et services, volume, engagement qualité, lieu…).

Cette clause de benchmark permet au client de s'assurer et donc de contrôler que le prix négocié au contrat est toujours à un prix correct et valable sur le marché pour le service proposé. Elle donne la possibilité au client de se demander si son prix est toujours correct et s'il dispose des meilleures conditions.

Activer cette clause n'est pertinent que si les conditions économiques ont évolué. Il est donc logique de ne pas utiliser cette clause immédiatement après avoir signé le contrat, mais de laisser passer une certaine durée, durée qui devra être vue au préalable entre les parties (date anniversaire du contrat).

EXEMPLE D'UNE CLAUSE DE BENCHMARK À RÉUTILISER

« Le benchmark est une opération dont le but est de déterminer si les prix du produit fourni par le fournisseur sont en accord avec un échantillon représentatif de prix établi, pour des produits et services comparables en termes de périmètre, de qualité, de niveau d'engagement, de fonctions, de volume. Cette procédure de benchmarking pourra être déclenchée à l'initiative du Client. Sa fréquence maximum est annuelle, à compter de la première date anniversaire de la prise d'effet du Contrat. Le Client fera appel à un cabinet spécialisé qui réalise l'étude comparative (ou benchmarking) des prix des produits fournis par le fournisseur et de ceux du marché. Ce cabinet •••

Cette procédure est déclenchée à la demande du client. Cette clause pourra très bien être activée à plusieurs reprises ou bien seulement une fois pendant la durée du contrat en fonction de ce qui aura été négocié au contrat.
Si cette clause est activée, le client devra passer par une société externe par souci d'équité. Les frais engagés pour réaliser ce benchmark *via* une société extérieure devront être négociés au contrat.

Conséquences d'activation de la clause

Lors de la fin de l'étude de benchmark et si cette étude présente des écarts importants, plusieurs solutions seront envisageables et devront être négociées au contrat, par exemple, renégocier les conditions du contrat ou encore s'aligner sur les prix du marché.
Il est nécessaire que les parties en discutent et se mettent d'accord sur la meilleure alternative. Cette clause doit être utilisée à bon escient principalement dans des contrats à longue durée car elle peut mettre en péril la relation créée avec le fournisseur.
Il est à noter que dans des contrats de longue durée, si les deux parties ne sont pas capables de trouver un accord sur un prix efficient, le client aura la possibilité de résilier le contrat (clause devant être négociée en amont). Cette situation peut être critique pour l'une des deux parties voire les deux.

Un outil au service de la négociation

En résumé, la clause de benchmark est donc une clause permettant à une partie de s'assurer *via* une société externe de la validité et de la stabilité des prix et conditions négociés au contrat. Le client a la possibilité d'activer cette clause à tout moment, passé la durée négociée au contrat. À la suite de l'étude réalisée par la société tierce et si celle-ci présente des écarts significatifs, les parties devront se mettre d'accord sur la renégociation des conditions du contrat. Dans le cas contraire, une remise en concurrence est à envisager.

« L'herbe peut être plus verte ailleurs. C'est là que la clause de benchmark entre en jeu. »

••• ne pourra être en aucun cas une société concurrente directe ou un partenaire du fournisseur.
Les conclusions du rapport du cabinet sont présentées au Client. Les frais de benchmark seront à sa charge.
En cas d'écart supérieur à 5 % par rapport aux prix du marché, les Parties se rapprocheront afin de renégocier les prix des produits et services concernés, pour la durée du contrat. Les nouvelles conditions feront l'objet d'un avenant au Contrat ou/au Contrat d'application et feront l'objet d'une nouvelle commande. Au cas où les Parties n'arriveraient pas à un accord, le contrat sera résilié selon les conditions prévues au Contrat (Article "Résiliation"). »

52

La matrice enjeu-pouvoir

Identifier la tactique de négociation

Une négociation doit se préparer. Des paramètres sont à prendre en considération. Pour le cas présent, ils sont liés au contexte de l'achat du bien ou service et aux interactions aussi bien internes qu'externes. La matrice permet d'aider à identifier la tactique de négociation la plus adéquate tout en ajustant les efforts nécessaires.

Le principe

L'acheteur, dans le cadre de sa négociation, doit envisager les types de situations dans lesquelles il peut se retrouver. La matrice identifie deux axes :

- enjeu ;
- pouvoir.

Enjeu

Il s'agit de l'enjeu que représente le résultat de la négociation pour l'acheteur.
Plus les conséquences ou impacts de l'échec de la négociation seront importants, plus le niveau d'enjeu sera élevé : absence d'alternative au produit ou service proposé par le fournisseur, non-atteinte des objectifs fixés en termes de coût ou de réponse au besoin stratégique exprimé (délai, quantité, etc.), très fortes pressions exercées par les prescripteurs, le management achats, la direction générale pour atteindre les objectifs fixés.

Pouvoir

Il s'agit du pouvoir de négociation de l'acheteur vis-à-vis du fournisseur, de sa capacité à ce que le fournisseur fasse évoluer de manière positive une position initiale difficilement acceptable. Estimer son pouvoir de négociation vis-à-vis du fournisseur (essayer de l'étendre, si le contexte le permet)

REVIREMENT DE SITUATION EN NÉGOCIATION

Le pouvoir de négociation est habituellement associé à la phase précontractuelle. Cependant, dans certains cas, on peut observer un « retour de la négociation ». En clair, les positions bougent dans les cases de la matrice.
Par exemple, une entreprise spécialisée en bâtiment, en phase de négociation avec l'acheteur client pour la réhabilitation de bureaux se sait systématiquement mise en concurrence. En effet, après son RFP (« Request For Proposal », soit un appel à propositions), l'acheteur reçoit et étudie des devis de plusieurs fournisseurs, et est clairement en position de force, il a plus de pouvoir •••

fait partie de la préparation de la négociation : identifier les éventuels leviers, niveaux d'escalade, capacité de nuisance, etc.
Ces deux axes permettent de positionner quatre zones :

- l'influence ;
- l'implication ;
- le ménagement ;
- l'opportunisme.

L'influence

Elle réside dans la capacité qu'a l'acheteur de convaincre.
C'est la partie la plus importante. Elle fait appel aux qualités de persuasion, d'adaptation vis-à-vis de son interlocuteur, au cours de la négociation, pour l'influencer, infléchir sur sa position afin de se rapprocher au maximum de l'objectif que s'est fixé l'acheteur.

L'implication

Elle réside dans la capacité qu'a l'acheteur à rester maître de la négociation.

Le ménagement

Il réside dans la capacité qu'a l'acheteur à doser ses efforts en fonction de l'enjeu. Cela permet de réserver ses efforts pour des sujets dont l'enjeu est plus important.

L'opportunisme

Il réside dans la capacité qu'a l'acheteur à obtenir au plus vite le minimum qu'il a identifié comme pouvant être gagné.

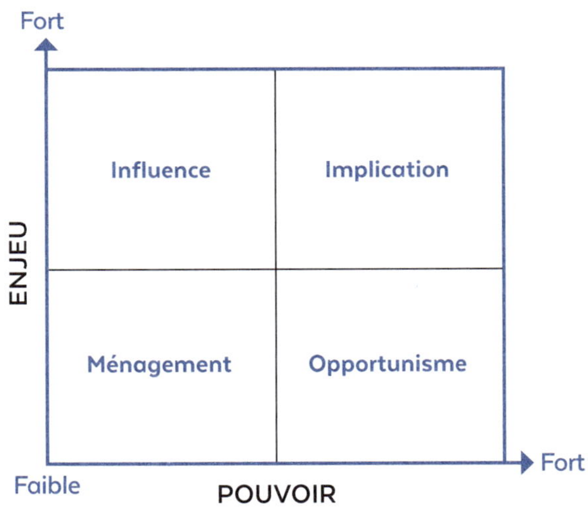

La matrice enjeu-pouvoir

« Aller jusqu'au bout de la négociation grâce à la matrice enjeu-pouvoir. »

••• que l'entreprise, puisqu'il peut se permettre de comparer les offres reçues. Par contre, une fois le contrat signé, le transfert de pouvoir s'opère : dès lors que l'acheteur demandera un changement ou que les circonstances sur le terrain évolueront, le fournisseur sera en droit de réclamer une « plus-value ». Si pendant la première phase l'acheteur avait une meilleure position, à ce stade le fournisseur sait qu'il a maintenant plus de pouvoir. Si l'acheteur tient à réaliser la modification, il doit être prêt à payer le prix fort.
Ainsi, le fournisseur a le choix cette fois : ne pas avancer ou avancer en augmentant ses marges, selon ses propres règles de calcul.

3 conseils de...

Thierry Minel

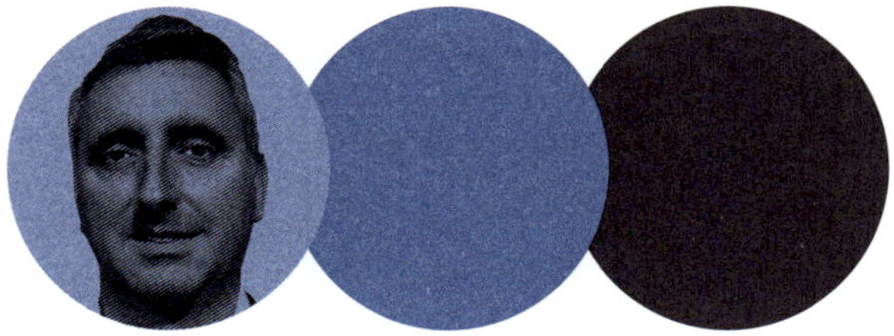

Comment réduire les coûts de façon intelligente ?

Donnez un sens à la réduction de coûts

La réduction de coûts n'est pas populaire dans l'entreprise. Contrairement à l'innovation, le développement durable/RSE ou la diversité qui véhiculent des notions positives et modernes, la réduction des coûts est la plupart du temps mal accueillie et provoque, *a priori*, du rejet et de la résistance. C'est donc un exercice complexe, fastidieux, parfois frustrant et qui s'inscrit dans la durée.

Il est impératif d'inscrire la réduction des coûts dans un contexte, dans la stratégie de l'entreprise. Elle doit trouver son sens dans la prise de part de marché, l'amélioration de la profitabilité ou le financement des investissements, par exemple. Un projet ambitieux de réduction des coûts ne parviendra pas à pénétrer tous les niveaux de l'entreprise, toutes les fonctions, si on ne lui donne pas un sens.

Prenez le lead, organisez, communiquez

On entend souvent : « La réduction des coûts, c'est l'affaire de tous. » Une excellente raison pour que personne ne s'en occupe vraiment. La direction des achats doit prendre le leadership, même si certaines initiatives vont au-delà des prérogatives usuelles de la fonction.

Dans le monde industriel, plus de 50 % des coûts sont souvent représentés par les achats directs (matière, composants) et indirects (énergie, transports, services). Le succès des réductions des coûts dans l'entreprise dépend grandement de la motivation et de l'implication de sa direction des achats.

Il convient ensuite de définir un objectif clair et affiché « *Make it simple and visible* ».

La démarche de réduction des coûts doit être structurée autour d'un projet, d'une initiative qui porte un nom. « Plan 3 en 1 », « Convergence », « Full Potential », « On Top Plan », « Concerto » sont autant de noms que j'ai utilisés pour rendre la réduction des coûts visible. Un montant de gains, ou un pourcentage, doit bien sûr être attaché au projet, et le pilotage/gouvernance être organisé en *core team* et *steering committee* (équipe projet et comité de pilotage).

Une attention particulière doit être apportée à la qualité des collaborateurs que l'on implique dans la *core team*. Pugnacité, endurance, communication sont des critères primordiaux pour exécuter un plan ambitieux.

L'automobile est connue comme étant l'école de l'excellence dans les achats. Thierry Minel en est un des plus brillants éléments. Diplômé du MAI, Thierry Minel a connu une carrière fulgurante chez Fagor Brandt, chez Valeo, équipementier automobile de rang 1, avant de devenir le directeur Achats de GKN Automotive. Il maîtrise les techniques les plus exigeantes de réduction des coûts intelligente et souvent de manière coordonnée. Une parole qui compte.

Activez tous les leviers, profitez des crises

VA/VE, Standardisation, Demand Management, TCO, LPP (Linear Performance Pricing), Design to Cost sont les leviers clés des réductions des coûts.

Pour mettre en route la « Productivity Machine », l'implication des fonctions Engineering, Production, Qualité et Commerce est fondamentale, d'où l'importance d'avoir ces fonctions représentées dans le pilotage et la gouvernance du projet.

On se doit d'utiliser ces leviers pour les produits en cours de vie, mais surtout dans les nouveaux développements.

Dans les productions de grandes séries (automobile, *consumer electronics*), il est souvent beaucoup plus facile d'introduire des réductions des coûts en phase de développement qu'au cours de la vie de la série.

Enfin, nous faisons face très régulièrement à des crises majeures dans l'industrie : catastrophes naturelles (Fukushima, inondations en Thaïlande), manque de capacités (polyamide, hélium, semi-conducteurs, transport maritime ou routier), Covid-19... Tous ces événements sont autant d'opportunités pour implémenter des solutions moins coûteuses, s'agissant de nouveaux fournisseurs ou de nouvelles matières ou composants.

La capacité des entreprises à accélérer les processus de validation en temps de crise est phénoménale. Convertissons donc toutes ces crises en formidables opportunités de réduction des coûts.

« La réduction des coûts n'est pas populaire dans l'entreprise »

#6

Innover aux achats

« Il me semble bénéfique d'entreprendre une démarche collaborative avec mes fournisseurs et de favoriser leurs propositions d'innovation. Comment m'y prendre ? »

53

Les achats projet

Bien remplir ce rôle

L'acheteur projet doit pouvoir appréhender les objectifs du projet et leurs liens avec la stratégie globale de l'entreprise. Il intervient en amont du processus achats, pour un produit ou un projet complet (matières premières, produits transformés, lignes de production, prestations de service). Ses capacités de coordination et de pilotage lui permettront de gérer les phases achats du cycle de vie du produit ou service. Il intervient dès le démarrage du projet, sur la sélection des fournisseurs, la négociation et la contractualisation, le suivi du projet et des fournisseurs.

Démarrage du projet

En amont, et en lien avec chaque membre de l'équipe projet (R&D, qualité et production, entre autres), l'acheteur projet identifie les expertises métier, transverses (juridique, entre autres), leurs rôles et tâches nécessaires à la réalisation du projet (RACI) et définit, avec les contributeurs, les objectifs du projet pour les convertir en objectifs achats (budget, quantités, coûts, délais, qualité, etc.). Il participe avec eux à la rédaction du cahier des charges et à la définition d'un rétroplanning précis comprenant les interventions de chacun, et ce à chaque jalon ou impératif du projet.
Étant à l'affût des nouvelles tendances du marché ou de solutions innovantes pouvant enrichir ses projets (veille ou recherche spécifique), il est en mesure de proposer au prescripteur un sourcing adapté, qui sera validé conjointement.

Sélection des fournisseurs

Après envoi des NDA et de la consultation, et la réception des offres, il évalue les offres des fournisseurs en fonction des objectifs fixés dans le cadre du projet en effectuant les comparaisons et analyses nécessaires :

- aspects techniques,
- performance qualité,
- compréhension du besoin,
- capacité de production,
- évaluation des risques (économiques, politiques, géographiques…).

CES INDICATEURS PROJET QUI RÉUSSISSENT

L'acheteur projet est l'interlocuteur achats du chef de projet. À ce titre, il organise le travail des acheteurs familles plus spécialisés qui collaborent au projet (et à d'autres) et les coordonne. Tout acheteur est sensibilisé aux risques fournisseurs pouvant nuire au projet et à l'entreprise. Les risques fournisseurs varient selon le type de projet, le secteur d'activité. Toutefois, la pérennité du fournisseur est l'un des principaux enjeux pour les entreprises, impactant la chaîne de valeur. Le risque financier est un indicateur à surveiller de près, tout comme le taux de dépendance économique. À cela s'ajoute le risque lié à la qualité. Un fournisseur peut être performant sur un prototype proposé mais être en incapacité de le répliquer à grande échelle. •••

Sur la base de ces éléments, il choisit, avec l'aide de l'équipe projet, le(s) fournisseur(s) dont les offres répondent aux objectifs du projet.

Négociation et contractualisation

L'acheteur projet négocie avec le(s) fournisseur(s) retenu(s) les conditions commerciales (objectifs de qualité, prix, respect des plannings) et rédige avec son service juridique les contrats garantissant le respect des objectifs (qualitatifs et quantitatifs) fixés avec le(s) fournisseur(s).

Suivi du projet et des fournisseurs

Il veille au bon déroulement de chaque étape du projet, du développement du produit jusqu'à sa finalisation ou livraison, et à ce que les engagements contractuels du fournisseur soient respectés : délais, audit qualité qu'il peut mener sur site avec les ingénieurs qualité, etc.
En cas de non-respect ou litige, il est partie prenante, avec les prescripteurs, dans les échanges liés au plan de remédiations avec le fournisseur, et avec les juristes sur les sanctions à appliquer (mise en demeure, pénalités, conditions de sortie du contrat et leurs impacts...).
Il veille à ce que les coûts ne dérivent pas, assurant, ainsi, que la marge identifiée dans le cadre de projet ne sera pas, ou peu, impactée.

Le pilotage

Du fait de son implication en amont, le pilotage effectué par l'acheteur projet ne se limite pas au process achats, mais passe par un suivi régulier au travers des réunions et documents de suivi liés au projet. Les réunions diffèrent selon les étapes et l'importance du projet, l'ordre du jour ou les interlocuteurs concernés et auront des livrables spécifiques.

- La réunion de lancement permettra d'établir : l'expression des besoins, une étude d'opportunité, de faisabilité, le rétroplanning, etc.
- Les réunions techniques permettront d'établir le cahier des charges, la liste des fournisseurs à consulter, le rétroplanning et de les valider.
- Les réunions de pilotage permettront de suivre les phases de consultation et du projet jusqu'à leur finalisation, incluant les aspects financiers.
- Les réunions de prise de décision permettront d'acter des choix liés aux projets : fournisseur(s) retenu(s), sanctions en cas de litiges.

> ***« L'entreprise fonctionne de plus en plus en projet, les achats aussi. »***

••• L'avis du pôle industriel permettra de certifier le processus série du fournisseur. En plus de l'aspect quantitatif, l'acheteur devra s'assurer de la qualité des produits *via* un taux de qualité, en veillant à son respect par échantillonnage de chaque livraison, par exemple. L'acheteur projet sera très sensible au budget R&D dédié par le fournisseur. À cela peut s'ajouter une notation quant au nombre d'innovations proposées par le fournisseur, les partenariats créés, le nombre de brevets déposés, etc. Ces indicateurs sont des éléments indiquant une capacité du fournisseur à être force de proposition dans le cadre du projet. Cet indicateur sera à intégrer à la notation globale du fournisseur. De plus, ce sont des indicateurs démontrant que le portefeuille produit sera toujours équilibré à terme.

54

Les outils de l'innovation fournisseurs

Rester à l'écoute

Face à une demande de plus en plus exigeante et un cycle de vie des produits qui se raccourcit, l'entreprise doit être proactive et adopter une attitude offensive pour asseoir sa position.
Cela passe, entre autres, par l'innovation proposée par les fournisseurs et les outils qu'ils proposent. En voici un certain nombre.

La feuille de route ou roadmap

Il s'agit d'un document produit par le fournisseur, qui lui permet de communiquer auprès de ses clients ou prospects et partager avec eux la vision des produits ou services à court, moyen, long terme. Élément du plan stratégique, elle informe des fins de production/commercialisation des produits ou services et de la disponibilité des composants (pièces de rechange) ou supports, de leur évolution mais également des produits ou services faisant l'objet d'innovation.

Les clubs utilisateurs

C'est un service que les fournisseurs offrent à leurs clients uniquement. Ils peuvent être formalisés par l'intermédiaire de communications adressées directement (e-mail, newsletter) ou par l'intermédiaire de réunions formalisées.
Ces dernières peuvent être utilisées comme relais d'information des clients sur des améliorations qu'ils ont pu identifier dans l'utilisation au quotidien , par exemple :

- manque d'ergonomie,
- fonctionnalités à apporter et fournies par des solutions de contournement,
- compatibilité avec de nouvelles solutions du marché,
- innovantes ou non, etc.

EXEMPLE DANS LE CONSEIL AUX ENTREPRISES
Quelle que soit la taille de l'entreprise, certaines entreprises de conseil proposent de nouveaux services orientés innovation et à destination des directions métiers ou recherche et développement : animation d'ateliers d'innovation (*design thinking*, *creative games*, etc.), •••

Libre au fournisseur d'en prendre compte ou non. Mais prises en compte, cela permet de s'adapter à de nouvelles exigences issues de « *best practices* », du marché ou de l'évolution des comportements d'utilisation.

Les visites sur site

Les visites sur site qu'elles aient lieu en usine, laboratoire, centre de développement ou de test permettent d'illustrer de manière concrète ce qui a été communiqué sur le papier. Cela permet d'avoir un aperçu sur le produit ou service à un stade de son développement, les équipes du fournisseur qui travaillent sur les projets, etc.

Les ateliers

Certains fournisseurs (ESN, entreprises de services du numérique) ont mis en place des ateliers de veille technologiques et/ou proposent des « workshops » de « brainstorming ». Ces dispositifs se fondent sur des thématiques sectorielles, avec pour objectifs d'apporter des solutions sur des problématiques identifiées (digitalisation, travail collaboratif, par exemple).
Participer à ces ateliers peut permettre à des entreprises de confronter des solutions, parfois au stade embryonnaire, que proposent les fournisseurs à des problématiques rencontrées par leurs équipes métier de ces entreprises.

Le livre blanc

De plus en plus répandu depuis une vingtaine d'années, le livre blanc est un document concis (quelques dizaines de pages au maximum) qui aborde et apporte une réponse à une problématique ou un thème.

Le livre blanc est utilisé par beaucoup de gouvernants car il fixe la stratégie sur un domaine ou secteur, les capacités, ressources requises pour la mettre en œuvre dans les quinze à vingt ans à venir. Dans le monde de l'entreprise, il peut s'adresser ou concerner tout secteur d'activité et aborde des thèmes ou problématiques concrètes et applicables à plus court terme. Il apporte aussi une crédibilité sur le domaine d'expertise de son auteur et de l'entreprise à laquelle il appartient.
Cependant, la neutralité du contenu peut être parfois contestée du fait de l'existence de partenariats techniques ou commerciaux.

« L'innovation fournisseurs ne se fait pas au feeling. De nombreux outils sont au service de l'entreprise : roadmap, clubs utilisateurs, visites sur sites, ateliers et livre blanc en sont les plus représentatifs. »

••• aide à la création de nouveaux produits ou services. L'aide à la création peut concerner la réalisation du prototype uniquement, mais peut aller jusqu'à la mise en production, avec divers niveaux d'accompagnement en fonction des capacités de production, compétences, des ressources de leurs clients.

55

Innovation ou rénovation ?

Faire vivre l'innovation

Dans le cadre des missions classiques confiées à un acheteur, réduire les coûts est l'une des principales. Pour cela, l'acheteur analyse les familles et segments achats pour déterminer quels sont les achats « négociables ». Bien appréhender l'innovation répond à la même logique. L'acheteur doit pouvoir identifier dans les familles et segments d'achat dont il a la responsabilité les biens et services qui sont éligibles à l'innovation ou à la rénovation. Pour cela, il peut s'appuyer sur des axes et typologies.

Les axes et typologies d'innovation

Comme vu précédemment, l'innovation, c'est la création d'un nouveau produit ou service, donc d'une innovation intrinsèque des biens ou services. La rénovation fait déjà partie de l'ADN des achats, sans pour autant que cela soit explicite :

- la rénovation intrinsèque ;
- la rénovation méthodologique ;
- la rénovation de commercialisation ;
- la rénovation organisationnelle.

Innovation intrinsèque des biens ou services

Cette innovation réside en l'apparition de nouveaux produits ou services pour lesquels il y a une rupture vis-à-vis de l'existant.
Elle peut faire l'objet de communication du fournisseur formalisé notamment dans le cadre du SRM effectué par l'acheteur soumis à accord de confidentialité.

Rénovation intrinsèque des biens ou services

Ce type de rénovation réside du fait que leurs caractéristiques ont été soumises à des évolutions. Il peut s'agir de nouveaux produits ou services

EXEMPLE ÉTONNANT D'UNE GRANDE COMPAGNIE D'ASSURANCES

Pour répondre à l'impératif légal du travail à distance qu'elle devait proposer à ses collaborateurs, une entreprise utilisait historiquement une solution logicielle d'accès à ses applications à distance hébergée dans son data center. Celle-ci montrait un certain nombre de limites en termes de souplesse, réactivité, etc. L'éditeur de la solution a fait preuve de créativité en proposant une solution en mode SaaS pour répondre à ce type de besoins. L'analyse de •••

> « Ne pas confondre innovation et rénovation. L'innovation induit une rupture avec l'existant, là où la rénovation améliore l'existant et compose avec ses évolutions. »

(innovation de rupture) ou d'amélioration(s) de produits ou services existants (innovation incrémentale).
Tout comme l'innovation intrinsèque, elle fait souvent l'objet de communication du fournisseur formalisé notamment dans le cadre du SRM effectué par l'acheteur.

Rénovation méthodologique

Ce type de rénovation réside dans l'amélioration des méthodes de production des biens ou services (innovation incrémentale) effectuée chez le fournisseur, générant des gains de productivité et/ou pouvant prendre en compte les contraintes réglementaires ou internes du client, notamment la RSE (innovation sociétale).
Cette rénovation est souvent prise en compte par les acheteurs dans les achats de « séries » ou de services peu assujettis aux changements, pour lesquels le niveau de complexité est faible et sur lesquels un effet d'expérience lié à une durée de contrat pluriannuelle permet, *a minima*, de maintenir les coûts.

Rénovation de commercialisation

Ce type de rénovation réside dans la manière dont les biens et services sont commercialisés, et ce parfois en prenant en compte leur conception, le conditionnement, la politique marketing ou tarifaire, dans le but d'optimiser, *a minima*, la marge (innovation incrémentale).
Cette rénovation est déjà présente dans les services notamment pour répondre aux évolutions informatiques. De plus en plus de progiciels voient leur modèle économique basculer du mode « on premise » vers le mode « Software as a Service » (SaaS). L'analyse des coûts complets, jusque-là peu présente, s'avère un outil des plus utiles pour comparer les coûts entre une solution « interne » et une solution « externe ». Cela induit une plus grande vigilance quant aux risques issus de cette innovation.

Rénovation organisationnelle

Ce type de rénovation réside dans la modalité de mise à disposition du bien ou du service avec pour objectif d'améliorer leurs disponibilités auprès des utilisateurs en impactant au minimum la marge du producteur (innovation incrémentale) et l'environnement (innovation sociétale).
Cette rénovation permet de répondre à des impératifs de délais. Cela peut se traduire par la mise à disposition de stocks tampons mutualisés auprès de plusieurs clients ou dédiés à un client unique, que ces derniers soient gérés par le fournisseur ou le client avec accès possible au SI de gestion de stock et/ou d'approvisionnement de l'une des parties par l'autre.

••• coût global a permis de vérifier la pertinence des coûts entre les deux solutions. Il a donc été décidé d'utiliser cette nouvelle solution en complément de celle déjà présente. Du fait de la nature de cette nouvelle solution, une refonte du contrat existant a été nécessaire pour le rendre conforme aux bonnes pratiques liées à la prestation d'externalisation (suivi de la qualité du service, réversibilité, etc.) et aux impératifs imposés par les différents régulateurs (Cnil, ACPR, etc.).

56

Les achats agiles

Mieux appréhender l'innovation

L'agilité dans les achats réside dans sa capacité à s'adapter aux nouveaux besoins des prescripteurs, que ces nouveaux besoins soient issus des évolutions que connaissent les entreprises en termes d'évolutions de leur marché et/ou d'évolutions des attentes des consommateurs. L'agilité dans les achats doit donc permettre de répondre au mieux à un besoin nouveau que ce soit au niveau du sourcing, de la réactivité et de la rapidité dans le traitement de ces besoins.

Pour l'acheteur

L'acheteur doit toujours faire preuve de curiosité, mais agir en rupture avec les habitudes, les attitudes, réflexes, préjugés ou idées reçues qu'il a pu acquérir lors des sujets qu'il a pu traiter dans le cadre des familles d'achats dont il a la responsabilité jusqu'à présent, et qui peuvent l'influencer ou l'entraver lorsqu'il doit traiter des besoins liés à l'innovation.

Il doit, par exemple, capitaliser sur les outils et les critères utilisés par les acheteurs d'autres familles d'achats afin d'améliorer ou enrichir les siens. Il pourra également élargir ses sources d'information : financières, professionnelles, base de données sur le dépôt de brevets, etc. Cela doit lui permettre d'être plus à l'écoute du marché pour mieux le comprendre, pour mieux en anticiper les changements, d'être force de proposition, et ainsi aider à la prise de décisions éclairées.

S'il souhaite conduire avec succès une mission d'innovation fournisseur, l'acheteur devra avoir un double rôle, celui de gestionnaire de partenariats et de pilote du projet d'innovation fournisseur.

Il doit améliorer le mode collaboratif qu'il a avec ses prescripteurs afin de partager avec lui les enjeux, orientations, processus métier, objectifs liés au besoin afin de chercher et trouver comment répondre au mieux à ce besoin (sourcing produits/service ou fournisseur, rapidité dans la réponse au besoin, etc.), et non plus se cantonner dans l'exécution d'« actes » d'achat fondés sur des

LA CRÉATION CHOC DE LA FONCTION D'ACHETEUR INNOVATION

À la suite de la nomination du nouveau CEO, cette compagnie d'assurances a connu une réorganisation visant à continuer ses objectifs de réduction du « *time to market* » dans la commercialisation de ses produits d'assurances. Mieux capter l'innovation a été un des axes identifiés pour atteindre cet objectif. Une direction de l'innovation a été créée. Cette direction a pour mission d'identifier les démarches innovantes du marché, de les étudier, d'identifier celles qui seraient pertinentes en vue d'être mises en application rapide. En parallèle, la direction des •••

expressions de besoins de produits ou services prédéfinies.

Cette collaboration permet alors d'être aligné sur les objectifs, d'identifier les éventuels obstacles ou contraintes (réglementaires, par exemple) qui n'ont pas forcément été identifiés par le prescripteur. L'acheteur participe alors plus activement dans l'expression du besoin en aidant à la construire. Il sera perçu comme étant un acteur proactif (et non plus réactif), flexible et pertinent permettant d'aider à apporter des résultats correspondant aux attentes du prescripteur, donc de l'entreprise.

En outre, les facteurs de succès d'un acheteur agile résident dans sa capacité de flexibilité, d'adaptabilité d'une part, et d'autre part à faire preuve de proactivité et d'innovation notamment avec ses fournisseurs.

Pour les organisations achats

La principale entrave à la prise en compte de l'innovation fournisseur est la prise de risque, et les organisations achats ne l'appréhendent pas toujours de manière appropriée.

En vue d'éviter que les dépenses liées à l'innovation ne soient pas couvertes par départements ou directions, et ce, par manque de réactivité ou de pertinence tels que peuvent le percevoir les prescripteurs, de plus en plus d'organisations achats se mettent à créer de nouveaux postes d'acheteurs, spécialisés dans l'innovation. Ces « nouveaux » acheteurs deviennent alors les correspondants privilégiés soit des prescripteurs à qui sont confiés des projets liés à l'innovation, soit de départements ou directions innovation qui ont en charge, entre autres, la veille sur les marchés de toutes démarches innovantes qui pourraient être déployées en vue de réduire le « *time to market* » pour proposer de nouveaux biens ou services aux consommateurs, ou d'améliorer les biens ou services existants.

Dans la mesure où les organisations achats ont des effectifs restreints, il appartient au management achats d'augmenter le nombre de jours dédiés à la veille marketing (participation à des salons liés à l'innovation, webinaires ou autres ateliers proposés par les fournisseurs) et au suivi des prescripteurs pour des points récurrents.

Dans les deux cas, intégrer des critères liés à l'innovation dans les KPI achats peut être envisagé. Le principal enjeu dès lors sera de concilier le temps long de l'innovation et l'exigence des résultats à court terme.

> **« La question de l'agilité ne se pose plus. L'agilité dans les achats doit permettre de répondre au mieux à un besoin nouveau. »**

••• achats a élargi ses compétences en créant des postes d'acheteurs innovation. Ces acheteurs sont les interlocuteurs principaux de la direction de l'innovation. Ils ont pour rôle de compléter les informations des fournisseurs existants, en ajoutant des critères liés à l'innovation sur lesquels ces fournisseurs doivent répondre. Certains fournisseurs (dans l'IT) ont mis en place des « labs », service de R&D ou de veille technologique et/ou proposent des « workshops » de « brainstorming ». Suivre ces fournisseurs, en visitant leurs « labs » ou en participant à leurs « workshops », permet de mieux identifier ceux qui seraient en mesure d'être moteurs dans l'innovation.

57

La « suggestion fournisseur »

Agir en collaboration

La « suggestion fournisseur » est une démarche collaborative permettant aux fournisseurs de proposer des axes d'amélioration à ses clients, tant qualitatifs que quantitatifs. Comment mettre en place ce type de démarche ?

Les étapes du processus

Le processus de « suggestion fournisseur » s'appuie sur l'idée qu'un fournisseur détient l'expertise de son produit et/ou de son service, et est donc stratégiquement le mieux positionné pour innover. Le besoin constant d'amélioration de la productivité a profondément modifié le rapport entre acheteurs et fournisseurs. À ce titre, des pratiques collaboratives se développent plus rapidement.

Afin de mettre en place un programme de « Suggestion Fournisseurs », trois étapes sont nécessaires :

- obtenir des suggestions,
- les implémenter,
- et les reporter.

La première va consister à « obtenir la suggestion ». Afin que la démarche soit mise en place plus efficacement, l'implication et l'information des collaborateurs en amont du processus sont nécessaires. En effet, les collaborateurs concernés pourront plus facilement identifier les catégories d'achats (Capex, matières premières, services généraux, etc.) et le type d'amélioration visé (coût, qualité, production, etc.), afin de permettre le ciblage des fournisseurs potentiels à intégrer en premier lieu dans la démarche.

Les fournisseurs sélectionnés doivent être des partenaires privilégiés de la société, caractérisés par l'importance des relations commerciales

LE « BUILD OPERATE TRANSFER » (BOT) DANS L'IT : EXEMPLE FOU

Le BOT est une offre de services proposée par des ESN « globales » comme étant le « meilleur » moyen, pour une direction IT, de disposer d'un centre de compétence propre (« captive ») dans des « low cost countries », tout en ne disposant pas de ressources et/ou compétences locales pour le faire elle-même. Trois phases constituent ce service.

La première est la phase de « Build » : y sont définis les paramètres et objectifs généraux de la relation, le recrutement (interne ou externe) des effectifs initiaux, la période de formation •••

avec l'entreprise (historique, chiffre d'affaires, liens réguliers, etc.) et leurs places sur le marché. Les suggestions peuvent être obtenues de différentes manières, comme l'organisation de brainstorming ou la mise en place de réunion dédiée, où il faut aborder la question dès les négociations contractuelles.

Dans le secteur des NTIC, de plus en plus d'ESN proposent des démarches allant dans ce sens : procédés de gains de productivité sur tout ou partie de prestations en cours qui leur ont été confiées, le « Built Operate Transfer », etc.

Implémenter

Une fois la suggestion obtenue, il est nécessaire de la formaliser et de l'analyser afin de pouvoir rendre possible « la mise en place » (*via* une étude d'opportunité, par exemple).

Afin d'évaluer son intérêt et sa faisabilité, il est nécessaire qu'elle soit examinée et présentée à un comité de validation, composée de collaborateurs en mesure de valider les aspects techniques, qualitatifs, financiers, juridiques (pour les risques éventuels), et, selon les secteurs d'activité, réglementaires.

Reporter

La décision d'implémenter ou non une suggestion est une décision commune. Dans le cas où la suggestion serait réfutée par le comité, le fournisseur doit être tenu informé de la décision du comité et de ses raisons.

La dernière étape de ce processus est le reporting. Mesurer les résultats aura pour double conséquence de démontrer les effets positifs de la politique mise en place et de motiver les fournisseurs à s'impliquer d'autant plus dans la démarche.

Partage de compétences

La mise en place d'une pratique collaborative a l'avantage d'impliquer fournisseurs et acheteurs dans un même projet. C'est ainsi une manière de développer les relations commerciales et de les inscrire dans une démarche de partenariat à long terme. De plus, la réunion des acteurs principaux du processus de production réunis dans une même démarche permet de favoriser le partage et le transfert des connaissances.

Enfin, il ne faut pas hésiter à motiver les fournisseurs à participer en partageant avec eux les retombées positives que peut avoir une suggestion. Par exemple, un fournisseur ayant permis de réaliser des économies financières peut être récompensé par l'entreprise, qui lui versera une partie des économies effectivement réalisées. Ainsi, l'amélioration de la productivité passe par un dépassement du clivage ancré entre acheteurs et fournisseurs, en développant les pratiques collaboratives, profitant à tous.

« Une bonne idée ne l'est vraiment que si elle est appliquée. »

••• et l'environnement client (locaux sécurisés, connectivité réseau dédiée). La deuxième phase, « Operate », permet de gérer le cycle de vie des développements applicatifs, la montée en puissance en effectifs en fonction des besoins et intègre virtuellement l'équipe externe locale (support produit) à l'équipe client. La dernière phase concerne la phase de transfert avec l'enregistrement pour le compte du client de l'entité créée, auprès de l'administration en respectant la législation locale, et qui acte du transfert officiel de cette entité au client. Chaque phase est facturée et peut être sujette à un « go-no go » de la part du client, lui permettant de mettre fin à ce service moyennant compensation.

58

Le passage au « tout dématérialisé »

Déployer un SI Achats ?

Le passage au « tout dématérialisé » a acquis une importance non négligeable. Cela présente de ce fait plusieurs avantages : regroupement et fiabilité de données achats au niveau groupe, accélération de processus, réduction du coût administratif des commandes, moins de documents sous format papier, etc. Toutefois, réussir à déployer correctement un système d'information achats nécessite de suivre et respecter certaines règles. Les SI Achats peuvent être décisionnels (data crunching, tableaux de bord, pilotage…) ou transactionnels (catalogues, commandes, P2P…) ou les deux suivant les besoins de l'entreprise.

Les bonnes recettes

Tout d'abord, il convient de définir le besoin de l'entreprise. Il faut donc définir ou identifier les fonctionnalités en fonction du type d'utilisateurs finaux et ce qu'ils attendent de ce système d'information (SI). En effet, le SI doit être facile d'utilisation, convivial et particulièrement ergonomique. L'ensemble des problématiques opérationnelles des utilisateurs finaux doit être pris en compte afin d'avoir un seul SI utilisé pour l'ensemble des sites ou entités de l'entreprise.

Plusieurs points doivent alors entrer en ligne de compte :

- gestion de la relation fournisseur ;
- gestion des dossiers d'achats (AO, référencement…) ;
- relations internes ;
- analyses achats ;
- référentiels ;
- intégration au SI global de l'entreprise (exERP).

De plus, l'intégration des fournisseurs dans le SI *via* un portail fournisseur, par exemple, permet d'intégrer leurs propres données (logistiques, financières…) et, entre autres, de faciliter le quotidien des acheteurs.

Une bonne connaissance des produits existants sur le marché permettra de proposer plusieurs solutions. En effet, à l'instar des éditeurs de logiciel tels que SAP ou Oracle, plusieurs modules achats

LES FONCTIONNALITÉS POUR UN SI ACHATS

Les fonctionnalités peuvent être catégorisées de la sorte : gestion de la relation fournisseur, gestion des dossiers d'achats, analyses achats, référentiels, relations internes et intégration au SI global de l'entreprise. Concernant la gestion des dossiers d'achats, nous pouvons évoquer la gestion de la relation avec les prescripteurs. Elle inclut, entre autres, la gestion de demandes d'achat incluant un workflow de validation, le partage de certains documents (enquête de satisfaction, le dossier de consultation et les réponses fournisseurs associées, etc.). •••

« standard » existent sur le marché et permettent de mesurer des indicateurs tels que la performance achats, la qualité, le taux de service... Il existe des éditeurs spécialisés qui proposent des solutions achats complètes.

En termes de management du projet, il convient de piloter le déploiement sur la base d'objectifs réalistes définis en fonction des équipes en place. Il s'agit de mettre en place un outil de pilotage opérationnel (tableau de bord d'avancement, planning...).

Il faudra donc, parallèlement à la création de cet outil de pilotage opérationnel, définir un plan de déploiement :

- quels sites ;
- quels modules ou fonctionnalités ;
- quels acteurs référents pour le nouveau SI ;
- etc.

Pour faire face aux imprévus pouvant apparaître en cours de projet, il est important de réfléchir sur des solutions alternatives (prolongation des solutions existantes si elles ont été décommissionnées ; prolongation du support pour les solutions internes, prolongation des droits d'utilisation auprès des éditeurs, etc.). Une équipe projet sera ensuite constituée afin d'assurer information, implication et accompagnement des acheteurs tant sur le plan technique que relationnel et vivre le déploiement au quotidien avec les acheteurs.

Aussi bien en interne qu'en externe

Point essentiel, une bonne communication, bien organisée, favorisera la participation et l'implication de tous.

L'équipe projet aura la responsabilité de suivre le déploiement et de communiquer *via* des tableaux de bord, par exemple. La stratégie de déploiement devra également être communiquée aux collaborateurs qui pourront suivre les stades d'avancement. La communication permettra également de mettre en avant les améliorations et bénéfices apportés par le nouveau SI Achats et de valoriser les efforts fournis par chacun des acteurs. Toutefois, il ne faut pas oublier de faire part des difficultés rencontrées liées à l'utilisation du SI ou à l'adéquation du SI au métier achats de l'entreprise et de montrer les solutions qui ont abouti. Cela ne peut que rassurer les utilisateurs finaux qui, sinon, peuvent faire preuve de résistance au changement.

> ***« En finir avec le fichier Excel avec les SI Achats décisionnels (data crunching, tableaux de bord, pilotage...) ou transactionnels (catalogues, commandes, P2P...). »***

••• La gestion du « process de consultation » (RFI et RFP) est une autre fonctionnalité attendue. Elle peut inclure la création de la consultation incluant le cahier des charges (rédigé ou en pièce jointe), la communication avec les fournisseurs (envoi des NDA, e-mails types, session de questions-réponses, etc.), les analyses (grille de comparaison des offres, de notation et évaluation, synthèse, analyse des réponses, dossier de choix), agenda des dates clés de la consultation (dates de début, de soutenance, de clôture), la gestion des alertes, le stockage des documents de la consultation (dépose et partage des documents). La traçabilité des dossiers d'achats est une fonctionnalité répondant à des impératifs de conformité : indexation, historiques des dossiers, journal des logs.

3 conseils de…

Emmanuelle Wallon

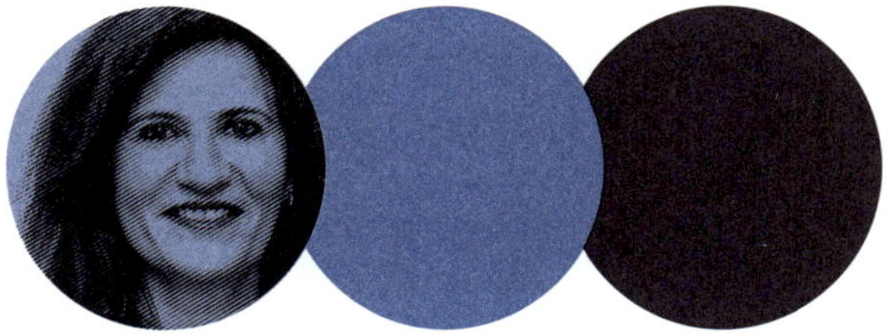

Comment innover dans les achats ?

Provoquez l'innovation

Innover dans une entreprise, c'est vouloir augmenter sa valeur en lui permettant de mettre en œuvre un avantage concurrentiel durable sur son marché, c'est aussi parfois assurer sa survie pour ne pas se faire dépasser par les marchés. Contribuer à apporter des bénéfices clients, imaginer les produits et services de demain, gagner en efficience sur nos organisations, identifier les problèmes que l'on ne sait pas résoudre en l'état, tisser de nouvelles relations en externe comme en interne, voilà ce qui vous permettra d'innover et vous positionnera en tant qu'« intrapreneur Achats ».

L'innovation, il faut d'abord vouloir aller la chercher, en faire une des priorités au même titre que celle de la réduction des coûts déjà bien assimilée dans la fonction achats. À une équipe achats, je conseillerais donc de mettre l'innovation au cœur de sa stratégie et dans les objectifs annuels de chaque acheteur.

Pour innover, il faut avant tout adopter un état d'esprit d'ouverture, de partage, de créativité, de prise de risques, combiner un savant mélange de persévérance et d'humilité : ne pas s'arrêter à un « Non » et mobiliser les décideurs, rester collectif et faire en sorte que chacun s'approprie les idées.

Soyez connecté pour innover

Vous devez être connecté à la fois avec l'interne et l'externe, mais surtout connecter l'interne vers l'externe et l'externe vers l'interne, à la manière d'un chef d'orchestre à l'écoute et attentif à l'ensemble des connexions et à l'intelligence collective.

En étant connecté à l'interne, vous serez au cœur du business de votre entreprise, vous comprendrez son histoire, sa culture, sa stratégie et ses besoins clients. C'est la base pour s'inspirer, pour comprendre comment devancer les besoins et animer la collaboration.

Concrètement, vous pouvez établir une liste de vos principaux interlocuteurs et planifier des rencontres régulières pour capter les demandes et présenter le catalogue de vos innovations. Organisez également des tournées de visites clients avec vos commerciaux, passez du temps sur les lieux de vente et sur les sites en ligne de votre entreprise, mais aussi sur ceux de vos concurrents et autres sociétés référentes des meilleures pratiques.

Être connecté avec l'externe est clé. On ne peut pas innover sans nos fournisseurs. Nous comptons

Emmanuelle Wallon est la directrice Achats donnée en exemple en termes de capacité à apporter de l'innovation de ses fournisseurs vers l'entreprise cliente. Emmanuelle Wallon est aujourd'hui directrice Achats de Clarins. Elle a préalablement eu des postes de direction Achats chez L'Oréal, Essilor, Bio Springer ou Lesaffre. Sa vision est claire et pragmatique sur un sujet de pointe aux achats.

donc d'ailleurs sur eux, nous devons soigner la relation fournisseurs sur le fond comme sur la forme pour faciliter la collaboration. Avec vos fournisseurs, parlez innovation : organisez des visites chez eux afin qu'ils vous présentent leurs innovations, intégrez dans votre appel d'offres la possibilité de présenter des solutions alternatives, animez une journée innovation autour d'un thème prioritaire pour votre entreprise, favorisez la coconception en amont des projets, réunissez des fournisseurs de différents domaines pour apporter des solutions à votre entreprise, dédiez une demi-journée par mois à votre équipe pour prendre de la hauteur, gérez la contractualisation en amont de façon équilibrée autour de l'innovation avec une exclusivité temporaire. N'hésitez pas à revoir votre business model pour des résultats durables. Valorisez l'avantage potentiel au-delà du coût direct.

Soyez connectés au-delà de votre panel fournisseurs. Par exemple, participez à des salons, des conférences, allez voir des start-up, testez des plateformes digitales mondiales, rapprochez-vous d'une école en lançant un défi sur l'une de vos problématiques…

Communiquez

Contribuer à l'innovation, c'est un enjeu motivant qui implique les équipes autour d'une forme de curiosité partagée.
N'hésitez pas à mettre en avant les innovations de vos fournisseurs autour de vos projets, de démontrer leur valeur ajoutée, cela permet de valoriser la relation mais aussi d'encourager une dynamique de l'innovation avec une culture de la coopération interne-externe. Faites en sorte que l'ensemble des parties prenantes s'approprient l'innovation.

Intégrez le suivi de vos résultats dans votre tableau de bord achats, les indicateurs de performance seront alignés avec les objectifs de votre entreprise.

« Être connecté avec l'externe est clé. On ne peut pas innover sans nos fournisseurs »

#7

Adopter une démarche achats RSE et gérer les risques

« Convaincu que RSE et développement durable sont essentiels, comment puis-je les intégrer dans mon process d'achat ? Comment anticiper une crise avec un fournisseur ? »

59

Les « nouvelles » politiques d'entreprises

Performer durablement

Responsabilité sociétale d'entreprise et développement durable sont de plus en plus présents dans les politiques d'entreprises, et ce, depuis plusieurs années. L'économie circulaire est une notion plus récente. Ces trois notions peuvent apparaître comme étant similaires et/ou complémentaires.

Le développement durable

Selon l'Organisation des Nations unies, dans son rapport de la Commission mondiale sur l'environnement de 1987, dans lequel la notion de développement durable a été pour la première fois abordée, « le développement durable est un développement qui répond aux besoins du présent sans compromettre la capacité des générations futures à répondre aux leurs ».
En France, c'est l'Association française de normalisation (Afnor) qui a défini le développement durable comme un état où « les composantes de l'écosystème et leurs fonctions sont préservées pour les générations présentes et futures », incluant les êtres humains (notion d'équilibre entre la satisfaction de leurs besoins essentiels avec leur environnement physique), la faune et la flore.
C'est sur la base de ce rapport que les premières politiques de développement durable ont été construites en y intégrant les normes de l'Organisation internationale du travail (OIT) sur lesquelles les entreprises s'engagent. Ces engagements ont été transposés sous forme de clauses juridiques qui ont été intégrées aux contrats d'achat afin d'impliquer les fournisseurs. Entretenir avec ses fournisseurs une relation responsable et durable permet de créer de la valeur à long terme pour toutes les parties prenantes, mais aussi de contribuer au progrès et à l'innovation.

L'EMPLOI DES PERSONNES EN SITUATION DE HANDICAP
Afin de faciliter l'accès à l'emploi des personnes en situation de handicap, la loi du 10 juillet 1987 a créé une obligation, pour toute entreprise de plus de 20 salariés, d'employer des personnes se trouvant dans cette situation, fixant leur taux d'emploi à 6 % depuis la loi du 11 février 2005. Une contribution est versée à l'Agefiph (FIPHFP, pour la fonction publique) en cas de non-respect de cette obligation. Respecter cette obligation étant souvent difficile, une loi de 2018 permet de comptabiliser tout travailleur handicapé, quelles que soient les durées et •••

Au fil des évolutions d'organismes internationaux (Pacte mondial des Nations unies), les engagements pris ont augmenté afin de faire progresser les dix principes universels relatifs aux droits de l'Homme, aux normes du travail, à l'environnement et à la lutte contre la corruption.

La responsabilité sociétale d'entreprise

Il s'agit d'une politique transversale, fondée sur des engagements, partagée par l'ensemble des collaborateurs d'une entreprise et qui peut être déclinée à tous les niveaux de son activité, dont les achats.

Les principaux engagements intègrent les aspects figurants dans les autres notions :

- le développement de produits innovants et durables ;
- la promotion des pratiques respectueuses de l'environnement ;
- la prise en compte du capital humain.

Est en plus prise en considération la protection de l'entreprise et de sa réputation. Cette politique a également été transposée sous forme de clauses juridiques qui ont été intégrées aux contrats d'achat. Le développement durable est de plus en plus intégré aux politiques de l'entreprise (du fait notamment des préoccupations grandissantes de leurs clients concernant les achats responsables) et en particulier sous forme d'objectifs pour la direction achats.

L'économie circulaire

Elle a pour objectif de promouvoir un système de production moins émetteur en carbone et déchets, et plus économe dans sa consommation en énergie et d'autres ressources naturelles, contrairement au système classique de production fondé sur la création de richesse, et qui est perçu comme nuisible par la surconsommation des ressources et ses impacts sur l'environnement.

Selon elle, les nouveaux modèles de production et de consommation dont elle fait la promotion sont en mesure d'être créateurs d'activités et d'emplois, durables et non délocalisables.

En France, c'est lors du Grenelle de l'environnement en 2007 que cette notion a été abordée par les médias. C'est seulement en juin 2014, à Paris, que les premières Assises de l'économie circulaire ont été organisées conjointement par l'Agence de l'environnement et de la maîtrise de l'énergie (ADEME) et l'Institut de l'économie circulaire. Au vu des sept piliers de l'économie circulaire identifiés par l'ADEME (l'approvisionnement durable, l'éco-conception, l'écologie industrielle et territoriale, l'économie de la fonctionnalité, la consommation responsable, l'allongement de la durée d'utilisation par le consommateur et le recyclage), l'économie s'adresse à l'ensemble des citoyens, personnes physiques ou morales.

« La planète n'est plus oubliée par les acheteurs. »

••• natures de contrat. Le dispositif a été élargi à la sous-traitance auprès d'entreprises adaptées (EA) ou établissements et services d'aide par le travail (ESAT). C'est dans ce cas de figure que les acheteurs interviennent en identifiant les fournisseurs (panel existant ou non), qui ont signé un accord ou s'engagent dans une politique en faveur de l'emploi de personnes en situation de handicap (taux d'emploi, embauche, adaptation du poste de travail, etc.). L'intervention de l'acheteur se fait aussi auprès des prescripteurs (obligation pouvant faire partie de leurs objectifs) : voir avec eux quels besoins pourraient être confiés pour prise en compte dans les expressions de besoin adressées. Cela permet de réduire la contribution Agefiph et se conformer à la RSE.

60

La politique achats responsables, en vrai

Structurer une priorité

Si le développement durable s'est imposé comme une priorité dans de nombreuses organisations, la mise en œuvre d'une politique achats responsables est loin d'être acquise. Voici quelques clés pour réussir un tel projet.

Besoin de direction générale

Depuis plusieurs années, le développement durable est devenu une priorité affichée des directions achats. Pourtant, dans les faits, la prise en compte de critères environnementaux, sociétaux et culturels est loin d'être systématique, à l'exception notamment des très grandes entreprises. Le développement durable serait-il incompatible avec les traditionnels critères de qualité, de coûts et de délais des acheteurs ?

Non, bien au contraire. Mais encore faut-il connaître les prérequis à la mise en place d'une politique achats durables réussie.

Comme pour toute élaboration de stratégie, la direction achats doit recevoir le soutien impératif de la direction générale. Cette initiative s'inscrit parfois dans une démarche globale de la direction générale visant à mettre en place une responsabilité sociétale d'entreprise (RSE). L'attention portée aux critères liés au développement durable va modifier les habitudes au sein des directions opérationnelles, déjà peu enclines à l'intervention des achats.

Cette nouvelle donne peut, toutefois, faciliter la communication. Il convient de former les acheteurs. En effet, la prise en compte de critères sociaux et environnementaux n'est pas naturelle pour toute une génération d'opérationnels,

LES SOLUTIONS D'ÉVALUATION INDISPENSABLES

Ce type de solution présente un certain nombre d'avantages. L'industrialisation proposée permet un gain de temps car l'évaluation des fournisseurs est faite une seule fois (soit par un client, soit par le fournisseur du fait du caractère collaboratif de ces solutions). Le résultat est partagé auprès des entreprises utilisatrices de ce type de service, qui n'ont plus à le faire. Outil support à la mise en place d'une stratégie de sélection des fournisseurs, il permet de s'intégrer au processus de consultation. La cartographie de la conformité fournisseurs aux normes internes •••

d'autant que les critères de qualité, coûts et délais, rappelons-le, ne sont pas écartés.
En pratique, une politique achats durables est un formidable accélérateur de maturité achats car elle oblige l'acheteur à raisonner en coût complet — comprenant la valeur faciale de l'achat, mais aussi les coûts d'utilisation et de recyclage — plutôt que de se focaliser sur les économies à court terme. Un benchmark avec ses confrères ne peut être qu'encouragé.

Nommer un référent développement durable

De plus, il est conseillé de nommer un interlocuteur achats (responsable fonction support, par exemple). Il travaillera avec le « référent » qui a en charge la politique de développement durable de l'entreprise (achats, conformité, RSE, etc., selon l'organisation de l'entreprise) pour la décliner en politique achats durables, qui s'apparente à une véritable gestion de projet. Ensemble, ils devront déterminer les critères, KPI qui seront intégrés dans les fiches fournisseurs et les grilles d'évaluation. Ils feront l'objet de suivis. Une solution d'évaluation facilitant la gestion des critères « responsables » des fournisseurs (partage, suivi des performances) est à envisager.
Avec l'aide des juristes, il faudra identifier les documents en cours, impactés, par exemple :

- les contrats actifs pour lesquels un avenant sera nécessaire pour intégrer la clause de développement durable et annexes) ;
- les modèles types (contrat, cahier des charges, grilles d'analyse des offres, d'évaluation fournisseur, etc.).

L'acheteur devient alors l'interlocuteur privilégié des clients internes et des fournisseurs concernés.
Il lui appartient notamment de rappeler les objectifs fixés et hiérarchisés par sa direction en matière d'achats durables (priorités environnementales, sociales ou culturelles).
Concernant les marchés fournisseurs, tenir compte des critères durables peut être l'occasion de remettre à plat son panel. Intégrer de nouveaux fournisseurs est une opportunité. Développer des partenariats avec des prestataires historiques pour que les deux parties montent en compétence est une autre démarche intéressante et constructive. À condition, bien entendu, de se tenir à ses objectifs.

« La responsabilité est entre les mains de tous. Former les acheteurs aux prérequis d'une politique achats durables permet une vision au-delà du simple court terme. »

••• de l'entreprise est une autre fonctionnalité proposée. Selon les éditeurs de ces solutions, leurs utilisations permettraient de faire baisser les coûts relatifs aux traitements achats des RSE de 60 à 80 % par rapport aux traitements effectués de bout en bout en interne. Ces performances sont à rapprocher du réel besoin, de la couverture de la politique achats envisagée, des ressources internes identifiées à la mise en place de celle-ci, de la volumétrie des dossiers gérés par les achats afin de déterminer le réel retour sur investissement, le coût de ces solutions étant souvent supporté par les budgets de fonctionnement des directions achats. L'évaluation est très souvent payée par le fournisseur. Il faut donc le convaincre.

61

La gestion des risques fournisseurs

Faire face aux différents problèmes

Les risques fournisseurs sont très nombreux et varient selon l'activité même de chaque entreprise ou selon la nature des achats. Il y a encore des entreprises qui les sous-estiment et qui se trouvent en situation de crise avec leurs fournisseurs. Les responsables achats sont en charge de la gestion des risques fournisseurs, risque majeur identifié par les entreprises. Même si éliminer tous les risques est optimiste, les limiter est possible par une politique de gestion des risques. Nous allons présenter ci-après les étapes clés pour mettre en place une telle politique.

Identifier les risques fournisseurs

Une entreprise industrielle ou une entreprise qui mène de grands projets d'ingénierie ne seront pas exposées aux mêmes risques. Les risques diffèrent selon le type d'achats (production ou hors production). Ils peuvent être classés en quatre grandes catégories :

- les risques opérationnels sont directement liés aux biens ou services proposés par les fournisseurs : respect des délais, de la qualité, etc. ;
- les risques stratégiques ou financiers concernent la capacité des fournisseurs (financière, de production) pour accompagner l'entreprise dans sa stratégie à long terme sans pour autant se trouver en situation de dépendance ;
- les risques contractuels et législatifs peuvent concerner la conformité des biens et services à la législation, l'équilibre économique du contrat et des lois applicables, les responsabilités qui découlent des obligations contractuelles des deux parties ;
- les risques de « mauvaise image », eux, sont liés aux aspects éthiques, sociétaux et environnementaux. Une infraction constatée chez un fournisseur peut avoir de fortes répercussions sur l'image de l'entreprise « cliente ». Notons que le risque peut être interne.

GESTION DES RISQUES ET RSE

Développement durable et gestion des risques sont étroitement liés. Le management des risques fournisseurs est l'un des outils des politiques d'achats responsables. En effet, une véritable stratégie d'achat durable nécessite des outils d'évaluation, de contrôle et •••

Hiérarchiser les risques

Une fois les risques identifiés, il faut les hiérarchiser. Ce classement se fait généralement selon une pondération « fréquence/impact financier du risque ». Pour chaque entreprise, cette hiérarchisation dépendra de sa culture et de son activité. Une entreprise B to C ayant développé une forte image vis-à-vis de ses clients mettra l'accent sur la prévention des risques « d'image ». Un risque, qui deviendrait avéré, peut détruire l'ensemble de sa stratégie. *A contrario,* une PME B to B sera beaucoup plus alertée par les risques opérationnels qui pourraient la mettre en difficulté vis-à-vis de ses clients finaux. Afin de bien partager et communiquer sur ces risques, il est utile de réaliser un mapping ou une matrice des risques fournisseurs. Les outils d'analyse des risques sont nombreux.

Évaluer et arbitrer

Le mapping des risques établi, il faut désormais passer en mode opérationnel et positionner des outils de management des risques fournisseurs simples et efficaces pour quantifier le risque. Ces outils sont très nombreux et particuliers à chaque entreprise. Nous pouvons cependant citer : les audits sur site, les autoévaluations sous-traitants, les contrats qualité, les chartes d'éthique, les plannings de développement avec jalons de contrôle, les études capacitaires et les études financières. Les résultats de ces études seront analysés et serviront de base aux arbitrages qui pourront être faits. Dans les sociétés où les clients internes (ingénierie, marketing) ont un pouvoir important quant aux préconisations fournisseurs, les études des risques sont un moyen efficace, transparent et factuel d'aide à la prise de décision. Dans certains cas, il s'agit aussi d'instaurer des démarches de prévention des risques comme les FMEA (*failure modes and effects analysis*) très développées dans le secteur automobile.

Contrôler et alerter

La décision prise, il est essentiel de contractualiser précisément avec le fournisseur et d'indiquer clairement les résultats attendus. Quand les objectifs sont clairement définis, il s'agit de les suivre et de les contrôler. Lorsqu'une dérive est constatée, il faut apporter une réponse proportionnée au risque encouru. Lorsqu'un planning n'est pas respecté, l'acheteur peut y apporter une réponse en proposant des actions correctives. Tout changement émanant du fournisseur (hausse des coûts importante, changement du lieu de production, etc.) devra faire l'objet d'une communication vers la direction qui pourra agir en conséquence.

« Il faut être rationnel avec l'irrationnel. »

••• de prévention des risques fournisseurs. Cela permet de se prémunir de tout risque d'image en menant des audits sur site chez les fournisseurs, s'assurer qu'ils ne pratiquent pas de travail dissimulé, de vérifier que ses sous-traitants sont bien en phase avec ses objectifs en matière de développement durable ou RSE.

62

La crise avec un fournisseur

Avoir une approche méthodique

Depuis les différentes crises de ces dernières années, la vague d'incertitude s'est installée ou accrue au sein des entreprises. Cela a profondément modifié les relations entre acheteur et fournisseur. Comment piloter une crise fournisseur ?

Réagir

La situation financière d'une entreprise peut se détériorer d'un trimestre à l'autre. En effet, l'activité d'un fournisseur peut être impactée par tous types de crises comme une rupture d'approvisionnement en matière première, les mouvements sociaux, des crises géopolitiques ou même par une instabilité boursière. La réaction des fournisseurs se fait ainsi de manière plus brutale. Augmentation de prix, livraisons non respectées en termes de délais ou quantités, ou même dépôt de bilan sont autant de situations auxquelles un acheteur doit savoir faire face. Il doit être en mesure de mettre en place les solutions adéquates.

À ce titre, il est important de pouvoir différencier les différents niveaux de criticité afin d'identifier de quelle manière l'activité va être impactée (production perturbée, blocage du processus...).

Déterminer le degré de criticité de la crise va ainsi permettre d'identifier les éléments qui pourraient aggraver la situation. L'acheteur pourra agir en conséquence dans le cadre de la mise en place d'un plan de résolution adapté à la situation.

Ce plan devra cibler et décrire précisément les risques auxquels l'entreprise sera exposée. Une identification des risques avec les équipes métier permettra de trouver des axes de résolution

ANTICIPER UNE CRISE PAR LA GESTION DES RISQUES

Ne pas se trouver dans une situation de crise ne passe que par son anticipation, et ce par la mise en place d'une gestion des risques. Même si le risque « zéro » n'existe pas, la gestion des risques fournisseurs est un outil achats puissant permettant d'éviter de se trouver en situation de crise ou de limiter les aléas qu'une crise peut engendrer sur l'activité économique ou l'image •••

beaucoup plus précis et efficaces. La mise en place du plan d'action devra s'accompagner d'un plan de communication à destination des différentes parties impliquées.

Anticiper et gérer les défaillances fournisseurs ?

Certains signaux permettront d'anticiper et de mettre en place un plan de gestion des risques adéquat, d'autant plus si un plan de gestion des fournisseurs (Supplier Relationship Management) a été mis en place. Ainsi, si un fournisseur présente des risques de défaillance, plusieurs possibilités s'offrent à l'acheteur pour éviter d'exposer l'activité de son entreprise à un risque critique.
Le premier réflexe est d'éviter d'augmenter le volume du chiffre d'affaires auprès du fournisseur, donc en évitant de lui confier de nouveaux marchés.
La diversification de son panel fournisseur reste un des moyens les plus sûrs de se prémunir contre les risques de défaillance. Dans le cas où le produit et/ou service ne pourrait pas être rendu par un autre fournisseur, l'acheteur ne doit pas hésiter à s'appuyer sur l'aide de fournisseurs concurrents du même secteur ou sur la R&D pour développer des solutions alternatives.
Les solutions plus rapides nécessitent l'élaboration d'un plan d'urgence, afin d'assurer la continuité de l'activité. Si le dépôt de bilan d'un fournisseur n'a pas été anticipé, l'acheteur devra faire preuve de réactivité pour débloquer la situation en cherchant et en trouvant les alternatives les plus efficaces (concurrents, produits alternatifs, stock de sécurité…), permettant de minimiser les pertes du fait du fournisseur défaillant.

Pour ne plus être dans la réaction face à une crise mais dans son anticipation, une cartographie identifiant les risques liés à chaque étape du processus de production sera nécessaire avec un focus sur les activités critiques et bloquantes pour la production. L'acheteur pourra identifier les solutions alternatives (fournisseurs, coûts, mobilisation des ressources).
Un dispositif de veille (évaluation financière, rating pays, etc.) complétera l'identification du risque métier et écartera les fournisseurs risqués.

« Préparer les crises potentielles ne rapporte rien à court terme, mais beaucoup à long terme. »

••• d'une entreprise. La gestion des risques suit une méthodologie en plusieurs phases : identifier les risques fournisseurs (risques opérationnels, risques stratégiques ou financiers, risques contractuels et législatifs, risques de « mauvaise image »), leur hiérarchisation (en fonction de l'activité, en les pondérant) en vue de bâtir une cartographie, en effectuant des évaluations *in situ* pour arbitrage et leur contrôle en vue d'alertes éventuelles.

63

Recours à l'externalisation et risques

Éviter le délit de marchandage

Depuis de nombreuses années, les entreprises ont tendance à se recentrer sur leur cœur d'activité. Ce phénomène s'est accentué par le contexte économique actuel. Elles ont donc de plus en plus recours à l'externalisation. Cette mise à disposition de salariés externes, sans précautions, peut entraîner le déclenchement de dispositions protectrices issues du droit du travail qui peut remettre en cause l'opération d'externalisation elle-même. Il convient de porter une attention particulière à la rédaction des contrats, notamment en ce qui concerne le délit de marchandage.

Le délit de marchandage est encadré par l'article L. 82311 du Code du travail qui prohibe toute opération à but lucratif de fourniture de main-d'œuvre qui a pour effet de causer un préjudice au salarié qu'elle concerne ou d'éluder l'application de dispositions légales ou de stipulations d'une convention ou d'un accord collectif du travail.

Cette problématique concerne tous les secteurs dans lesquels du personnel additionnel sera mis à disposition. Les prestations intellectuelles doivent donc faire l'objet d'une attention particulière.

La responsabilité de l'acheteur

En raison de sa fonction, l'acheteur de prestations intellectuelles est fortement concerné. Il se doit de s'assurer que les règles de bases sont bien respectées et formalisées quand sont abordés les aspects contractuels pour éviter toute ambiguïté. Il doit donc s'assurer, lors de l'achat de prestations intellectuelles, que la tâche, objet du contrat, est clairement définie : livrables concrets, délais, engagement de résultat.

Il doit également définir la situation du personnel détaché et son encadrement. En effet, le personnel mis à disposition doit être exclusivement encadré et dirigé par son employeur, et doit jouir

LE PRÊT DE MAIN-D'ŒUVRE ILLICITE

Au délit de marchandage, le délit de prêt illicite de main-d'œuvre est un autre point à prendre en considération dans les prestations confiées à un fournisseur et dans la rédaction contractuelle encadrant leur exécution. Selon l'article L. 82411, « toute opération à but lucratif ayant pour objet exclusif le prêt de main-d'œuvre est interdite ». Il existe des exceptions, dont une applicable aux entreprises et concernant les interventions relatives au travail temporaire, les entreprises de travail à temps partagé.

En plus des sanctions pénales (emprisonnement jusqu'à une durée de deux ans, amende d'un montant pouvant atteindre 150 000 euros pour une personne morale), des sanctions •••

d'une autonomie par rapport aux autres salariés du client.
Il est néanmoins toléré que le client puisse effectuer un suivi de l'activité pour s'assurer de la bonne réalisation de la prestation.
Lors de prestation de travaux, il faudra également prêter attention à l'aspect fourniture de matériels. En effet, le personnel mis à disposition viendra, par exemple, avec sa propre caisse à outils. Pour les prestations intellectuelles, du fait des mesures de sécurité, le client peut fournir la logistique au prestataire : bureau, ordinateur permettant un accès sécurisé à son SI, adresse e-mail, etc. Le client devra s'assurer que le prestataire est bien identifié en tant que tel : bureau dédié, adresse e-mail, etc., soit tout élément distinguant clairement le caractère externe de la ressource, et évitant toute assimilation aux salariés de l'entreprise.

Point clé, la rémunération forfaitaire

La rémunération du prestataire doit être fixée au départ et forfaitairement. Ce prix sera fixé de manière objective en fonction de l'importance des travaux à réaliser et des délais impartis.
Le nombre de salariés utilisés ou le nombre d'heures effectuées ne devront pas apparaître comme unités d'œuvre dans le calcul du forfait.
L'idéal pour l'acheteur est, bien sûr, de négocier un prix global pour une prestation avec obligation de résultat. Cette pratique de forfaitiser plutôt que de facturer au temps passé — en régie, par exemple — oblige le client et le prestataire à définir un objectif et des résultats concrets et mesurables.

Attention aux sanctions

Si ce thème est d'une grande importance aujourd'hui, c'est parce que les sanctions sont lourdes. En effet, des sanctions pénales (emprisonnement, amende) et civiles sont encourues. Côté civil, il y aura possibilité pour la « ressource externe », intervenant dans ce cadre illicite, de solliciter la reconnaissance de l'existence d'un contrat de travail en demandant que le contrat régissant son intervention soit requalifié en tant que tel. Afin d'éviter ce genre de situation, mieux vaut donc respecter quelques règles simples.

« Le risque est d'autant plus fort qu'il semble inexistant. »

••• administratives peuvent également être appliquées : fermeture temporaire de l'entreprise, sanctions financières relatives aux aides publiques (suppression, remboursement de celles déjà perçues), notamment. Le contrevenant peut être exclu de toute consultation liée aux marchés publics.
Quelle que soit la sanction, l'entreprise condamnée aura l'obligation de publier le jugement la condamnant. Quoique très proches, les deux délits de prêt de main-d'œuvre illicite et de marchandage reposent sur des incriminations différentes. Elles empêchent l'application de la règle « *non bis in idem* » selon laquelle un même fait ne peut être reproché deux fois. Ils peuvent donc se conjuguer ou se cumuler.

La *compliance* achats

Être clair sur le « faire bien »

La performance achats dépend non seulement des buts à atteindre, mais aussi de la manière dont ils le sont. Une stratégie n'a d'intérêt et de validité que dans son applicabilité et son application. Le facteur commun de la méthode et de l'application est la compliance.

Les règles de la *compliance*

La *compliance* est un anglicisme qui signifie « respect de » et « conformité à une règle établie ». Dans le cas des achats, il y en a plusieurs.

La première règle établie à suivre est la procédure achats. Cette procédure constitue le mode d'emploi de la politique achats de l'entreprise. La politique traduit les objectifs de l'entreprise (contribuer à l'efficacité de l'entreprise à travers l'optimisation de ses achats en couvrant l'ensemble des dépenses externes de l'entreprise) et la procédure traduit les méthodes et moyens pour y parvenir. Elle décrit l'accompagnement des prescripteurs par les achats pour répondre au besoin exprimé, les modes opératoires selon les seuils d'engagement, les intervenants et leurs rôles, etc., de l'expression du besoin jusqu'à la contractualisation dans le respect de la réglementation et de la loi.

L'adoption d'une charte « développement durable » est la deuxième règle. Elle formalise des objectifs qui seront appliqués par les acheteurs et les prescripteurs dans les projets d'achat de biens ou services en restant compatible avec la politique achats.

Les formes de *compliance*

La procédure est à faire appliquer par toute personne impliquée dans la chaîne d'approvisionnement. La *compliance* concerne ainsi toutes les règles contenues dans la procédure.

MISE EN PLACE ET SUIVI DE LA *COMPLIANCE*

Le respect des consignes d'achat résulte d'un travail autant en amont qu'en aval : préparer la transition aux nouvelles consignes, accompagner les utilisateurs après •••

Les choix de la direction relatifs à la politique achats portent sur tous les leviers d'optimisation des processus et de gains. Ces choix peuvent donc concerner chaque étape d'un achat opéré par le demandeur : de l'expression du besoin par le prescripteur au paiement, de la consultation au choix du fournisseur.
Une fois que les points de méthode d'achat ont été définis, comment fait-on pour s'assurer qu'ils seront respectés par les utilisateurs et comment mesure-t-on la *compliance* ?

Les facteurs clés de succès de la procédure achats

Le degré de *compliance* résulte de plusieurs facteurs :

- la place attribuée aux achats dans l'entreprise,
- les « incentives » ou système de sanction mis en place,
- l'accompagnement des utilisateurs.

L'implication de la direction générale est nécessaire. Cependant, une procédure dans laquelle des définitions et règles de gestion associées à la performance Achats ont été élaborées par la direction des achats en collaboration avec des membres des directions prescriptrices permet d'avoir un mode de fonctionnement consensuel et pérenne.

La mesure de la *compliance*

La mesure la plus exhaustive de la *compliance* pour les achats est facilitée *via* leurs outils (e-procurement, e-sourcing, cube achats), les services « finance » *via* les outils de type ERP, ou ceux des fournisseurs *(online booking tool,* catalogue, etc.). Les consolidations, bien que chronophages, sont indispensables pour avoir une vision globale des pistes d'amélioration : taux de couverture (besoins respectant le process achats, ou faisant l'objet d'un contrat), pourcentage de commandes hors délais, le pourcentage de paiements par tel type de méthode plutôt que celle-ci, etc.
Cela permet non seulement de donner de la visibilité sur les actions réalisées, en cours, les gains de performance, financiers et extra-financiers obtenus, mais également identifie les axes d'amélioration entre les différentes parties prenantes.
Des audits peuvent être menés (support achats, commissaire aux comptes, etc.) Ils auront pour point de départ une facture, à partir de laquelle il sera demandé d'apporter tous les éléments qui en sont à l'origine (commande, contrat, proposition fournisseur, dossier d'appel d'offres, etc.).

« La compliance n'est plus un choix. »

••• le lancement, recadrer (mieux adapter aux pratiques du business, « incentiver ») et continuer de vérifier une fois le rythme de croisière adopté. La *compliance* est une des clés fondamentales de la réussite d'une politique achats ou de développement durable.

65

Le « réglementaire » aux achats

Exercer son devoir de vigilance

Présente depuis longtemps dans le secteur public (Code des marchés publics), ou dès qu'un projet comprend du traitement de données à caractère personnel (loi informatique et libertés de 1978), la réglementation est de plus en plus présente dans les actes d'achat et se doit d'être prise en compte dans le process global. L'acheteur et le prescripteur doivent être en mesure d'identifier, dès l'étude d'opportunité, par exemple, si l'achat concerné implique ou non des éléments de réglementation en vigueur à respecter. S'assurer de la conformité réglementaire dépend du secteur d'activité ou de la prestation.

RGPD

Entré en application le 25 mai 2018, le Règlement général sur la protection des données personnelles (RGPD) est une directive européenne qui a apporté des modifications très importantes à la loi informatique et libertés de 1978, modifiée en 2004 (directive 95/46/C).

Le RGPD a imposé tout un panel de changements que les entreprises ont dû prendre en compte : droit à l'oubli numérique, portabilité des données, notification des violations de données, et la responsabilité entre autres. Du fait des sanctions encourues en cas de non-respect (amende pouvant atteindre jusqu'à 4 % du chiffre d'affaires annuel mondial en cas de violation des dispositions en matière de transfert de données), des dispositifs ont été mis en place.

Règlement spécifique au secteur financier

Certaines activités ou fonctions sont qualifiées d'importantes ou critiques : audit interne, gestion des risques, actuariat et conformité. D'autres activités ou fonctions sont concernées dans la mesure où leur interruption impacterait nettement l'activité de la compagnie d'assurances ou sa capacité à gérer efficacement les risques, remettant en cause les conditions de son agrément.

Dès lors qu'une de ces activités est externalisée

ENGAGEMENT DU FOURNISSEUR ET ARRÊTÉ DU 3 NOVEMBRE 2014

« Le Fournisseur doit respecter le niveau de qualité répondant à un fonctionnement normal du service rendu, protéger intégrité et confidentialité des informations traitées et/ou transmises au durant la prestation et ayant trait au Client (ou clients de celui-ci), mettre en œuvre, en cas de difficulté grave (incident, anomalie, force majeure, notamment) les solutions adéquates assurant la continuité du service au Client (*cf.* annexe), se conformer strictement aux procédures du Client (organisation et mise en œuvre du contrôle des services), permettre l'accès au Client •••

(entité du groupe compris), la compagnie d'assurances doit en conserver la maîtrise, telle que décrite dans la politique écrite d'externalisation, tout en garantissant qu'elle, ses commissaires aux comptes et l'ACPR (Autorité de contrôle prudentiel et de résolution) auront accès aux données.

Règlement spécifique au secteur bancaire

L'arrêté du 3 novembre 2014 relatif au contrôle interne des entreprises du secteur de la banque, des services de paiement et des services d'investissement (soumis au contrôle de l'ACPR) a apporté un certain nombre de nouveautés aux textes précédents (règlement CRBF n° 9702, arrêté du 5 mai 2009 relatif à l'identification, la mesure, la gestion et le contrôle du risque de liquidité) : renforcement du dispositif de gouvernance le rendant plus solide, tout en étant adapté à la nature, à l'échelle et à la complexité des risques inhérents au modèle d'entreprise et aux activités, « fonction de gestion des risques », dont le responsable ne peut être démis de ses fonctions sans l'accord préalable de l'organe de surveillance, nouveaux risques devant être couverts par la fonction gestion de risque, entre autres.

Dispositif mis en place

C'est souvent un comité risque métier qui pilote le fait qu'un dossier respectera les réglementations. Il qualifie, entre autres, la nature de l'externalisation de l'activité ou fonction : critique, importante ou non. Si oui, il s'assure que celle-ci ne pourra pas nuire gravement à la qualité du système de gouvernance de l'entreprise, augmenter anormalement le risque opérationnel ou nuire à la continuité et à la qualité du service proposé.

En phase amont du projet (étude d'opportunité, par exemple), il réunit plusieurs contributeurs : le prescripteur, la sécurité informatique, le Data Protection Officer, le juriste. Cela permet de poser les bonnes questions aux bons interlocuteurs et préparer les questionnaires, annexes « réglementaires » (protection des données, règles d'externalisation, plan de sécurité informatique...). L'acheteur interviendra en cas d'appel d'offres et s'assurera que figureront au cahier des charges les questionnaires adéquats, bases des critères de choix complémentaires. À chaque externalisation, il analyse le coût de l'externalisation, la capacité à trouver une alternative ou à réinternaliser l'activité et identifie les impacts éventuels d'un retard ou défaut du tiers. Il veillera à annexer au contrat les documents validés.

« Il faut anticiper le réglementaire pour ne pas être submergé. »

••• ou à ses "représentants", à chaque fois que le Client l'estime nécessaire (le cas échéant sur place), à toute information sur les services objet du Contrat, dans le respect des législations et/ou réglementations relatives à la communication d'informations, notamment si les informations nécessaires pour réaliser les contrôles proviennent d'autres entreprises, et ce, dans les conditions décrites au contrat. Il devra rendre compte régulièrement de la façon dont sont effectués les services objet du Contrat et, en tout état de cause, alerter sans délai le Client de tout événement susceptible d'impacter sensiblement sa capacité à exercer les tâches externalisées de manière efficace et conforme à la législation en vigueur et aux exigences réglementaires. »

66

La charte des bonnes pratiques achats

Redéfinir les relations fournisseurs

Plus de 2100 entreprises sont désormais signataires de la charte régissant les relations entre grands donneurs d'ordre et PME.
Ce document se veut un référentiel en matière de gestion de la relation fournisseur.

Genèse

En septembre 2009, la médiation du crédit remet un rapport sur la détérioration des relations entre donneurs d'ordre et fournisseurs depuis la crise financière. Les mauvaises pratiques sont courantes : ruptures unilatérales de relations commerciales sans indemnité, des évolutions de prix à la baisse imposés sans contrepartie sur les volumes, ou encore des transferts de technologies vers d'autres fournisseurs basés dans des pays à bas coûts.

Face à ce constat, le médiateur du crédit et la Compagnie des dirigeants des acheteurs de France (CDAF) rédigent conjointement « 10 engagements pour des Achats responsables », c'est la charte Relations Fournisseurs Responsables qui engrange les premières adhésions à compter de février 2010.

Mise en place avec l'ambition d'améliorer les relations entre les grandes entreprises et les TPE-PME, la charte favorise le respect d'un certain nombre de bonnes pratiques achats, à travers dix grands engagements. Parmi celles-ci :

- la réhumanisation de la relation entre clients et fournisseurs,
- la responsabilisation des grands groupes leaders de filière,
- l'assurance de l'indépendance stratégique des fournisseurs,
- ou encore la prise en compte de l'impact environnemental.

LA COVID-19 A MIS À MAL LES BONNES INTENTIONS

« On a mis dix ans pour multiplier par 10 le nombre de saisines et on a mis seulement un mois pour les remultiplier par 10 », a constaté en avril 2020 Pierre Pelouzet, médiateur des entreprises depuis fin 2012. Avant la pandémie, le nombre de saisines était de 60 par semaine, en moyenne. Mi-mars, ce chiffre est passé à 600 saisines par semaine, pour redescendre à 200 avec le premier déconfinement. Environ 50 % ont concerné le rallongement des délais de paiement (soit le double, avant Covid) et 40 % les pratiques déloyales (contrats annulés, grandes entreprises exigeant des baisses unilatérales de tarifs à leurs fournisseurs).

Fin 2012, le label Relations Fournisseurs et Achats Responsables a été créé pour aller plus loin. Et décrocher le label est loin d'être une formalité. Les candidats doivent prouver qu'ils respectent bien les principes. S'il est facile de déclarer faire ses choix fournisseurs sur le coût total d'acquisition et pas uniquement sur le prix, il est plus difficile de le démontrer. Les conditions générales d'achat des entreprises sont auscultées à la loupe. Systématiquement, un des organismes évaluateurs tiers externes agréés par la Médiation des entreprises et le Conseil national des achats (CNA) mène l'enquête à travers un questionnaire établi par le labellisateur… C'est le premier label en matière d'achats remis par les pouvoirs publics.

Application

Chaque entreprise signataire désigne un ou plusieurs médiateurs pouvant être saisis directement par les fournisseurs en cas de conflits ou litiges. En parallèle de ce dispositif intra-organisation, le médiateur des entreprises placé auprès du ministre de l'Économie peut également intervenir sur saisine, soit collective dès lors que plusieurs demandes convergentes lui sont adressées, soit individuelle à la demande d'une entreprise, pour rechercher dans la concertation une solution rapide.

Suivi

Un comité de pilotage constitué des signataires assure le déploiement de la charte et du label ainsi que les grandes orientations de travail pour continuellement en renforcer l'impact. Toute cette action est sous la gouvernance partagée du médiateur des entreprises et du CNA. Ils se réunissent au moins deux fois par an pour s'assurer de la réalisation effective des engagements. Les grands donneurs d'ordre s'engagent en outre à désigner au moins un correspondant PME ainsi qu'à mettre en place des indicateurs de suivi (sans définition obligatoire précise).

Malgré cela, plusieurs PME ont déjà fait part de leurs inquiétudes quant à son respect, l'accumulation de chartes, recommandations et autres bonnes pratiques au cours des dernières années n'ayant eu finalement que peu d'incidence sur les mauvaises pratiques.

C'est le label RFAR qui a le plus d'impact et émerge du foisonnement des initiatives RSE et de maîtrise des chaînes d'approvisionnement. Son articulation avec les autres démarches sectorielles RSE ou la loi sur le devoir de vigilance, la « loi Sapin 2 » sur la prévention de la corruption, les obligations de reportings extra-financiers créées par les directives européennes ainsi que sa robustesse au regard des 10 principes définis par la plateforme RSE-France Stratégie en font un standard pour le parcours français vers les achats responsables.

« Les bonnes pratiques achats se répandent. »

••• Les protocoles sanitaires de déconfinement n'ont pas été neutres : ils ont généré des coûts supplémentaires dans de nombreux secteurs, impactant la marge des entreprises connaissant déjà des difficultés. Les conditions contractuelles ayant été négociées avant la crise, ces entreprises n'ont pu négocier la prise en compte des « surcoûts sanitaires », le médiateur est également intervenu. Fin 2020, la secrétaire d'État a donné mission au médiateur des entreprises d'évaluer le développement du label RFAR afin que la relance économique soit assurée dans des conditions responsables.

57

Délais de paiement et obligations liées

Connaître les règles et recours

Le délai de paiement est la durée contractuelle prévue entre la livraison ou l'envoi de la facture d'un bien ou service par le fournisseur et le paiement effectif par le client. Ils impactent directement la santé financière des fournisseurs (leurs trésoreries notamment). Ils sont encadrés. Depuis 2008 la loi de modernisation de l'économie dite « LME » a l'objectif de « lever les contraintes qui empêchent certains secteurs de se développer, de créer des emplois et de faire baisser les prix ». Quels en sont les principes et obligations ?

Principe et obligations

Le délai de paiement doit obligatoirement figurer sur la facture et dans les conditions générales de vente (CGV). En principe, il ne peut excéder 30 jours suivant la réception de la marchandise ou la validation de la prestation de service. Cependant, les professionnels, qu'ils soient fournisseur ou client, peuvent convenir de délais inférieurs ou supérieurs : ceux-ci ne peuvent excéder 45 jours fin de mois ou 60 jours calendaires.

Depuis la loi du 6 août 2015, le fournisseur ne peut choisir le délai de 45 jours fin de mois que si cela figure au contrat et ne constitue pas une discrimination manifeste à l'égard du créancier. Le délai choisi doit être formalisé (facture ou CGV).

Des pénalités en cas de non-respect

Le paiement intervenant après la date mentionnée, des intérêts de pénalités s'appliquent. Le taux directeur semestriel de la Banque centrale européenne (BCE) en vigueur (1er janvier ou 1er juillet) est pris en considération, avec une majoration de 10 points : le taux directeur de la BCE étant de 0 % depuis mars 2016, le taux d'intérêt est donc de 10 %.

Les CGV ou la facture peuvent prévoir l'application d'un taux spécifique, qui ne sera pas inférieur à 3 fois le taux de l'intérêt légal (sans taux maximum

EXEMPLE DE CLAUSE DE CONDITIONS DE PAIEMENT

« Le paiement sera effectué par le Client dans les quarante-cinq (45) jours fin de mois date d'émission de facture, par virement bancaire.

Dans l'hypothèse où la date de paiement de la facture correspond à un jour non ouvré (samedi, dimanche ou jour férié), l'exigibilité du paiement sera due le premier jour ouvré suivant la date de paiement initialement prévue.

...

de prévu), actualisé semestriellement. Une indemnité forfaitaire de 40 euros vient se rajouter aux pénalités de retard, quel que soit le nombre de jours de retard. Si les frais de recouvrement réellement engagés sont supérieurs au montant forfaitaire, une indemnisation complémentaire peut être demandée. Cette indemnité forfaitaire est due dès le lendemain de la date d'échéance et n'est pas soumise à TVA.

Sanctions administratives

Les retards de paiements sont sanctionnés par des amendes administratives dont le montant maximal est de 2 millions d'euros pour une personne morale (article L. 44116 du Code de commerce), et peut être doublé en cas de récidive dans les deux ans suivant la première infraction.

La Médiation interentreprises

Dispositif gouvernemental qui a pour but de favoriser des relations collaboratives et durables entre clients et fournisseurs. Créé par décret du président de la République le 8 avril 2010, il est placé sous l'autorité du ministère de l'Économie. Simple, gratuite et totalement confidentielle, la Médiation vient en aide à toute entreprise, quels que soient sa taille ou son secteur d'activité, rencontrant des difficultés contractuelles et/ou relationnelles avec un client ou un fournisseur.

Il y a trois types de sollicitations :

- la Médiation individuelle, une entreprise entre seule en médiation contre un client ou un fournisseur ;
- la Médiation collective, le médiateur peut intervenir à la demande d'un syndicat ou d'une fédération professionnelle (ou regroupement de plusieurs entreprises rencontrant les mêmes difficultés) ;
- la Médiation de branche, une branche professionnelle contre une autre branche.

Le non-respect des délais de paiement est le premier motif de saisine de la Médiation, suivi de la rupture brutale de contrat, du détournement de propriété intellectuelle, des conditions contractuelles imposées à la formation du contrat, des modifications unilatérales de contrat, des contrats à prix ferme (sans prise en compte des fluctuations des matières premières), des pénalités de retard abusives, des activités non rémunérées (frais de R&D, etc.), des modalités de commandes (exclusion totale des CGV, modification/annulation de commande non indemnisée) et de l'autofacturation par le client (décalage de la date d'émission des factures...).

« Payer à l'heure n'est pas une option. »

••• En cas de retard de paiement non justifié du Client, les sommes restant dues par le Client seront majorées de plein droit, après une mise en demeure préalable de quinze (15) jours restée infructueuse, de pénalités égales à trois (3) fois le taux d'intérêt légal en vigueur au jour où le paiement est exigible. Cette pénalité sera calculée à partir du 1er jour suivant la date d'échéance du paiement jusqu'au jour (inclus) précédant le paiement.
Conformément aux articles L. 441-6, I al. 12 et D. 4415 du Code de commerce, nonobstant ce qui précède, le Client sera redevable de plein droit à l'égard du Fournisseur d'une indemnité forfaitaire pour frais de recouvrement d'un montant de quarante (40) euros. »

3 conseils de…

Guillaume Gorjus et Juan Juillien

Intégrer les achats dans la RSE, gérer les risques et vivre la *compliance*

Priorisez la gestion des risques

La crise de la Covid-19 a permis de mettre la gestion des risques comme une priorité absolue. Les entreprises qui ont bien anticipé les risques s'en sont mieux sorties, dans une période cruciale qui a été la Covid-19. La seule question qui se pose est : la gestion des risques va-t-elle devenir prioritaire pour toutes les entreprises ? Le rôle des départements achats performants est de garder ce sujet comme prioritaire. Mais le problème, on le connaît : l'entreprise est dirigée par l'« urgent » et beaucoup moins par l'« important ». Toute la subtilité est de garder aujourd'hui cette gestion des risques en haut de la pile pour qu'elle ne soit pas oubliée dans les démarches d'actualisation ou de mise en place. L'aspect visible du monde de l'entreprise est qu'il faut aller de plus en plus vite. L'aspect invisible est que le nombre des risques augmente de plus en plus tous les jours et à tous les niveaux de l'entreprise, et ce du fait d'un contexte mondialisé qui apporte son lot d'incertitudes ou du fait des réglementations (mises à jour ou nouvelles directives au niveau de l'Europe, ou des régulateurs sectoriels, etc.) entre autres.

Positionnez la RSE dans la stratégie

La RSE aux achats ne se discute pas. Elle est là. Et elle est là pour rester. La question qui se pose est l'importance qui lui est donnée : quels arbitrages doivent être faits face à une question économique et face à une question de RSE dans une décision d'achat ? La réponse n'est pas si simple dans la pratique. Toutes les entreprises n'ont pas des enjeux de RSE dans les mêmes domaines. Les achats, de la même façon qu'ils appliquent la stratégie de l'entreprise dans leurs stratégies achats, devront suivre la stratégie RSE de l'entreprise pour s'aligner. Les directions achats devront, avant tout, s'aligner sur la stratégie RSE de l'entreprise sans pour autant être dans une situation de vouloir en faire trop ou pas assez.

Sensibilisez mieux en interne

Sensibiliser les différents contributeurs d'un projet d'achat devient essentiel. La non-conformité, une réglementation non prise en compte

Guillaume Gorjus

Juan Juillien

sur un sujet achats peut avoir, parfois, pour conséquence de générer du retard sur le planning initialement prévu, voire parfois mettre fin au projet. La mise en place de départements dédiés (conformité, compliance, risques, etc.) permet d'identifier l'ensemble des risques auxquels l'entreprise peut être exposée. Une fois ces risques identifiés, des procédures peuvent être mises en place permettant d'adresser les tâches à accomplir afin de les prendre en compte en amont et ne pas impacter le planning ou la viabilité du projet. Communiquer sur ces procédures permet de les expliquer à des contributeurs qui n'en ont pas la connaissance et les aide à comprendre des enjeux qui sont bien éloignés de leurs préoccupations « métiers ». Des check-lists reprenant les risques auxquels est exposé un projet d'achat se multiplient dans les entreprises et sont parfois jointes lors de la signature du contrat par le responsable habilité à engager l'entreprise.

Guillaume Gorjus et Juan Juillien sont des managers chez AgileBuyer. Ils sont des praticiens de l'achat. Ils ont délivré des missions dans les plus belles entreprises françaises et internationales des secteurs de banque/finance/assurance, nucléaire, transport, BTP, etc. Ils ont vécu la RSE, la gestion des risques et la *compliance* comme une réalité métier. Leurs avis sont respectés et écoutés.

« La RSE : oui, mais jusqu'où ? »

Bibliographie

Ouvrages

ATIA Charles, SÉBILO Didier et TROMEUR Brigitte, *Le Métier d'acheteur : études de cas – Les chemins de la professionnalisation*, Insep consulting, 2005.

BENOLLET Philippe et KHEBIAN Joël, *Pro en achats*, Vuibert, 2019.

BERNARD Frédéric et SALVIAC Éric, *Fonction achats – Contrôle interne et gestion des risques*, Maxima, 2008.

BLANCHARD Gilles et VINCENT André, *Fonction achats en informatique et télécoms*, Hermes Sciences Publication, 2000.

BROUSSEAU Éric et GLACHANT Jean-Michel, *New Institutional Economics: A Guidebook*, Cambridge University Press, 2008.

BRUEL Olivier et MÉNAGE Pascal, *Politique d'achat et gestion des approvisionnements – enjeux, problématiques, organisation, changement*, Dunod, 2019.

BRUEL Olivier, *Politique d'achat et gestion des approvisionnements*, Dunod, 3e édition, 2008.

BRUEL Olivier et COLLECTIF, *Management des achats – Décisions stratégiques, structurelles et opérationnelles*, Economica, 2007.

BUSTAMANTE José-Luis et BERLOT Jean-Christophe, *Être acheteur pour la première fois – Les clés pour réussir dans la fonction achats*, Eyrolles/Éditions d'Organisation, 2006.

CASTAGNOS Jean-Claude et RETOUR Didier, *Le Management des achats*, Presses universitaires de Grenoble, 2002.

CAVERIVIÈRE Patrick, *Profession acheteur*, Démos, 2011.

CAVERIVIÈRE Patrick et SOUNI Hassan, *La Négociation Achat/Vente*, Démos, 2009.

CAVERIVIÈRE Patrick, *Le Guide de l'acheteur*, Démos, 2007.

COHEN Daniel, *La Prospérité du vice – Une Introduction (inquiète) à l'économie*, Albin Michel, 2009.

COHEN Daniel, *Trois Leçons sur la société post-industrielle*, Seuil, 2006.

COLLECTIF, *Guide de l'achat responsable*, Juris éditions, 3e édition, 2020.

COMITÉ 21, *Achats et développement durable – Enjeux, méthodologies et initiatives*, Afnor, 2005.

COSSALTER Patrice, *L'Achat public de prestations juridiques, passation et contractualisation*, Territorial, 2016.

COURTOIS Guy et RAVENEL Pierre, *Réussir un achat public durable – Retours d'expérience et fiches méthodologiques*, Le Moniteur éditions, 2008.

CRAS Denis, *Des techniques de ventes aux méthodes d'achats*, Top éditions, 2000.

DURAND Jean-Paul et LEPAGE Jean, *Les Achats – L'abécédaire des mots et expressions utilisés dans le langage des achats*, Gualino, 4e édition, 2006.

EL MOULOUA Rachid, *Processus Achat Responsable*, Universitaires européennes, 2018.

FABRE Régis, *Guide juridique et pratique des achats*, Litec, 2002.

FRÉCHER Daniel, LOISIER Pierre et SÉGOT Jacques, *La Fonction achats*, Afnor, 2006.

GARNIER Bénédicte et LISOWSKI Michel, *L'Achat réussi d'e-learning en entreprise*, Centre Inffo, 2008.

GÉLY Patricia et WALTER Jacques, *Piloter le processus achat – Les achats au service de la performance*, Afnor, 2e édition, 2009.

GÉLY Patricia et WALTER Jacques, *Le Processus Achat au service de la performance*, Afnor, 2004.

GÉRARD Daniel, *Négociez vos achats ! – La méthode des 4 P : Planifier – Positionner – Percuter –Pactiser*, De Boeck, 2007.

GIANNONI Olivier, *Stratégie et techniques de l'achat public*, Berger-Levrault, 2020.

GNABA Kadi Bathil, *L'Optimisation du processus achats dans une entreprise industrielle*, Universitaires européennes, 2018.

HERVIER Guy, *Optimisez vos achats – Externalisation, eprocurement, places de marché*, Territorial éditions, 2003.

HUGUET Hervé et LE NAELOU Yves-Simon, *Organiser et optimiser ses achats*, Territorial, 2019.

HUGUET Hervé, *Organiser sa fonction achat*, Lettre du cadre territorial, 2003.

JACOB Maxime, RAVENEL Pierre, PASQUIER-DESVIGNES Antoine et FOURCADE Jean-Pierre, *L'Offre économiquement la plus avantageuse – Politique et organisation de la fonction achats, choix des critères et pondération, méthodes d'analyse des offres*, Le Moniteur Éditions, 2006.

JORAS Michel et LEPAGE Jean, *La Responsabilité sociétale des acheteurs*, Éditions d'Organisation, 2005.

KALASON Patrick, *Les 7 Styles de vente... et d'achat*, Éditions du Puits fleuri, Éditions CELSE, 2005.

KORDA Philippe, *Négocier et défendre ses marges – Vente, achat, négociations d'affaires*, Dunod, 6e édition, 2020.

LAUFÉRON Franck, *Mieux acheter en entreprise*, Afnor, 2008.

LAURENT Louis, *Guide de l'acheteur industriel – 200 recommandations pour réaliser des achats gagnants*, Dunod, 2e édition, 2004.

LE MOIGNE Rémy, *Supply chain management – Achat, production, logistique, transport, vente*, Dunod, 2e édition, 2017.

LECLERCQ Xavier, *Acheter mieux que ces concurrents : améliorer son positionnement à l'achat*, Top éditions, 1997.

LEROY Christian et LAUZANNE Thierry, *Guide pratique de l'achat public*, Éditions du Puits fleuri, 2020.

LOUBÈRE Jean-Michel et PERROTIN Roger, *Stratégies d'achat – Sous-traitance, partenariat, délocalisation*, Éditions d'Organisation, 5e édition, 2005.

MARCHAL André, *Marketing Achat*, Ellipses, 2007.

MITRAB Abdellatif, *La Professionnalisation de la fonction achats et sourcing*, Universitaires européennes, 2017.

PERILHON Pierre, *La Gestion des risques – Méthode MADS-MOSAR II*, Démos, 2007.

PERROTIN Roger, *Eachat – Stratégies d'achat et e-commerce*, Éditions d'Organisation, 2002.

PERROTIN Roger, *Le Marketing achats – Stratégies et tactiques*, Éditions d'Organisation, 3e édition, 2001.

PERROTIN Roger, *L'Entretien d'achat – Tactiques de négociation*, Éditions d'Organisation, 1991.

PERROTIN Roger, SOULET DE BRUGIERE François et PASERO Jean-Jacques, *Le Manuel des Achats – Processus, Management, Audit*, Eyrolles, 2007.

PERSON Hélène, *Guide pratique – Fonction achats et approvisionnements en PME*, Maxima, 4e édition, 2008.

PETIT Philippe, *Toute la fonction achats – Savoirs, savoir-faire, savoir-être*, Dunod, 3e édition, 2016.

PHILIPPART Michel, VERSTRAETE Christian et WYNEN Serge, *Collaborative Sourcing: Strategic Value Creation through Collaborative in Supplier Relationship Management*, Presses universitaires de Louvain, 2005.

PINÇON Jean-Arthur, *30 Leviers au service de l'acheteur public et privé*, Afnor, 2007.

PINÇON Jean-Arthur, *Optimiser les achats par l'analyse fonctionnelle – La méthode OPERA*, Éditions de la Performance, 2004.

PITROU Jean-Marie, *Les Achats : une fonction de l'entreprise en plein essor*, Vérone éditions, 2021.

PITROU Jean-Marie, *La Sous-Traitance gagnant/gagnant*, Ellipses Marketing, 2007.

PORTER Michael, *L'Avantage concurrentiel*, InterÉditions, 1986.

PORTER Michael, *Choix stratégiques et concurrence : Techniques d'analyse des secteurs et de la concurrence dans l'industrie*, Economica, 1982.

POTAGE Jean, *Maturité des services achats et relation client-fournisseurs*, Maxima, 2016.

POURQUIÉ Marie-Agnès, *Réussir des achats publics performants*, Le Moniteur éditions, 2008.

RENAUX Ingrid et TAGGIASCO Nadine, *Management de la qualité des achats médicaux*, Afnor, 2000.

REY Christian, *Nouveaux Outils en ligne pour la fonction achats – Savoir utiliser les outils Internet de e-négociation*, Maxima, 2007.

SAUVAGE Thierry et DORIOL David, *Management de la supply chain et des achats*, Vuibert, 2018.

SCHIESSER Philippe et CANTILLON Guillaume, *L'Achat public durable – Outils et méthode pour réussir des achats publics respectueux du développement durable*, Le Moniteur éditions, 2007.

SCHUH Christian, RAUDABAUGH Joseph L., KROMOSER Robert, STROHMER Michael F. et TRIPLAT Alenka, *The Purchasing Chess Board: 64 Methods to Reduce Cost and Increase Value with Suppliers*, Springer, 2e éd., 2012.

SEDALLIAN Valérie et DUPRÉ Jérôme, *Le Contrat d'achat informatique – Aspects juridiques et pratiques*, Vuibert, 2005.

SERVAJEAN-HILST Romaric, POISSONNIER Hugues et PIERANGELINI Gustavo, *Collaborer pour innover, le management stratégique des ressources externes*, De Boeck Supérieur, 2018.

SIMCHI-LEVI David, SIMCHI-LEVI Edith et KAMINSKI Philipp, *Designing and Managing the Supply Chain*, Mc Graw, 3e éd., 2007.

SOYER Jacques, *L'Achat de formation*, Éditions d'Organisation, 2000.

VINCI Nathalie, *La Centrale d'achats publics*, Territorial, 2020.

WAJNSZTOK Olivier, SAZILLY Hugues de et CECILLE Jean-Philippe, *Stratégie achats : L'essentiel des bonnes pratiques*, Eyrolles, 2014.

WILLIAMSON Oliver E., *The Mechanisms of Governance*, Oxford University Press Inc, 1999.

WILLIAMSON Oliver E., *The Economic Institutions of Capitalism*, The Free Press, 1985.

WILLIAMSON Oliver E., *Markets and Hierarchies, Analysis and Antitrust Implications*, The Free Press, 1976.

Blog, articles, conférences

GHERTMAN Michel, « Oliver Williamson et la théorie des coûts de transaction », *Revue française de gestion*, n° 160, 2006, p. 191-213.

KRALJIC Peter, « Purchasing Must Become Supply Management », *Harvard Business Review*, septembre-octobre 1983.

LAVASTRE Olivier, « Les coûts de transaction et Olivier E. Williamson : retour sur les fondements », Xe Conférence internationale de management stratégique, 13-14 et 15 juin 2001, AIMS, FSA, université de Laval, Québec (Canada), 25 pages.

LAVASTRE Olivier, « Les effets des modifications dans une relation d'échange industriel : les coûts de mobilité », IXe Conférence internationale de management stratégique, 24-25 et 26 mai 2000, AIMS, Montpellier, 22 pages.

PORTER Michael, « How Competitive Forces Shape Strategy », *Harvard Business Review*, vol. 57, n° 2, mars-avril 1979, p. 137-145.

Articles d'Olivier Wajnsztok dans *Décision Achats*

« Réseaux sociaux, ces alliés de l'acheteur », avril 2012
« Organiser un bon séminaire Achats », mai 2012.
« Bien orchestrer sa communication interne », juin 2012.
« Déjouer les ficelles des commerciaux », juillet 2012.
« Bien intégrer un nouvel acheteur », septembre 2012.
« *Quid* du marketing Achat ? », octobre 2012.
« Les achats en zone dollar, une figure imposée pour l'acheteur ? », novembre 2012.
« Serez-vous "value-in" ou "cost out" en 2013 ? », février 2013.
« À quoi sert le redesign to cost ? », mars 2013.
« À quoi servent les SLA ? », avril 2013.
« Comment calculer les gains Achats ? », mai 2013.
« *Quid* de la compliance achats ? », novembre 2013.
« Benchmarker ses achats pour gagner en performance », février 2014.
« Anticiper une crise fournisseurs pour mieux la piloter », avril 2014.
« Points juridiques clés d'un achat logiciel », octobre 2014.
« Les 10 techniques de manipulation à connaître », avril 2015.
« Convaincre en interne pour changer de fournisseur », mai 2015.
« La PNL, l'outil caché des acheteurs », juin 2015.
« Comment organiser un bon séminaire achats ? », juin 2015.
« Dual-Sourcing : le meilleur des deux mondes », septembre 2015.
« Les principaux indicateurs achats », octobre 2015.
« Comment gérer juridiquement un litige fournisseur ? », janvier 2016.
« Les spécificités de l'achat d'investissement », février 2016.
« Comment négocier avec les stars du Web ? », avril 2016.
« La gestion de la qualité aux achats », mai 2016.
« Mettre en place un SI achats », juin 2016.
« Négocier les prestations d'avocats : le casse-tête », décembre 2016.
« Clause de benchmark, peu connue et si efficace », février 2017.
« Obligation de vigilance : peu connue et très risquée », avril 2017.
« Les bienfaits du marketing achats », mai 2017.
« Les évolutions des achats dans la téléphonie », juin 2017.
« Faut-il tuer la matrice de Kraljic ? », septembre 2017.
« Comment négocier le contrat d'une égérie ? », octobre 2017.
« Comment gérer la rupture de contrat avec son fournisseur ? », avril 2018.
« Les points clés d'un contract management efficace », mai 2018
« Qu'est-ce qu'apporte réellement le digital aux achats », septembre 2018.
« Qu'est-ce que les acheteurs reprochent aux éditeurs de logiciel ? », novembre 2018.
« Le bordereau de prix, *old fashion* mais tellement utile », juin 2019.
« L'acheteur, un vecteur d'innovation », juillet 2019.
« Maîtriser ses fournisseurs : la stratégie de panel », septembre 2019.
« Suggestion fournisseurs, l'autre façon de bien travailler avec ses fournisseurs », octobre 2019.
« Le ticket d'entrée, l'autre façon de faire des gains aux achats ? », décembre 2019.
« Délégation de pouvoir et délégation de signature », septembre 2020.
« Les standards comportementaux en négociation », octobre 2020.
« Acheddeur, concept hybride et puissant », décembre 2020.
« Acheter en Chine par temps de Covid », février 2021.

Dans la même collection :

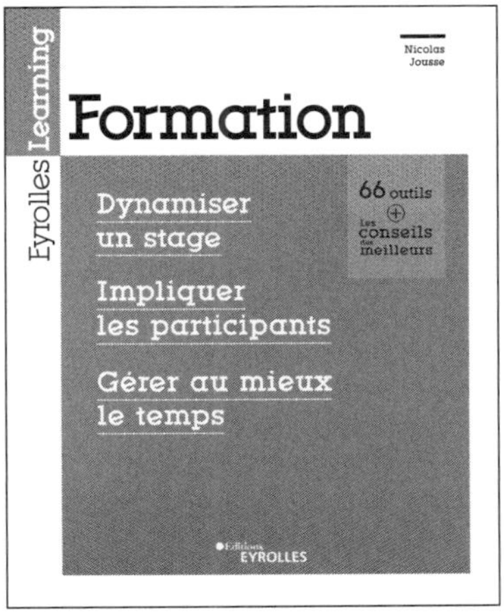

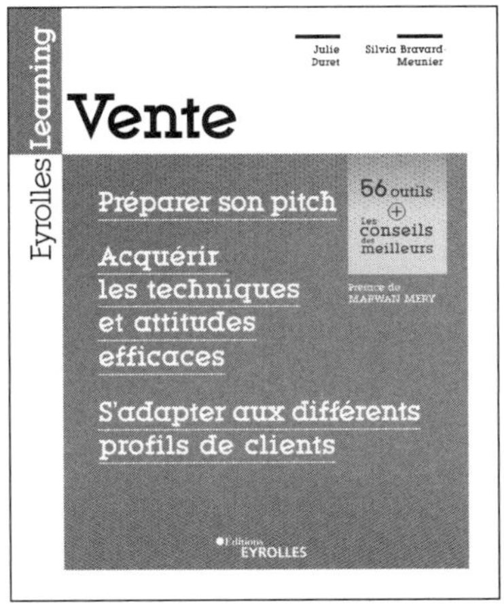

Merci d'avoir choisi ce livre Eyrolles. Nous espérons que sa lecture vous a été utile et vous aidera pour mener à bien vos projets.

Nous serions ravis de rester en contact avec vous et de pouvoir vous proposer d'autres idées de livres à découvrir, des nouveautés, des conseils ou des événements avec nos auteurs.

Intéressé(e) ? Inscrivez-vous à notre lettre d'information.

Pour cela, rendez-vous à l'adresse **go.eyrolles.com/newsletter** ou flashez ce QR code (votre adresse électronique sera à l'usage unique des éditions Eyrolles pour vous envoyer les informations demandées) :

Vous êtes présent(e) sur les réseaux sociaux ? Rejoignez-nous pour suivre d'encore plus près nos actualités :

Eyrolles Business et Eyrolles Web Dev et Web Design

Eyrolles Business

Eyrolles Business

Merci pour votre confiance.
L'équipe Eyrolles.

Dépôt légal : octobre 2021
Achevé d'imprimer en Croatie par Denona